AF304330

Für Irmtraut

Dierk Breimeier

Hinter dem Horizont

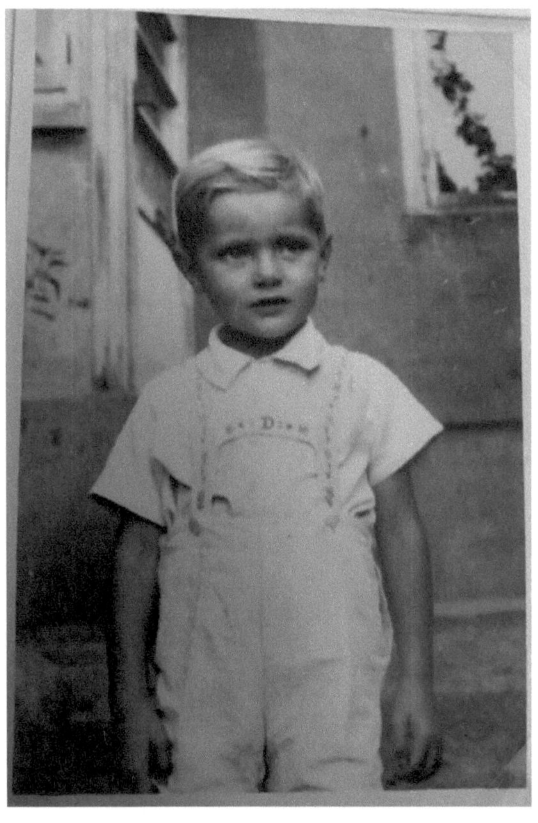

Roman

Bibliografische Information der Deutschen Nationalbibliothek:
Die Deutsche Nationalbibliothek verzeichnet diese Publikation in der
Deutschen Nationalbibliografie; detaillierte bibliografische Daten sind im
Internet über dnb.dnb.de abrufbar.

© Copyright 2025: Dierk Breimeier
Lektorat und Mitarbeit: Carolin Kretzinger
Coverdesign: Dierk Breimeier
Verlag: BoD · Books on Demand GmbH, Überseering 33,
22297 Hamburg, bod@bod.de
Druck: Libri Plureos GmbH, Friedensallee 273, 22763 Hamburg
ISBN: 978-3-8192-8114-3

Einmal wie nie

Sie träumen von Liebe,
noch recht lebenunberührt –
auch wenn hat dieses
an ihren Seelen schon gerührt.

Sie haben einander
und doch auch wieder nicht;
weil ihr Lebenswandern
den zweien Unterschiedlich's verspricht.

Was mag die Welt ihnen bringen,
bleibt ihr gemeinsam' Dasein bestehn?
Wird das Glück beiden dienen –
welchen Weg solln diese Seelen gehen …

(Carolin Kretzinger)

Inhalt

Prolog

Es heißt, dass wir die erste Liebe unseres Lebens niemals vergessen. Und wenn es so ist, war es denn dann überhaupt Liebe?
Oder ist es nicht viel mehr so, dass jene Erlebnisse, die wir in den frühen Zeiten unseres Erwachsenwerdens haben, uns gerade deshalb so tief empfinden lassen, weil sie so neu und einmalig sind und das Ich noch so wenig ausgebildet ist?
Lesen wir die Geschichte von Thomas und Monika, zweier Menschen, die bereits so unsagbar viel und doch erst so wenig vom Leben erfahren haben.

Dierk Breimeier

Erster Teil

Die Geschichte von Thomas und Monika

Schnellboote in der Ostsee

Sie hatten jetzt fast die Mündung der Flensburger Förde erreicht. Durch sein kleines Bullauge konnte Thomas bereits das offene Meer sehen. Den größten Teil der Förde waren ihre Boote geradezu entlanggeschlichen, nun aber gingen sie mit ihren jeweils vier Maschinen auf halbe Fahrt.

Sie, das waren drei Boote des Dritten Schnellbootgeschwaders aus Flensburg. Die Brücke des Bootes war nur halb gedeckt. Auf der Steuerbordseite ihres vorderen, aber gedeckten Teils hatte Thomas seinen Platz. Vor ihm an der eisernen Wand war sein Funksprechgerät angebracht, darunter ein kleines Pult mit dem Funkbuch, in das er alle empfangenen Funksprüche zu notieren hatte. In der Regel stand er mit seinen Kopfhörern auf den Ohren davor, aber es gab auch einen kleinen Klappsitz an der Innenwand der Brücke. Direkt hinter ihm, zwei Stufen höher auf dem offenen Teil der Brücke thronte sein Kommandant auf seinem schwenkbaren Sitz.

Die drei Boote, die jetzt in Kiellinie aus der Flensburger Förde in die Ostsee liefen, nahmen Fahrt auf. Sie ähnelten vielmehr schnittigen Motoryachten als Kriegsschiffen. Ihr schlanker Rumpf mit seinem kühnen, spitzen Steven war auffallend flach und von einer Farbe eines so hellen Graus, dass es schon fast weiß aussah.

Angetrieben wurden diese nicht sehr großen Schiffe von vier Schiffsschrauben und hinter jeder dieser Schrauben saß eine dreitausend PS starke Maschine mit sechzehn Zylindern. Diese vier Maschinen machten das verhältnismäßig kleine Schiff zu einem schieren Kraftpaket.

Aus seinem Bullauge konnte Thomas die letzten Uferstreifen der Förde dahingleiten sehen. Jetzt, kaum dass sie auf der offenen See waren, kam endlich das

Kommando, worauf das Schiff scheinbar schon ungeduldig gewartet hatte; denn dieses war ein Renner, ein Vollblut. Ihm lag das langsame dahinschleichen nicht.

„Alle vier Maschinen volle Kraft voraus!"

Jetzt endlich konnte es zeigen, was es konnte. Der lange messerscharfe Steven hob sich aus dem Wasser und der Fahrtwind legte so mörderisch zu, dass man seinen Kopf besser nicht zu weit über den Süll der offenen Brücke steckte. Die Türen zu deren Nock bekam man jetzt nur noch mit allergrößter Kraftanstrengung auf und wenn man den Fehler machte, seinen Kopf allzu weit über das Schanzkleid zu erheben und einen die Gischt der gewaltigen Bugwelle erwischte, tat das so weh, als hätte einem jemand eine Ladung Kies ins Gesicht geworfen.

Die drei Boote schwenkten jetzt aus zu einer auseinandergezogenen Dreier-Formation. Die jeweils vier Schrauben warfen eine so gewaltige Bugwelle auf, dass von hinten gerade noch das kleine Signaldeck und der kurze Mast zu sehen waren. Sie liefen jetzt mit einer Geschwindigkeit von neununddreißig Knoten, das entspricht einem Tempo von etwas über siebzig Stundenkilometern, dem Ziel ihrer Fahrt entgegen, dem Finnischen Meerbusen.

Noch am Abend zuvor war Thomas mit zwei Freunden im „Goldenen Anker" in Flensburg gewesen. Der Name mochte an alte Zeiten und Hafenkneipen erinnern und vermutlich war sie auch einst einmal eine dieser typischen Hafenkneipen gewesen; der jetzige Besitzer aber hatte sie der neuen Zeit angepasst und ein Tanzlokal daraus gemacht.

Flensburg war vor noch gar nicht so langer Zeit Marine-Stützpunkt geworden. Die Stadt lebte jetzt nicht nur von den vielen Tausenden von Marineangehörigen, auch deren Uniformen mit den schwarzen Flatterbändern an ihren Mützen bestimmten zu einem nicht zu übersehenden Teil das Stadtbild.

Der „Goldene Anker" befand sich direkt am Innenhafen. Thomas hatte sich von seinen Kollegen überreden lassen, mitzugehen.

„Da kannst du jede Menge Mädchen aufreißen", hatten sie ihm versprochen, und auch wenn er die Wahl ihrer Ausdrucksweise nicht sonderlich schätzte, natürlich hätte er durchaus gern ein Mädchen kennengelernt.

Die Kollegen hatten nicht zu viel versprochen, denn als sie das Lokal betraten, waren in der Tat bereits auffallend viele Mädels da. Nun, es mochte hier ein wenig provinzieller hergehen als in Hamburg, aber das war sicher kein Nachteil. Im Gegenteil, Thomas schien die Atmosphäre hier sehr viel persönlicher zu sein. Freilich, es gab hier keine Live-Musik, wie er es aus Bremerhaven kannte. Hier tanzte man zur Musikbox und an den Tischen zu beiden Seiten der Tanzfläche tranken die Mädchen Apfelsaft und die Jungens Cola. Alkohol tranken im Grunde nur diejenigen, recht ausschließlich Kerle, deren Interesse nicht so sehr auf das Kennenlernen von Mädchen ausgerichtet war. Diese Spezies nun lümmelte auf den Barhockern am Tresen, nuckelte an ihren Longdrinks und schaute gelangweilt zur Tanzfläche hinüber.

Es herrschte ein schummeriges Dämmerlicht und die drei Freunde sahen sich nach einem Platz um. Hinten links entdeckte Thomas' Kumpel Jürgen einen Tisch, an dem drei Mädchen saßen.

Gerade eben hatte die Musik gewechselt. Aus der Jukebox erklang jetzt eine dieser bei Seeleuten so beliebten Schnulzen, in denen von Liebe gesungen wurde. Passend dazu war das Licht ausgegangen und schummeriges Dämmerlicht ließ die zu der Musik Tanzenden gerade noch eben erkennen. Man sah im Grunde nur noch bläulich weiß leuchtende Hemden und Blusen. Über der Tanzfläche hingen zwei, drei dieser Schwarzlicht-Strahler, die gerade in Mode waren und die die Nyltesthemden und Kleider der Leute in ein geisterhaftes Licht tauchten. Es war ein Effekt, der aussah, als würden sich lauter körperlose Kleidungsstücke im ansonsten stockdunklen Raum zum Takt der Musik bewegen.

Thomas hatte lange gezögert und seinen Blick schweifen lassen, bevor er eines der drei Mädchen zum Tanz aufforderte. Seine beiden Freunde hatten ihm zwei bereits vor der Nase weggeschnappt. Diejenige, die übriggeblieben war, schien ihm noch etwas sehr jung. Aber das störte ihn wenig, denn als er sie nun so anschaute, fand er sie viel hübscher als die anderen.

Er lächelte ihr zu und da sie sein Lächeln erwiderte, machte er eine knappe Verbeugung, so wie er es einst in der Tanzschule gelernt hatte. Sie erhob sich und zusammen betraten sie die Tanzfläche. Das Stück aus der Musikbox war gerade zu Ende und als Nächstes folgte:

> „Geh'n sie aus im Stadtpark die Lateeernen,
> bleibt uns zwei der Sternenschein.
> Und ich seh' auch ohne die Lateeernen
> Dir ganz tief ins Herz hinein!"

Es war die Edelschnulze schlechthin: Gitte und Rex Gildo.

Als die ersten Töne erklangen, umfasste Thomas die Hüften seiner Tanzpartnerin mit beiden Händen und zog sie an sich. Sie schlang ihre Arme um seinen Hals und zusammen wiegten sie sich eng aneinandergeschmiegt zu dieser herzerwärmenden Schnulze aus der

„Wurlitzer"-Box. Es war eher das Ausleben einer ersten leidenschaftlichen Hingabe zweier junger Menschen, als dass man es hätte Tanzen nennen können. Alle machten es so und es war einfach nur schön.

Seine Partnerin war nur wenig kleiner als er. Sie sah wirklich ausgesprochen hübsch aus, mit ihren hochtoupierten Haaren und dem, wie bei einer Primaballerina, weit ausladenden, bis etwa zu den Knien reichenden Röckchen. Thomas wusste, dass die Mädchen bis zu vier oder fünf gestärkte Petticoats darunter trugen. Beim gegenseitigen Enganeinanderschmiegen gab das so einen Widerstand an den Beinen, an den man sich erst gewöhnen musste. Mit dem Parfum hatte es seine Tanzpartnerin vielleicht ein wenig übertrieben und bei Thomas' vorsichtigem Versuch, seine Nase in ihren Haaren zu vergraben, setzte ihm ihr vermeintlich literweise auf die hochtoupierte Frisur gesprayter Haarfestiger einen unerwarteten Widerstand entgegen. Das Ganze hatte so etwas Spinnennetzhaftes und es hatte statt verführerisch zu sein, eher die Wirkung eines Erotikkillers.

Ja, dachte er, damit musste er sich wohl abfinden, so war es eben mit der Mode. Andererseits, sie sahen schon verteufelt gut damit aus, die Mädchen. Die hoch aufgetürmten Frisuren, sie hatten so etwas Barockes, gaben die schönen Hälse und niedlichen Ohren frei, und das hatte etwas, dass einem schonmal ein bisschen warm werden konnte. Thomas fand, dass seine Tanzpartnerin sogar ganz besonders niedliche Ohren hatte, ja, sie verlockten ihn geradezu, ihr während des „Tanzens" ganz zart daran herumzuknabbern. Der junge Mädchenkörper war so wundervoll warm und weich, dass es Thomas ganz komisch wurde. Er küsste sie nun ganz leicht hinter ihrem Ohr und ließ seine Lippen sanft an ihrem Hals hinuntergleiten. Es war wahnsinnig erregend.

Aus dem Kragen ihrer Bluse stieg ihm dabei der winzig zarte Hauch eines Duftes in die Nase, der von den Breitseiten diverser, wenig miteinander harmonierender Gerüche von Haarspray, Deodorant und Parfum kaum wahrnehmbar war.

Es war ein ganz anderer, eher gegensätzlicher, ein leicht herber, aber zugleich höchst verführerischer Duft. Es war der Duft von jungen Mädchen, zart und verlockend. Aber kaum, dass Thomas die ersten Zeichen einer ungestüm aufkeimenden Leidenschaft zu spüren bekam, war das Lied von der romantischen Liebe auch schon zu Ende, und mit ihm schwand fast schlagartig dieses schöne Gefühl einer himmlisch anmutenden Verzauberung.

Das Licht ging an, der Zauber war verflogen, fortgeweht wie von einer plötzlichen Windbö.

„I'm sittin here, la, la, waiting for my ya ya …",

dröhnte es jetzt aus der Musikbox und alle Tänzer und Tänzerinnen begannen plötzlich wie auf Kommando mit den Armen zu rudern, die Hüften zu schwenken und zu drehen, so als ließe man einen Hulareifen kreisen. Man nannte das Twist und es mochte vielleicht für einen unaufgeklärten Beobachter ein ziemlich albernes Bild abgegeben haben.

Und so war die Zeit schnell vergangen, als Schlag zehn helles Licht anging. Vorbei war es mit dem Tanzen, zumindest für die Unter-Achtzehnjährigen, und die drei Herren der Marine begleiteten ihre Tanzpartnerinnen zu ihrem allerletzten Bus nach Hause, den die drei Mädchen nach einem letzten minutenlangen Knutschen zum Abschied nur widerwillig bestiegen. Thomas war ein wenig überrascht, mit welch unerwarteter Leidenschaft ihn das fremde Mädchen küsste.

Sie kannten sich ja gerade erst seit etwa knapp zwei Stunden.

Inzwischen hatten die drei Schnellboote die Insel Fehmarn fast querab gelassen und schickten sich an, die Lübecker Bucht zu kreuzen. Da geschah es, dass plötzlich der Funk-Gefreite aus seiner Hütte geschossen kam und aufgeregt meldete:

„Funkspruch vom Minensuchgeschwader, fremdes Kriegsschiff am Ausgang der Lübecker Bucht gemeldet. Sein Name: ‚Craig'.“

Sowohl der Kommandant als auch der Erste Offizier stutzten.

„'Craig'? Nie gehört, den Namen.“

Plötzlich, man konnte es förmlich an seinem Gesicht sehen, schien dem Kommandanten der Hauch einer Ahnung zu kommen.

„Sagen Sie, Gefreiter Hohmann, buchstabieren Sie doch bitte mal.“

„K-R-A-K E.“

Der Kommandant lachte.

„Mensch, Hohmann, das spricht man doch nicht englisch aus. Das ist ein ostdeutsches Schiff, es heißt ‚Krake', ein umgebauter Fischdampfer, ein Spionage-schiff. Es kommt aus Wismar, aus der Ostzone.“

Alle auf der Brücke Versammelten lachten und es waren nicht wenige, die sich dort aufhielten: Da waren zunächst neben dem Kommandanten der Erste (und einzige) Offizier, Michael, der Rudergänger, und Ralph, der an den vier Maschinentelegrafen saß. Im Signalstand, hinter und knapp einen Meter über ihnen stand der Signalgast und zwei Stufen tiefer Thomas mit seinem Sprechfunkgerät.

Von diesem Tag an hatte Paul Hohmann seinen Spitznamen weg, er wurde nur noch ‚Craig' genannt.

Die „Krake“ kam auch bald darauf in Sicht. Das Schiff war von dunkelgrauer Farbe, am Rumpf liefen lange

Rostfahnen herunter und gespickt war es mit einem wahren Wald von Antennen.

Die Kommandanten der drei Schnellboote schien nun der Hafer zu stechen. In Formation und mit rauschender Bugwelle liefen sie jetzt auf die „Krake" zu, um dann, sozusagen im allerletzten Augenblick, wieder abzudrehen. Das Spionageschiff kam ihnen dabei so nah, dass Thomas dessen Alarmpfeifen hören und sehen konnte, wie dessen Besatzung hektisch auf ihre Stationen rannte. Die Schnellboote drosselten abrupt ihr Tempo und fuhren in einem großen Bogen um den ehemaligen Fischdampfer herum.

‚Das hätte auch schiefgehen können', dachte Thomas.

Tatsächlich schien dies ein altes Spiel zwischen „Ost" und „West", fast schon ein Ritual, was „die da drüben" allerdings nicht daran hinderte, wütend zu sein. Zu allem Überfluss nahm nun der Kommandant sein Megafon und rief hinüber:

„Dürfen wir vielleicht mit ein paar Eimern Farbe aushelfen?"

Das aber fanden die gar nicht witzig und drohten ihnen mit den Fäusten.

Scheiß Kapitalisten, mochten sie wohl denken, ging es Thomas durch den Kopf.

Ihm war gar nicht wohl dabei, schließlich herrschte Kalter Krieg und „unsere Brüder und Schwestern aus der Zone", wie sie genannt wurden, waren in Wirklichkeit der Todfeind.

Das schien aber niemandem hier auf der Brücke wirklich bewusst zu sein. Nachdem sie ihren „Spaß" gehabt hatten, drehten die drei Boote ab und gaben wieder Vollgas.

Ein langer anstrengender Törn stand ihnen bevor und von nun an entlang einer „feindlichen Küste".

Ein Schiff, das auf dem Meer unterwegs war, machte niemals Pause, es fuhr am Tag und in der Nacht und so lange, bis es sein Ziel erreicht hatte. Deshalb musste seine Besatzung rund um die Uhr auf all den Stationen sein, die nötig waren, ein Schiff in Fahrt zu halten. Aus diesem Grund gab es bereits seit Jahrhunderten und in aller Welt das System der vierstündig wechselnden Wache. Das alles wusste Thomas natürlich, wenngleich er das erste Mal in seinem Leben als ein Angehöriger der Besatzung auf einem Schiff beziehungsweise Boot unterwegs war.

Aber auf einem Schnellboot gab es aufgrund seiner Größe dafür nicht genügend Leute. Hier bedeutete es, dass jeder auf seinem Posten ausharren musste, solange es in Fahrt war. Das galt selbst noch für den Koch, der die Mannschaft all die Zeit über mit heißen Getränken und kalten Schnitten bei Laune zu halten versuchte. Hinzu kam, dass ein großer Teil der Schlafkojen sich vorne im Steven befand und dorthin durfte man während der Fahrt sowieso nicht. Es war bei der Geschwindigkeit und wegen des Fahrens im Verband einfach zu gefährlich.

Von Flensburg bis in den Finnischen Meerbusen waren die Boote trotz ihrer hohen Geschwindigkeit volle zwei Tage und eine Nacht unterwegs. Es war absolut mörderisch. Das stundenlange Stehen im Fahrtwind, das Sitzen am Ruder oder der Aufenthalt im heißen Maschinenraum, dazu das permanente Röhren der vier Hochleistungsmaschinen im Ohr, das machte die Männer auf die Dauer regelrecht fertig.

Zwölf Stunden hielt man das noch gut aus, zu Anfang machte es sogar noch Spaß. Aber dann in stockdunkler Nacht, wo nichts geschah, außer dass die Boote mit einer wahnwitzigen Geschwindigkeit durch die See stoben und die Leute auf der Brücke stundenlang nur auf die zwei kleinen schwachen, blauen Positionsleuchten des Vordermanns starrten, da ging die

Zeit einfach nicht voran. Zwei, drei Stunden wurden so zur Ewigkeit.

Ein Blick auf die Uhr: erst Mitternacht!

Dabei hatte Thomas gehofft, es wäre schon sechs Uhr in der Früh. Da halfen auch der Kaffee und die belegten Brote nichts, die der Koch immer wieder servierte. Der Signalgast hatte immerhin nach Einbruch der Dunkelheit seinen Signalstand verlassen dürfen und hielt sich nun bei den anderen auf der Brücke auf, wo der Wind nicht so erbarmungslos an der Kleidung zerrte. Auf dem offenen Teil der Brücke wurde der Wind durch Leitbleche an der Brückenkante über die ganz vorn Stehenden hinweggelenkt.

Thomas, der wie seine beiden Kollegen am Ruder und an den Maschinentelegrafen immerhin ein Stück Dach über sich hatte, wurde es zudem zunehmend langweilig. Im Äther des Sprechfunks war es jetzt auch still geworden. Nur einmal kam ein Anruf der Radarstation Fehmarn, die ihnen die Position eines nicht identifizierten schwimmenden Objektes durchgab. Eines der Boote scherte daraufhin aus der Linie, um nachzusehen, was es damit auf sich haben könnte. Es stellte sich heraus, dass es ein russischer Frachter war, der allerdings recht merkwürdige Kapriolen bei der Beibehaltung seines Kurses gemacht hatte. Vielleicht hatten die da oben auf seiner Brücke ja lediglich etwas zu tief ins Glas geschaut. Bei den Russen wusste man ja nie. Ob sie wohl ahnten, dass sich ganz dicht in ihrer Nähe gerade drei Schnellboote der deutschen Marine befanden?

Die Zeit schlich dahin, Thomas überwältigte Müdigkeit. Zwei- oder dreimal schlief er fast im Stehen ein, wachte aber jedes Mal in dem Augenblick erschrocken auf, als er kurz in den Knien einknickte. Anderen mochte es ähnlich ergehen, aber der Rudergänger musste stets hellwach sein. Er konnte sich nicht den geringsten

Schlenker erlauben, die Kollisionsgefahr beim Fahren ohne Licht war allzu groß.

Nach einer Ewigkeit begann es endlich zu dämmern. Jetzt durfte jeder umschichtig für eine halbe Stunde in die warme Kombüse nach achtern und zum Frühstück gehen. Nur für den Kommandanten und seinen Ersten Offizier galt dies nicht.

Dabei hätten sie sich doch auch ablösen können, dachte Thomas. War das zu verstehen? Andererseits setzte sich der Kommandant für die Zeit, da Thomas nach achtern zum Frühstück ging, selber den Hörer des Sprechfunkgerätes auf, um ihn abzulösen. Das fand Thomas recht nobel von ihm und auch der Rudergänger wurde vom Untersteuermann aus dem Kartenraum abgelöst.

Es wurde Tag, die Stunden verstrichen und wieder kam die Nacht. Es war nun die zweite und immer noch ohne Schlaf und nun wurde es noch einmal richtig schlimm. Sie waren jetzt so übermüdet, dass sie nicht einmal mehr einnickten. Eine Art von Überreizung hatte sich aller bemächtigt. Es war fast noch schlimmer zu ertragen.

Angekommen in ihrem Zielgebiet wartete dort bereits das Versorgungsschiff auf sie, ein sogenannter Tender. Die drei Schnellboote des Geschwaders, die vorher dieses Seegebiet überwacht hatten, machten sich nun kurz nach dem Eintreffen der Ablösung auf den Heimweg. Stattdessen gingen nun der „Leopard", der „Panther" und der „Löwe" längsseits an den Versorger. Als alle drei Boote gut vertäut waren, kletterten die völlig Übermüdeten die Luke zu ihren Kojen im Bug und im Heck hinunter, fielen todmüde auf die Matratzen und waren im selben Moment auch schon eingeschlafen.

Hier im Eingang zum Finnischen Meerbusen sollten die Boote nun drei Wochen lang Streife fahren und die „feindliche" Küste beobachten.

Die ganze Zeit über waren sie in Kontakt mit den Radarstationen von Fehmarn und Dahme, die ihnen alle nicht identifizierten Objekte auf ihren Radarschirmen meldeten und sie im Bedarfsfall baten, einmal „nachzuschauen". Zu diesem Zweck fuhren die drei Boote abwechselnd rund um die Uhr in dem Seegebiet Streife, wobei ein jedes acht Stunden unterwegs war. Das war natürlich im Vergleich zu der Hinfahrt gut auszuhalten, aber Thomas wusste nur zu genau, dass nach Ablauf der drei Wochen wieder der sechsunddreißig Stunden dauernde Trip nach Hause auf ihn zukam. Und dieses Mal fiel es ihm noch schwerer.

Als die drei Schiffe aber endlich am Morgen nach der schrecklichen, zweiten durchwachten Nacht in die Flensburger Förde einliefen, schien es, als wären plötzlich alle wieder putzmunter. Das täuschte jedoch gewaltig. Die Besatzung brachte es eben gerade noch fertig, die Boote nebeneinander an der Pier festzumachen und wankte zu ihren Unterkünften im Stützpunkt. Kaum, dass sie ausgezogen, oder nicht, waren, fielen sie in ihre Kojen und schliefen wie die Steine.

Erste Liebe

Thomas erwachte gerade noch rechtzeitig, um noch etwas vom Frühstück abzubekommen und pünktlich um neun auf seinem Schiff zur Musterung zu erscheinen. Vorher hatte er noch schnell die Post durchgesehen, die sie inzwischen bekommen hatten. Es war nicht viel, ein Brief vom Postscheckamt, einer von seiner Mutter und ein weiterer von seiner Schwester. Aber es befand sich noch ein vierter dabei. Er war rosa und die Adresse in einer fast kindlichen, weiblichen Handschrift. Thomas hob ihn hoch, um daran zu schnüffeln. Nein, er hatte sich nicht getäuscht, der Brief duftete zart nach irgendeinem Parfüm. Er ahnte schon etwas. Er drehte ihn herum. „Monika Höfner" stand darauf, aus Holnis. Ihn las er nun als Erstes. Ja, es war ein Liebesbrief und er war von seiner Tanzpartnerin aus dem „Goldenen Anker". Sie würde so gern seine Freundin sein, schrieb sie, und: „Wenn ich dir nicht so jung bin."

‚Oje!', dachte Thomas, ‚nicht einmal richtig deutsch kann sie!'

Das hatte ihm gerade noch gefehlt. In einer Aufwallung knüllte er ihn zusammen und warf ihn in den Papierkorb.

Als er sich wenig später auf seinem Schiff meldete, hatte er ihn schon fast wieder vergessen.

Da heute Sonnabend war, wurde nach der langen und, wie er fand, anstrengenden Reise nur noch Reinschiff gemacht, das hieß, die Wohndecks wurden aufgeräumt und das Deck sowie die Aufbauten mit dem Schlauch abgespritzt und vom Salzwasser befreit, und dann war Wochenende.

Der Himmel war bis auf ein paar malerisch weiße Quellwolken blau und die Sonne knallte vom Himmel.

„Wollen wir nicht für den Rest des Nachmittages an den Strand gehen?", schlug Michael vor.

„Gute Idee!", stimmte Thomas zu.

Michael war Rudergänger auf ihrem Boot, dem „Panther", und pflegte, während sie auf See unterwegs waren, etwa zwei Meter neben ihm am Steuerruder zu sitzen. Zwischen ihnen ging es drei Stufen hinunter zum Kartenhaus, dessen Tür während der Fahrt stets offen stand.

Ihre Unterhaltung während der langen Stunden auf See beschränkte sich allerdings auf den Austausch eines Mienenspiels. Sie hatten es im Laufe der Zeit darin zu einer Perfektion gebracht, sodass eine Nähe entstanden war, die mit der Zeit zu einer Art Freundschaft geführt hatte. So hatten sie es sich angewöhnt, ihre Unternehmungen außerhalb ihres Dienstes gemeinsam zu machen. Als Dritter gesellte sich gelegentlich noch Ralph dazu, der noch etwas weiter weg am Maschinentelegrafen saß.

Der Stützpunkt hatte ein eigenes etwa fünf- bis sechshundert Meter langes Stück Strand. Er lag zwischen dem Marinehafen und der Offizierschule Mürwick. Sie konnten sich also bereits auf ihrem Zimmer die Badehose anziehen, ein paar Sachen zusammenpacken wie Handtuch, Sonnenbrille, Sonnenöl und vielleicht auch ein Buch. Alles in allem war das Leben hier im Stützpunkt ganz angenehm, aber dennoch waren sie immer aufs Neue wie elektrisiert, wenn es wieder hinausging. Diese unmittelbare Auseinandersetzung ihres kleinen Bootes mit all den Launen der See gefiel ihnen. Unter den Besatzungen all der anderen Schiffe, den Zerstörern und den Minensuchern, fühlten sie sich wie eine Elite. Sie waren die wirklichen, die echten Seeleute und das ließen sie die anderen auch spüren.

Am Strand war seltsamerweise so gut wie nichts los. Sie beide waren fast die einzigen Badegäste. Sie sprachen wenig miteinander, lagen entspannt in der Sonne oder schwammen einige Mal im Wasser der Förde, bis die Sonne sich anschickte, sich langsam dem Abend zuzuneigen. Da erst packten sie ihre Sachen, um, nachdem sie das Mittagsessen schon hatten ausfallen lassen, wenigstens das Abendessen nicht zu verpassen.

„Kommste mit in den Anker, heut Abend?", fragte Michael, während sie ihre Handtücher aufrollten.

„Och ja, warum eigentlich nicht", stimmte Thomas zu.

Als Dritter hatte sich ihnen dann wie so oft Ralph angeschlossen. Als sie gegen acht den „Goldenen Anker" betraten und sich umschauten, sahen sie hinten an einem Tisch unweit der Tanzfläche bereits die drei Mädchen sitzen.

„Ach du Scheiße!", entfuhr es Thomas halblaut, er hatte den Liebesbrief völlig vergessen.

Als sich sein Blick mit dem einen der Mädchen kreuzte, wie war doch gleich ihr Name, sah er einen kurzen Anflug von Schreck, oder war es nur Verlegenheit, in ihren Augen.

‚Monika!' schoss es ihm durch den Kopf.

Im gleichen Moment glitt ihr Blick auch schon zur Seite. Sie wurde puterrot im Gesicht. Seine beiden Freunde bekamen natürlich nichts von alldem mit und mit einem allgemeinen großen Hallo und einer flüchtigen Umarmung nahmen alle Platz. Thomas indes trat mit einem verlegenen Lächeln zu Monika, die als Einzige sitzen geblieben war. Er reichte ihr die Hand.

„Hallo Monika!", begrüßte er die nicht wenig Verlegene und ließ sich neben ihr nieder. Es waren noch nicht viele Gäste im Lokal und die Musikbox schwieg.

Und so entspann sich sehr bald eine muntere Konversation zwischen ihnen. Thomas nahm jedoch nur wenig an ihr Teil. Er nutzte vielmehr die Zeit, um Monika unauffällig zu mustern.

‚Mein Gott‘, dachte er, ‚sie ist wirklich noch recht jung.‘ Monika indes nahm auffallend lebhaft an dem Gespräch der anderen teil.

‚Sie versucht, ihre Verlegenheit zu überspielen‘ vermutete Thomas. ‚Ihr Gesicht hat etwas sehr Weiches, fast noch Kindliches. Nicht jedoch ihre Augen.‘

In ihnen lag ein Ausdruck, Thomas konnte ihn zunächst nicht deuten. Er wirkte wie der Blick eines jungen Menschen, der zu früh die Schlechtigkeit anderer Menschen erlebt, aber seine Träume dennoch nicht verloren hatte. Irgendetwas löste es in Thomas aus. Er fühlte sich ihr plötzlich sehr viel näher.

Er hatte mit ihr, seit er hier Platz genommen hatte, noch nicht ein einziges Wort gewechselt. Dennoch schien sie zu spüren, dass etwas in ihm vorgegangen war, denn plötzlich sah sie ihn direkt an. Sie wirkte für einen kurzen Moment überrascht von der Wärme seines Blickes. Aus einem Impuls heraus legte er ihr seine Hand auf den Arm und drückte ihn sanft. Da glitt ein Lächeln über ihr Gesicht.

Entschlossen erhob er sich jetzt, und während er zu der Musikbox hinüberschlenderte, kramte er einige Münzen aus seiner Tasche. Er wählte ein paar Titel, drehte sich um, mit vier fünf Schritten war er zurück an ihrem Tisch und mit einer eleganten Verbeugung, ganz im alten Stil, forderte er Monika zum Tanz auf. Schon als die ersten Töne aus der „Wurlitzer“ erklangen, folgten ihnen nun auch andere Paare.

Thomas hatte ganz bewusst einige Schnulzen gedrückt. Zu Hause bei seinen Eltern waren diese verpönt, aber wenn er sich auch ihrer Trivialität bewusst war, heimlich und in ganz bestimmten Situationen liebte er sie. Und in genau so einer Situation war er jetzt. Der Barkeeper hinter seinem Tresen blickte kurz zu den Tanzenden hinüber und reagierte. Das Licht verlöschte.

Wieder einmal war nur noch das Schwarzlicht an, das die weißen Nyltest-Hemden, Blusen und Kleider der Gäste zum Leuchten brachte. Die Tanzfläche hatte sich inzwischen sehr schnell gefüllt.

Wie schon bereits beim letzten Mal schmiegte sich Monika eng an Thomas an. Er neigte sein Gesicht zu ihr hin und wieder genoss er das herrliche Gefühl, ihre zierliche Ohrmuschel an seinen Lippen zu fühlen.

Was war mit ihm geschehen? Er erkannte sich nicht wieder. Seine Sinne erinnerten sich an den betörenden Duft, der trotz ihrer nicht eben geringen Parfümierung so zart aus dem Kragen ihrer Bluse gewichen war, und wie zuvor tasteten sich seine Lippen und Nase an ihrem Hals hinab. Beide hatten sie ihre Umwelt völlig vergessen. Aber Thomas wusste, er hatte drei Titel gewählt, und ihr Traum dauerte eben diese drei Titel lang. Für die Dauer dieser drei Musikstücke blieb für sie die Welt stehen.

„Little Richard", der „most crazy" Rock'n'Roll-Sänger, beendete ziemlich abrupt ihren Traum. Flackerndes buntes Licht verwandelte die Szene und Thomas zog seine Tanzpartnerin mit sich zurück zu ihrem Tisch. Monika rückte ihren Stuhl dichter an ihn heran und er fasste ihre Hand. Für eine Unterhaltung war es zu laut, aber in ihrem gemeinsamen Schweigen lag keine Verlegenheit mehr.

‚Das ging jetzt aber schnell', dachte Thomas. Ein etwas ungutes Gefühl begann ihn zu beschleichen. ‚Mein Gott, ich kann mich doch nicht mit einem Schulmädchen einlassen.' War sie überhaupt schon sechzehn?'

Im gleichen Augenblick beugte er sich zu ihr herunter.

„Bist du eigentlich wirklich schon sechzehn?", fragte er sie, dicht an ihrem Ohr.

18

„Natürlich!" Sie schien beleidigt. „Sonst würden die mich hier doch gar nicht reinlassen!", setzte sie noch hinzu.

,Na, hoffentlich ist es so', zweifelte er, erhob sich und zog sie mit sich auf die Tanzfläche.

Sie konnte deutlich besser Rock'n'Roll tanzen als er selber und Thomas begrüßte es im Stillen, als zur Abwechslung mal ein Twist kam. Im Grunde hielt er diese Art zu tanzen für albern, aber es war das Beste, was er in dieser Situation tun konnte. Und als danach wieder ein langsames Stück kam, nahm er Monika an der Hand und verließ mit ihr die Tanzfläche.

Nun endlich gab es eine Gelegenheit, ein paar weitere Worte mit ihr zu wechseln. Er erinnerte sich, dass er sie das letzte Mal mit seinen Freunden zum Bus gebracht hatte.

„Wohnst du in Glücksburg?", fragte er Monika nun.

„Nicht direkt", entgegnete sie ihm, „ich wohne in Holnis, aber ich gehe in Glücksburg zur Schule."

,Also doch', dachte er, ,ein Schulmädchen!'

„... Auf die Realschule, zehnte Klasse", fuhr sie fort.

,Realschule?', staunte er. Und dann macht sie solche Fehler in der Grammatik?'

Er war nur wenig „beruhigt". Auf was hatte er sich hier eingelassen ... Doch dann haderte er weiter mit sich: ,Sie ist schon verteufelt hübsch', und widersprach sich nach einer kleinen Pause: ,Wenn sie sich nur nicht so aufdonnern würde – aber das tun sie ja alle hier, besonders die vom Dorfe.'

Thomas kam aus Hamburg und da war diese seltsame Jungmädchenmode lange vorbei.

Jetzt gesellten sich auch die zwei anderen Paare wieder zu ihnen. Neue Getränke wurden geholt, die Mädchen tranken Apfelsaft, die Männer Bier, Thomas als Einziger trank Cola.

Als die Uhr schließlich auf zehn ging, brach die Gruppe auf. Die Mädchen durften den letzten Bus nach Glücksburg nicht verpassen. Dazu kam, dass um zehn Uhr ja ohnehin alle unter achtzehn Jahren das Lokal verlassen mussten.

Wie alt mochten die anderen beiden sein, rätselte Thomas im Stillen, zumindest eine von ihnen sah aus, als wäre sie schon achtzehn, vielleicht sogar beide. Ihm selber fehlten nur vier Monate zu zwanzig und der Grund, warum er sich zur Marine gemeldet hatte, war, dass er von zu Hause wegwollte. Es war für ihn eine Art Flucht gewesen und in vier Jahren, wenn seine Dienstzeit vorüber war, würde man weitersehen. Er machte sich keine Sorgen.

Der Bus stand bereits abfahrbereit, als sie an der Haltestelle eintrafen.

‚Ob ich sie wohl zum Abschied küssen soll?‘, fragte sich Thomas zaudernd.

Aber Monika enthob ihn dieser Frage, indem sie ihn mit beiden Händen umschlang und ihn an sich drückte. Da konnte er gar nicht mehr anders und er drückte ihr seine Lippen auf ihren leicht geöffneten Mund. Er spürte eine überraschende Energie in Monikas Kuss, dennoch gab er ihren Lippen nur zögerlich nach.

„Bis zum nächsten Mal!“, riefen sie alle, winkten noch einmal, bevor sich die Tür hinter ihnen schloss und der Bus von dannen fuhr.

In der kommenden Woche blieben die Boote im Hafen. Für die Besatzung bedeutete das mehr oder weniger langweilige Bordroutine. Wenn er nicht gerade Wache hatte, war für Thomas um siebzehn Uhr Feierabend. In der Regel aß er noch in der Kantine zu Abend und fuhr dann mit der Straßenbahn in die Stadt. Niemand blieb freiwillig im Stützpunkt, wenn er frei hatte. Er schlenderte dann gewöhnlich ziellos durch die Straßen und Gassen des Städtchens, schaute sich in den Schaufenstern schöne Sakkos an, die er sich nicht leisten konnte, kehrte auch mal irgendwo ein oder ging ins Kino. Er ging überhaupt recht oft ins Kino. Seine Freunde hingegen besuchten fast jeden oder jeden zweiten Abend Tanzlokale wie den „Goldenen Anker". Die Wirtsleute der Stadt hatten sich mit den Jahren auf die Gewohnheiten der jungen Leute von der Marine eingestellt und fast jede ehemalige Schankwirtschaft besaß inzwischen eine Musikbox und eine kleine Tanzfläche. Dort traf man sich dann Abend für Abend und flirtete mit den Mädchen.

Thomas lag das nicht so, dieser tägliche Zug durch die Kneipen. Er hatte das Pech, noch keine feste Freundin in der Stadt zu haben. Aber hatte er nicht gar schon eine? Er tat sich ein wenig schwer mit alldem. Dennoch, seit dem letzten Sonnabend dachte er oft an Monika. Warum hatte er sich nicht für den kommenden Samstag fest mit ihr verabredet? Es war vielleicht doch ein wenig dumm von ihm, nun jeden Sonnabend auf gut Glück den „Goldenen Anker" zu besuchen, in der Hoffnung, dass Monika auch wieder da sein würde. Aber immerhin wusste er den Ort, wo sie wohnte, und er besaß ein Auto. Er hatte sich nämlich Anfang des Jahres einen acht Jahre alten kleinen Fiat angeschafft.

Genau bis zum Donnerstag hielt er es aus und an diesem Tag setzte er sich, ohne sich noch groß mit Abendessen aufzuhalten, in seinen Fiat und fuhr auf einfach los, Richtung Holnis. Eine Adresse hatte er zwar nicht, aber er dachte, dass es doch in solch einem kleinen Nest möglich sein sollte, durch irgendeinen Zufall auf

Monika zu stoßen. Allerdings, so ganz sicher war er sich immer noch nicht, ob er sie überhaupt als feste Freundin haben wollte.

Ihr Liebesbrief geisterte ihm immer noch im Kopf herum: „Wenn ich dir nicht so jung bin". Aber er wusste ja nun, dass sie zur Realschule ging. Mehr hatte auch er nicht zu bieten. Warum also der Dünkel? Es könnte ja eine ganz einfache Erklärung dafür geben. Sie war halt ein wenig durcheinander oder besser noch, aufgeregt gewesen. Vielleich wollte sie schreiben: Wo ich doch noch so jung bin. Sie lebte zweifellos in dem Glauben, für eine Beziehung mit einem Zwanzigjährigen noch zu jung zu sein, und das stimmte möglicherweise sogar. Ihre Freundinnen waren ja beide älter.

Aber trotz allem, er wurde den Gedanken an Monika nicht los. Warum musste es gerade sie sein? Gab es nicht genug andere Mädchen? Und doch! Sie hatte irgendwie etwas, das ihn mit aller Macht zu ihr hinzog. Aber war er nicht vielleicht völlig verrückt? Einfach so loszufahren, zu dem Ort, in dem sie wohnte, und nicht einmal die Straße zu kennen?

Hin- und hergerissen zwischen Verstand und Gefühl war er inzwischen durch Glücksburg gefahren und näherte sich Holnis. Er kannte Holnis, aber nur von der Wasserseite. Es war eher eine langgezogene, bewohnte Halbinsel als ein Ort. Wenn sie mit dem Geschwader unterwegs zum Meer waren, änderten sie an dieser Stelle immer ihren Kurs. Die Flensburger Förde beschrieb hier einen rechtwinkligen Knick. Ihr Kommandant hatte bei einer ihrer Fahrten gesagt, dies sei Deutschlands nördlichstes Kap.

Thomas grinste plötzlich still vor sich hin: *Sein* Kap der guten Hoffnung, schoss es ihm plötzlich durch den Kopf. Wie passend!

Wie er seinen Fiat so durch die schmalen Sträßchen lenkte, erstaunte ihn nun doch: Es gab hier deutlich mehr Häuser, als er erwartet hatte. Thomas wusste ja, dass es ein beliebter Badeort war, mit einem der schönsten Strände hier oben im Norden.

Langsam und kreuz und quer fuhr er durch schmale Straßen.

‚Verrückte Idee!‘, schalt er sich selber.

Es waren reichlich Menschen unterwegs: Urlauber, Familien mit Kindern, mit Badesachen bepackt, Gummibooten, Sandschaufeln.

Am Ende folgte er der Straße, die bis zur Spitze der Halbinsel führte. Er wusste dort oben ein Naturschutzgebiet. Je weiter er nach Norden kam, desto spärlicher wurden die Spaziergänger. Kurz vor dem Ende des Weges, er hatte gerade den Leuchtturm passiert, überholte er ein junges Mädchen, das mit seinem Hund spazieren ging.

Nun war er ganz am Ende des Weges angelangt. Bevor er seinen Wagen wendete, hielt er kurz an.

„Blödsinnige Idee!“, schimpfte er mit sich selber halblaut. Aber, nun gut! Er legte den ersten Gang ein, um zurückzufahren.

‚Ich kurve noch einmal durch das Wohnviertel und dann fahre ich zurück nach Flensburg‘, beschloss er.

Auf dem Rückweg kam ihm das Mädchen mit dem Hund entgegen und er verlangsamte noch mehr seine Fahrt, um sie nicht zu belästigen. Thomas lächelte ihr freundlich zu, und dann stieg er plötzlich voll auf die Bremse.

Das Mädchen war Monika!

Sie trug ihre glatten zurückgekämmten Haare zu einem Pferdeschwanz zusammen- gebunden, deshalb hatte er sie nicht gleich erkannt.

Er beugte sich über den Beifahrersitz und kurbelte nicht ohne Mühen das Fenster herunter.

„Hallo Monika!", rief er ihr zu und nahm wahr, wie sich ihr erstauntes Gesicht in ein Lächeln verwandelte.

„Thomas! Was machst du denn hier?"

„Ich wollte dich besuchen."

Monika blickte einmal nach vorn und einmal nach hinten und dann öffnete sie entschlossen die Autotür.

„Warte!", meinte sie und klappte, ohne noch etwas zu sagen, den Beifahrersitz nach vorn.

„Dina, hopp!", kommandierte sie und der kleine schwarze Pudel sprang nach hinten ins Auto. Dann setzte sie sich neben Thomas und schlug die Tür zu.

„Kannst du ein Stück zurückfahren?", wandte sie sich an ihn.

Der tat, wie ihm geheißen, bis sie endlich „Stopp" rief. Nun sah es auch er: Rechterhand zweigte ein Weg ab.

„Fahr bitte ein Stück hier hinein", bat sie. „Da kommt gleich ein kleiner Platz, wo wir halten können."

Thomas fuhr nun langsam weiter und als sie kurz darauf einen ringsum mit Büschen gesäumten Platz erreichten, fuhr er einen kleinen Bogen, hielt und stellte den Motor ab.

„Muss ja nicht jeder sehen, dass ich mich hier mit fremden Männern treffe", meinte Monika scherzend.

„Erzähl, wie kommt es, dass du auf einmal hier bist?"

Thomas sah ihr nun direkt ins Gesicht, und als er bemerkte, wie ihre Augen glücklich leuchteten, sagte er: „Ich hatte Sehnsucht nach dir."

Es stimmte ja, musste er sich eingestehen, auch wenn er zunächst voller Zweifel gewesen war.

Beide blickten sich nun lange schweigend an, forschten jeweils im Gesicht des anderen.

Schließlich beugte sich Thomas, ohne etwas gesagt zu haben, weit über sie hinüber, um nach der Fensterkurbel zu greifen.

„Wart", meinte er, „ich will nur das Fenster etwas weiter schließen."

Ihre Gesichter kamen sich dabei so nahe, dass ihre Augen nur noch wenige Zentimeter voneinander entfernt waren. Er fühlte ihre Wärme und ihr Duft ließ ihn erschauern.

Und ganz plötzlich, ohne dass sich einer von ihnen spürbar gerührt hätte, berührten sich ihre Lippen. Monika schlang beide Arme um seinen Hals und von einem spontanen und unbändigen Verlangen getrieben, saugten sich ihre Lippen förmlich aneinander. Thomas fühlte ihre Zunge geradezu gierig in seinen halbgeöffneten Mund eindringen.

Es gab jetzt nur noch sie beide auf dieser Welt. Heftig durch ihre Nasen schnaufend wanden sich ihre Zungen umeinander.

Thomas hätte hinterher nicht einmal sagen können, ob er von diesem so plötzlich über ihn hereinbrechenden Gefühl überrascht gewesen war, oder nicht. Er hatte etwas dergleichen noch nie erlebt. Es war einfach so über sie gekommen.

Die Zeit blieb für sie stehen und endlich, es war tatsächlich fast eine halbe Stunde vergangen, da sie schließlich heftig keuchend voneinander abließen.

„Ich muss nach Hause", brachte Monika immer noch ganz außer Atem heraus.

Thomas schwieg. Widerstrebend trennten sie sich. Monika öffnete die Seitentür, stieg aus, rief ihr Hündchen und knallte die Tür hinter sich zu. Dann kam sie um das Auto herum und beugte sich zu seinem geöffneten Fenster hinunter.

„Bis Samstagabend!", verabschiedete sie sich mit strahlenden Augen.

Dann drehte sie sich um, rief ihren Hund zu sich und ging fort.

Thomas blickte ihr fast ungläubig hinterher.

‚Was zum Teufel war das da eben gerade?', staunte er.

Monika drehte sich noch einmal zu ihm um.

„Übrigens", rief sie, „ich bin jeden Tag um diese Zeit hier unterwegs!"

Thomas sah ihr weiter nach, bis sie um die Ecke verschwunden war. Dann stieg er aus, folgte einem Pfad, der hier weiterführte, bis er schließlich oben am Steilufer ankam. Dort stand er lange Zeit und blickte sinnend über die weite Wasserfläche der Förde.

Manöver

Am Montagmorgen war es dann so weit: Im Minutentakt ließ ein Boot nach dem anderen seine vier Maschinen an, um sie warmlaufen zu lassen. Ein zunehmendes Röhren erfüllte die Luft über dem Hafen. Das Geschwader, bestehend aus allen zehn Booten, machte sich bereit, um zu einem großen NATO-Manöver in die westliche Ostsee auszulaufen.
Auf der freien See würden Schnellboote aus Dänemark, Norwegen und England zu ihnen stoßen. Die Dänen nahmen teil mit sechs Schnellbooten und ihrem Versorgungsschiff „Valkyrien", die Norweger kamen mit fünf von ihren kleineren Küstenschnellbooten, die speziell für ihre Fjorde entwickelt worden waren. Nur die Engländer beteiligten sich lediglich mit zwei Booten. Die allerdings hatten es in sich, wie Thomas später noch erfahren sollte. Dazu kamen deren eigener Tender, ein Tanker und zwei Schlepper, die die Aufgabe hatten, eine Zielscheibe hinter sich herzuschleppen.
Das Manöver war für drei Wochen geplant und sollte aus drei Teilen bestehen: der erste im Kattegat, Teil zwei in den norwegischen Fjorden und der dritte schließlich in der Nordsee. Und das Besondere an alldem war, dass nach Beendigung eines jeden Teils ein offizieller Staatsbesuch in den jeweiligen Hauptstädten der beteiligten Nationen geplant war, sofern jene am Meer lagen. Sie hießen: Kopenhagen, Oslo und für die Bundesrepublik Hamburg. Hamburg war zwar nicht die Hauptstadt der Bundesrepublik, aber Bonn lag ja nicht am Meer. London indes wurde nicht besucht. Das war schade. Sollte es vielleicht daran liegen, dass die Engländer nur mit zwei Booten teilnahmen? Thomas wusste es nicht. Auf jeden Fall war er voller Aufregung bei der Aussicht auf dieses Erlebnis. Schiffe wurden nicht gebaut, um in den Häfen zu liegen. Sie wollten hinaus auf See und ihre Besatzungen selbstverständlich

auch. Dass es sich hierbei um Kriegsschiffe handelte und nicht um Frachtschiffe, fiel hier für die Beteiligten nicht ins Gewicht. Es war wie ein Spiel, absolut niemand, na ja, vielleicht bis auf die Offiziere, dachte dabei an Krieg.

Thomas war bis auf die kleine dänische Stadt Frederikshavn, die die zweite Heimat ihres Geschwaders war, noch nie im Ausland gewesen. Er freute sich auf Kopenhagen und auf Oslo und ein Staatsbesuch in Hamburg, seiner Heimatstadt, war etwas ganz Besonderes für ihn. Sein Bruder würde kommen und ganz sicher auch der Vater. Er hoffte ebenso auf seine Mutter und die Schwester.

Jetzt löste sich ein Schiff nach dem anderen von der Mole und schwenkte mit röhrenden Maschinen in den Fjord ein. Ein letzter Blick zurück war Thomas ja verwehrt. Sein kleines Bullauge zeigte nach vorn, aber zum ersten Mal, seit er bei der Marine war, hatte er das Gefühl, etwas zurückzulassen.

Er dachte an Monika. Gleich am nächsten Tag nach ihrem Treffen in Holnis, als es wie der Ausbruch eines plötzlichen Sturmes über sie beide gekommen war, hatte es ihn wieder dorthin gezogen.

„Übrigens, ich bin jeden Tag um diese Zeit hier unterwegs", hatte sie ihm zum Abschied ja zugerufen und wie am Tag zuvor hatten sie eng aneinandergeschmiegt in seinem kleinen Fiat gesessen, ihr kleiner Pudel auf dem Rücksitz, um sich ein weiteres Mal dem Sturm ihrer Gefühle hinzugeben. Vielleicht hatte dieser nicht gar so lange wie beim ersten Mal in ihnen getobt, denn anschließend waren sie noch ein kurzes Stück Hand in Hand, mit dem Hündchen, oben auf dem Steilufer spazieren gegangen. Thomas hatte ihr erzählt, dass er am übernächsten Tag für drei Wochen unterwegs sein würde.

Monika war daraufhin still geworden. Würde der kurze Rausch, den sie miteinander erlebt hatten, solange halten?

Die erste Woche beschäftigten sich die drei internationalen Flotten mit Schießübungen. Natürlich, dafür war ein Kriegsschiff ja da, wozu hatten sie sonst ihre Kanonen? Und vor allem Torpedos, denn die Hauptwaffe der Schnellboote waren ja die Torpedos.

Zu diesem Zweck zog einer der Schlepper eine schwimmende Zielscheibe hinter sich her. Die Leine war dabei, aus Gründen der Sicherheit für den Schlepper, so lang, dass man sie nicht einmal mehr sehen konnte, so tief tauchte sie bei ihrer Länge ins Wasser. Und irgendwo, weit hinten, so weit, dass man denken konnte, er gehörte gar nicht mehr dazu, konnten die Leute auf der Brücke des „Panther" den Schlepper sehen. Sein dänischer Kapitän war offensichtlich sehr klug und schien den Schießkünsten nicht sehr zu trauen, was, wie sich dann herausstellte, auch sehr berechtigt war.

Die unterschiedlichen Formationen der Boote bei ihrer Zielfahrt, und ihrem Wechseln bei voller Fahrt, war im Grunde den Formationen von Kampfjets am Himmel nicht unähnlich. Wegen ihres geradezu wahnwitzigen Tempos war das alles höchst riskant und hatte schon häufig zu Karambolagen geführt.

Für die Nacht suchte sich das Geschwader einen idyllischen Ankerplatz irgendwo in der Dänischen See. Im Gebiet rund um den „Lillebælt" gab es äußerst malerische Buchten.

Wenn die Schiffe dort eintrafen, lag ihr Tender jedes Mal bereits dort vor Anker und die Boote gingen mit jeweils fünf Booten an jeder Seite an ihm längsseits. Es hatte etwas von einer Henne, die ihre Küken für die Nacht um sich scharte.

Am Abend saßen alle noch eine Weile an Deck, tranken bei fröhlicher Unterhaltung ein Bier oder träumten nur so vor sich hin. Das Meer war nachtschwarz und von ferne leuchteten die Lichter der Stadt Ærøskøbing herüber, die sich irrlichternd im Spiel der Wellen spiegelten. Das waren romantische Stunden für die Mannschaft und manch einer träumte wohl auch von seiner Liebsten im Hafen oder zu Hause in seiner Heimatstadt.

Thomas gehörte ebenfalls eher zu den Träumern. Das Leben auf See, so hatte er es sich gewünscht, als er von zu Hause fortgegangen war. Zum ersten Mal in seinem Leben fühlte er sich völlig frei und auch er träumte von seiner Liebe im Hafen.

Seemannsromantik!

Von Liebe indes konnte bei ihm vielleicht noch nicht wirklich die Rede sein. Er kannte Monika im Grunde noch so gut wie gar nicht, ein paar getauschte Küsse im Sinnesrausch der Gefühle, aber es genügte ihm, um das erste Mal in seinem Leben von der Liebe zu träumen.

Seine Koje befand sich, zusammen mit jenen von elf weiteren Kollegen, vorne im Bug des Schiffes. Es war dort unglaublich eng, die Kojen verliefen, immer zwei übereinander, in Dreierreihen links und rechts an der Bordwand entlang. Nach vorn, zum Steven des Bootes hin, wurde es zwischen ihnen immer enger, sodass sich die vorderen Kojen an ihrem Ende fast berührten. Thomas war heilfroh, dass seine nicht da ganz vorne lag.

Um in dieses Deck zu kommen, musste man vorne durch eine Luke einen steilen Niedergang hinuntersteigen und man kann sich sicher gut vorstellen, was für eine Luft dort in dieser Enge, bei zwölf schlafenden Personen herrschte. Aus diesem Grund stand denn auch die Luke zum Niedergang stets offen, egal, ob Sommer oder Winter war oder ob es regnete oder gar schneite. Thomas' Koje war die erste rechts, gleich unterhalb des Niederganges. Ja, im Grunde schlief er dort so gut wie im Freien. Das hatte den großen Vorteil, dass zumindest er immer frische Luft hatte. Wenn es allerdings regnete, regnete es auf das untere Ende seiner Bettdecke und sein ganzes Bettzeug wurde nass. Im Winter war es zudem sehr kalt dort vorn und er brauchte mehrere Decken, die er tagsüber im Maschinenraum zum Trocknen über das Geländer hängen musste.

Im vergangenen Winter hatte der „Panther" einmal für längere Zeit in der Werft in Bremen Vegesack gelegen. Nein, gelegen war wohl nicht das richtige Wort, denn das Boot war seitlich auf die Helling hinaufgezogen worden und lag damit praktisch auf dem Trockenen. Die Besatzung schlief, wenn sie nicht abwechselnd in Urlaub geschickt wurden, an Bord. Eines Nachts hatte es geschneit, und als Thomas des Morgens erwachte, fand er sich unter einer Schneedecke begraben. Oh, was hatten sie dort gefroren und die Heizung, die ohnehin nicht so toll war, ging aus irgendeinem Grund gar nicht mehr.

Aber nun zurück in die Bucht von Ærøskøbing und den Sommer. Diese Nächte, in denen das Geschwader in den Buchten der dänischen Gewässer ankerte, waren wunderbar lau und angenehm und hatten etwas höchst Romantisches. Das Schiff wiegte sich sanft auf den Wellen und oft konnte Thomas eben die Lichter kleiner Städte in der Ferne über dem Wasser funkeln sehen.

Am Ende des ersten Abschnittes ihrer Woche im Kattegat gab es zu guter Letzt noch eine Nachtübung. Alle an dem Manöver teilnehmenden Boote, auch die ausländischen, die natürlich immer an anderen Plätzen geankert hatten, bekamen die Aufgabe, das dänische Versorgerschiff „Valkyrien" zu suchen. Das nämlich hatte sich bereits zwei Tage vorher verabschiedet und niemand wusste, wo es war. Selbstverständlich gab es ja Radar, aber ein Schiff auf dem Schirm war zunächst einmal nichts anderes als ein Punkt. In den Gewässern des Kattegats und in den Belten herrschte ja reger Schiffsverkehr. Jedes der auf dem Scanner angezeigten Objekte konnte also die „Valkyrien" sein. Und es gab selbstverständlich auch eine Deadline, bis wann man sie gefunden haben musste.

Wer sie dann schließlich eine halbe Stunde vor der Deadline entdeckt hatte, wurde über Sprechfunk nicht kommuniziert. Aber sie setzte daraufhin alle Lichter und alle Boote brausten mit Höchstfahrt auf sie zu. Sie war gar nicht einmal so sehr weit entfernt gewesen. Das Geschwader hatte sich beim Suchen weit auseinandergezogen und es mochte gegen vier Uhr nachts gewesen sein, als der „Panther" sie in Sicht bekam.

Diese Nacht wurde wieder einmal nicht geschlafen und der beginnende Morgen sah die gesamte Flotte in den Öresund einlaufen.

Als die endlos lange Reihe der Schiffe bei Helsingör das berühmte Shakespeare-Schloss passierte, erzählte der sichtlich aufgeräumt wirkende Kommandant seiner Besatzung auf der Brücke, dass das letzte Mal, als hier eine große Kriegsflotte durch den engsten Teil des Öresundes gelaufen war, die Kanonen der Festung gesprochen hatten. Es war Admiral Nelsons Kriegsflotte gewesen, auf ihrem Weg, die dänische Flotte zu vernichten. Nun, dieses Mal kamen die Schiffe in friedlicher Absicht und alle freuten sich ganz wahnsinnig darauf.

„German sailors are glad to have a visit to Copenhagen", ließ der Geschwaderkommandeur über Sprechfunkgerät sagen und alle Boote ließen daraufhin ihr Horn ertönen.

Beim Passieren der Festung „Tre Kroner" wurde ein Salut geschossen und dann defilierte die gesamte Flotte in Kiellinie vorbei an der königlichen Yacht, die in der Einfahrt des Hafens vor Anker lag. Zu diesem Anlass waren die Besatzungen aller Schiffe an der Reling in einer Reihe angetreten. Ob die Königin an Bord war, wusste indes niemand.

Ihre Yacht aber war ein umwerfend schönes, überaus schnittiges weißes Segelschiff, mit flachen weißen Aufbauten, einem Ruderhaus aus poliertem Teakholz, hinter dem ein runder hoher Schornstein emporragte. Zwei hohe mit Rahsegeln getakelte Masten sowie ein reich mit Gold verziertes Heck und Bugspriet rundeten das Bild von Schnittigkeit und Eleganz ab. Die dänische Flagge am Heck dieser stolzen Yacht im Stil der berühmten „Clipper", der „Dannebrog", war so riesengroß, dass sie trotz des Windes mit ihrem Ende das Wasser berührte. Thomas sah nicht so wahnsinnig viel von alldem durch sein Bullauge, aber doch immerhin genug, dass er meinte, nie ein schöneres Schiff gesehen zu haben.

Alle Schiffe machten an den Piers des Arsenals fest, das genau gegenüber dem Königsschloss lag, und es war ein Bootsverkehr eingerichtet worden, um die Besatzungen auf die andere Seite, die Stadtseite, bringen zu können. Und auf diese Weise kamen die Angehörigen der Schiffsbesatzungen zu der Ehre, wie einst Admiral Nelson an der königlichen Treppe am Schloss Amalienborg dem Boot zu entsteigen.

Dass den Deutschen die Einwohnerschaft von Kopenhagen nicht ausnahmslos wohlgesonnen war, hatte man ihnen im Vorwege bereits mitgeteilt. Verstehen konnte Thomas das nur zu gut, es waren ja gerade erst zwanzig Jahre vergangen, dass Nazi-Deutschland dieses Land überrannt und besetzt gehalten hatte.

Dieser Staatsbesuch war der erste offizielle Flottenbesuch nach dem Krieg in der dänischen Hauptstadt. Manch einem der Einwohner schien es erst gestern gewesen zu sein, dass deutsche Soldaten als Besatzer das Straßenbild geprägt hatten, und jetzt waren die schon wieder da.

Aber was sie nun zu sehen bekamen, waren ja nicht Stahlhelme, sondern die schmucken blauweißen Marineuniformen mit ihren flatternden Mützenbändern. Sie unterschieden sich nur sehr wenig von den dänischen. Und es war eine neue Generation, die hier die Hauptstadt der Dänen besuchte. Sie wollten mit der alten Zeit nichts mehr zu tun haben. Dieses Mal waren sie als Freunde und Verbündete gekommen.

Als Thomas mit seinen beiden Freunden durch die Straßen Kopenhagens schlenderte, sahen sie nur in freundliche Gesichter. Einige sprachen sie sogar an, fragten nach dem Woher und Wohin und wie ihnen ihr schönes Kopenhagen gefallen würde.

Aber dann gab es doch noch einen bösen Zwischenfall. Thomas und seine Kameraden lasen es am nächsten Morgen in der Zeitung, die man extra an alle Menschen in der Flotte verteilt hatte. Unbekannte hatten in der Nacht der „Kleinen Meerjungfrau" von Hans Christian Andersen den Kopf abgesägt und es wurde kolportiert, die bösen Deutschen hätten das getan.

Nach vier erlebnisreichen Tagen in der Stadt verließen alle am Manöver beteiligten Boote schließlich wieder den Hafen, um die nächste Etappe zu begehen. Ihr Ziel waren Norwegen und die Fjorde.

Im Öresund gab es noch ein besonderes Erlebnis: Das Schnellbootgeschwader fuhr, wie schon so oft, in zwei gestaffelten Kiellinien volle Kraft voraus mit atemberaubender Geschwindigkeit pfeilschnell durch die Wogen. Sie ließen alle anderen hinter sich.

Die norwegischen und dänischen Schnellboote schafften gerade mal sechsunddreißig Knoten, was durchaus eine beachtenswerte Geschwindigkeit war.

Von den Engländern hatte Thomas, außer dass sie mit ihnen zusammen im Arsenal von Kopenhagen gelegen hatten, die ganze Woche über nichts gehört und gesehen. Und nun auf einmal wurden die Leute auf der Brücke des „Panthers", sie trauten ihren Augen nicht, auf ihrer Backbordseite von irgendetwas überholt, von dem man nichts weiter sah als eine mehr als zwanzig Meter weite Kaskade aus Wasser und der Gischt von Bugwellen, aus denen vorn die Nasen zweier dunkler Steven ragten. Und über dieser Riesen-Bugwelle wehte, man meinte ihn förmlich hören zu können, knatternd der „Union Jack".

Thomas, der die ungläubigen Rufe der anderen hörte, stieg die zwei Stufen zur offenen Brücke hoch und schaute wie alle anderen fassungslos zu den beiden Objekten hinüber. Über die See des Öresunds drang Lärm wie von einem startenden Düsenjet.

„Wir werden gerade von zwei englischen Schnellbooten überholt!", rief sein Kommandant.

Thomas klappte fast der Unterkiefer herunter vor ungläubigem Staunen.

Bis zu diesem Zeitpunkt waren alle der felsenfesten Überzeugung gewesen, dass ihre Schnellboote die schnellsten waren, die es zu jener Zeit gab. Sie waren vor wenigen Jahren erst in Dienst gestellt worden und boten eine völlig neue Konstruktion. Gebaut und entwickelt worden auf der Lürssen Werft in Bremen, einer Werft, die ansonsten eher für den Bau von Luxusyachten bekannt war.

Eine Fehleinschätzung, wie sie jetzt feststellen mussten. Sie hatten im Augenblick immerhin neununddreißig Knoten drauf, aber die zwei englischen Schnellboote zogen an ihnen vorbei, als befänden sie selbst sich gerade auf einer Kaffeefahrt.

„Die haben Düsentriebwerke", erklärte der Kommandant.

Einige Stunden später erreichte das Geschwader die norwegischen Fjorde. Die Berge hier an der Skagerrak-Küste waren zwar nicht gar so steil, schroff und hoch wie an der Westküste, aber was sich den sechs Leuten auf der Brücke hier bot, war dennoch eine beeindruckende und bildschöne Fjordlandschaft. Alle zehn Boote gingen nun deutlich mit der Fahrt herunter, um auf die sechs norwegischen Boote zu warten, von denen nun drei die Führung übernahmen. Sie fuhren voraus und wiesen ihnen zahlreiche Fjordarme oder Buchten, in denen sich die gesamte Flotte nun zur Übung verstecken sollte.

Das Wasser in den Fjorden Norwegens war sehr tief und die Felsen stiegen so steil aus dem Wasser hervor, dass ein Schiff direkt an ihnen anlegen konnte, und genau das taten sie.

Es trug zur allgemeinen Erheiterung bei, die Festmacherleinen nicht an Pollern, sondern direkt an den Stämmen der Birken zu befestigen. Ein Schlauchboot wurde ausgebracht und mit dessen Hilfe sowie einigen Männern, die auf den Felsen umher-kletterten, wurden Tarnnetze über Thomas Boot gezogen. Andere machten sich mit einer Axt auf den Weg, um Sträucher und Zweige zu besorgen, die sie sodann über die Tarnnetze legten.

Es war eine für einen Seemann absolut ungewohnte Arbeit und das Ganze hatte dann auch mehr etwas von den Indianer- und Trapperspielen ihrer Kindertage.

Sie hatten einen festen Zeitraum vorgegeben bekommen, in dem die Arbeiten vollendet werden mussten, und danach gab es ziemlich lange nichts zu tun.

Nach einiger Zeit hörten sie das Herannahen von Flugzeugen. Es waren Kampfjets der norwegischen Luftwaffe und später noch einmal ein Hubschrauber, die nach ihnen suchten.

Was bei alldem letztlich herauskam, erfuhr Thomas nicht. Es war eine Art von Kriegsspiel, wie es vermutlich die Marinen überall in der Welt abhielten.

Aber am Ende des Manövers kam für die Seeleute das für sie Wichtigste, der Staatsbesuch in Oslo. Zu aller Überraschung lief das Geschwader jedoch nicht die Hauptstadt an, sondern machte lediglich für zwei Tage in Hjorten fest, einem kleinen Hafen im Oslofjord, nicht weit entfernt von der Hauptstadt. Entweder waren die Pläne geändert worden, oder es war nie ein Staatsbesuch geplant gewesen, und die Mannschaft hatte es nur nicht richtig verstanden. Von hier gab es eine Fähre nach Oslo. Thomas und Michael bekamen einen freien Tag und den gedachten sie, auch zu nutzen.

Die Matrosen aller Marinen der Welt hatten eines gemeinsam, nämlich den Instinkt, am Abend in fremden Hafenstädten Orte aufzuspüren, an denen man Mädchen kennenlernen konnte. Nachdem sie eine Zeitlang durch die Stadt geschlendert waren, sprach Michael, der Mutigere von den beiden, einfach eine Gruppe Mädchen an und fragte sie nach einem Tanzlokal.

Thomas war noch nicht lange genug bei der Marine, um bereits die Erfahrung gemacht zu haben, welch geradezu magische Anziehungskraft Matrosen auf Mädchen hatten. So erwiesen sich dann auch diese vier als ausgesprochen hilfsbereit und ließen es sich nicht nehmen, die beiden persönlich zu dem Ziel ihrer Wünsche zu führen und wenig später fand sich die ganze Gruppe in einem großen Ballsaal wieder. Von der hohen Saaldecke hingen Kristalllüster und über der Tanzfläche drehte sich eine Spiegelkugel. Auf der Bühne spielte eine Live-Band.

Nach zwei bis drei schnelleren Rock'n'Roll-Stücken und dem neumodischen und offenbar auch hier recht beliebten Twist wurde das Licht dann schummerig und die Musiker stimmten ein oder zwei Schnulzen an. Es war hier in Norwegen auch nicht anders, als es die zwei Matrosen von zu Hause kannten. Und wie immer war es ganz wundervoll romantisch, wie sich die jungen Männer eng umschlungen mit ihren bezaubernden Tanzpartnerinnen zentimeterweise über die Tanzfläche schoben.

Die Mädchen dort kannten sich offenbar alle untereinander und so blieb es nicht bei den ursprünglich vier Tanzpartnerinnen. Nachdem Thomas und Michael einige Lieder später mit ihren Tanzpartnerinnen an ihren Tisch zurückkehrten, hatte sich die Anzahl der dort sitzenden Mädchen bereits auf etliche mehr erhöht. Und mit jeder Tanzeinlage wurde die Schar an ihrem Tisch größer. Stühle wurden herangeschleppt und als es zu eng wurde, setzten oder stellten sie sich in die zweite Reihe. Am Ende fanden sich die beiden Matrosen inmitten von gut einem Dutzend fröhlich durcheinanderplappernder und kichernder Mädchen. Diese umflatterten sie wie Schmetterlinge und sie zwitscherten wie eine aufgeregte Vogelschar. Zwei von ihnen schnappten sich die Matrosenmützen mit den flatternden Bändern, setzten sie sich fröhlich auf, um sich aber gleich darauf völlig ausgelassen darum zu zanken, sie sich gegenseitig vom Kopf zu reißen, um sie sich sogleich selber über die kostbare Frisur zu stülpen.

Etwas in dieser Art hatte Thomas noch nie erlebt. Und auch das war neu für ihn: Er war natürlich bestrebt, immer mit derselben Partnerin zu tanzen, schließlich hatte er sie sich ja ausgesucht. Leider scheiterte er aber damit auf ganzer Linie. Denn kaum war er vom „Parkett" zurück, wussten die anderen es jedes Mal zu verhindern, dass er mit ihr eine zweite Runde drehte.

Sobald er Anstalten machte, erneut tanzen zu wollen, sprang sogleich eine von den anderen auf und schleppte ihn nun ihrerseits mit sich zur Tanzfläche. Seinem Freund Michael ging es nicht anders. Aber die Mädchen waren alle waren so ungemein bezaubernd, ausgelassen und fröhlich, dass die beiden gar nicht anders konnten, als ihr Spiel mitzumachen.

Auch waren sie voller Wissbegier. Immer wenn Thomas oder Michael wieder an ihren Tisch zurückgekehrt waren, bestürmte die bunte Schar sie mit Fragen nach ihrem Zuhause und zu ihrem Leben und ihrer Herkunft, wie man denn wohl in Deutschland tanzte und welche Musik sie am liebsten mochten.

Oh, norwegische Mädchen!

Niemals wieder würde Thomas etwas dergleichen ein zweites Mal in seinem Leben erleben. Das alles war so quirlig, so aufregend und so voller guter Laune, dass die Zeit mit ihnen verging wie im Flug.

Es war wohl allgemein Matrosenschicksal, dass immer dann, wenn es am allerschönsten war, es plötzlich hieß: Abschied nehmen, weil ihr Schiff den Hafen wieder verließ.

Und so erging es den beiden dann leider ebenso. Eine Gruppe von gut einem halben Dutzend fröhlicher Mädchen begleitete sie zu später Stunde, oder vielleicht war es auch bereits die erste am frühen Morgen, zur letzten oder ersten Fähre.

Ein letzter Kuss, Thomas fummelte noch schnell das schwarze Band mit dem goldenen Namen seines Schiffes aus seiner Mütze und schenkte es seiner (heimlichen) Liebsten. Ein letztes Winken zu den zurückbleibenden Mädchen am Kai und als die Fähre ablegte, sangen sie ihnen ein schönes, norwegisches und gleichsam irgendwie trauriges Abschiedslied. Und schon waren die Zwei wieder fort.

Thomas, der Sentimentalere der beiden, verdrückte verschämt eine versteckte Träne.

Sturm im Skagerrak

Es war die Zeit, in der im Skagerrak die ersten Spätsommerstürme tobten, und es war gleich der erste, der das Schnellbootgeschwader in diesem Jahr mit all seiner ganzen Wucht erwischte. Wohl war es am Tag zuvor schon recht windig gewesen, aber das ging bei ihnen noch als ein lauer Sommerwind durch.

Als sie jedoch den Oslofjord hinter sich ließen und in das zum Atlantik offene Skagerrak steuerten, blies ihnen ein recht kräftiger Westwind entgegen. Kurze, kabbelige Wellen mit Schaumkronen begannen die Boote durchzuschütteln und zwangen sie, mit der Fahrt herabzugehen.

Ihr Kurs sollte sie um Skagen herumführen und dann weiter in Richtung Helgoland. Gegen Mittag, Skagen lag jetzt an Backbord querab, entwickelte sich das schwere Wetter zu einem ausgewachsenen Sturm. Die immer höher werdenden Brecher, mit ihren sich überstürzenden Schaumkronen, warfen sich den Booten mit einer Wucht entgegen, was sie nun zwang, noch deutlicher mit der Fahrt hinunterzugehen, wenn sie sich nicht dem Risiko aussetzen wollten, von ihnen überrollt zu werden. Dennoch tauchte der „Panther" bei jedem Mal ganz tief in die auf sie einstürmenden Brecher hinein. Im selben Augenblick jedoch wurde er auch schon wieder emporgehoben, um gleich darauf in das nächste Wellental zu stürzen. Es war ein Tanz mit den Wellen, die das relativ kleine Boot heftig durchschüttelten. Die Gischt stob in so dichten Schwaden bis über die Brücke, dass nach kurzer Zeit alle Anwesenden bis auf die Haut durchnässt waren. Thomas stand zwar unter seinem Halbdeck ein wenig geschützter, dafür aber traf ihn das Seewasser von hinten, durchtränkte seinen Rücken und lief ihm hinab in die Schuhe. Ringsumher sah man nur noch hoch aufragende, sich überschlagende Wellenberge. Von den anderen Booten sah man nichts mehr, das Geschwader hatte sich sicherheitshalber weit auseinandergezogen. Sie waren lediglich noch als Punkte auf dem runden Bildschirm des Radargerätes in der Offiziersmesse zu sehen. Der Radarmaat, der dort unten das Seegebiet absuchte, würde sie schon rechtzeitig genug warnen, wenn sich zwei Schiffe zu nahe kamen.

Es war nur noch Wasser, überall nichts als Wasser. Wasser, das sich in meterhohen, schäumend brechenden Wogen vor und an allen Seiten ihres Bootes auftürmte, gegen sie anstürmte oder über sie hinweggingen. Es schien, als wären sie völlig allein in den tobenden Elementen der See unterwegs.

Etwa eine Stunde, nachdem sie mühsam das Kap Skagen passiert hatten, mussten sie den Kurs ändern, um nicht auf den Nordatlantik getrieben zu werden. Sie steuerten Süd-Süd-Ost und jetzt erwischte es sie erst richtig. Die Brecher trafen das Boot schräg von Steuerbord vorne und so heftig, dass sich alle nur noch mit beiden Händen festklammerten. Das Gefühl, wenn ihr Boot sich mühsam an einem der anrollenden Wellenberge hochgearbeitet hatte, um kurz darauf wieder in ein Tal zu fallen, war, als würden sie für einen Moment schwerelos in der Luft schweben. Und gleich darauf rummste es ganz fürchterlich. Jeder dritte oder vierte Brecher schlug voll über dem Vorschiff zusammen, schäumte über die offene Brücke hinweg, ergoss sich über all die Anwesenden und ihr Boot schüttelte sich, um sich dann mühsam wieder die nächste Welle hochzuschrauben. Gerade wenn man schon glaubte, es schaffte es nicht mehr, begann sich der Steven wie in Zeitlupe wieder zu heben.

Durch die vorderen Bullaugen sah man zeitweilig nur das blanke Wasser, ganz so, als schaute man in ein Aquarium. Das Boot lief ohnehin nur noch mit zwei

Schrauben und mit langsamer Fahrt, gerade eben so viel, dass es noch steuerbar blieb.

Das, was sie hier erlebten, fühlte sich an wie Rodeo reiten, ein so heftiges Auf und Ab und Hin und Her, dass ihnen Hören und Sehen verging. Was da jetzt über die Kante der Brückenreling flutete, war keine Gischt mehr, das war das schiere Seewasser. Es lief in kleinen Kaskaden die Stufen hinunter, zu Thomas und dem Rudergänger und dann durch die offene Tür ins Kartenhaus. Der Navigationsmaat und sein Gehilfe standen bereits bis zu den Knien im Wasser. Thomas beobachtete, wie dem einen der Bleistift aus der Hand fiel und auf dem „Binnensee" im Kartenhaus sofort nach Steuerbord von ihm fortdriftete. Völlig gelassen jedoch wartete der Kollege darauf, dass sich das Schiff wieder zur anderen Seite überlegte und sein Bleistift zu ihm zurückflutete. Mit einem schnellen Griff hatte er ihn sich wieder geschnappt und beugte sich über die Seekarte, als wäre das alles ganz normal.

Da endlich kam über Sprechfunk der Befehl vom Geschwader-Kommandeur, den Kurs auf Süd zu ändern und den dänischen Fischereihafen Tyborøn anzulaufen, um dort Schutz zu suchen. Der „Löwe", oder war's der „Tiger", hatte gemeldet, von einem Brecher so heftig getroffen worden zu sein, dass es seine vordere Kanone aus der Verankerung gerissen hatte. Sie war gegen die Vorderkante der Brücke geknallt und hatte großen Schaden angerichtet. Die mehrere Zentimeter dicke Eisenwand des Kartenhauses war verbeult worden und hatte sie teilweise nach innen gedrückt. Einer der Nautiker war durch einen Sturz leicht verletzt worden, aber zum Glück war kein Wasser eingedrungen.

Nach schier endlosem Kampf mit den entfesselten Elementen erreichten sie schließlich den sicheren Hafen von Tyborøn. Was nun folgte, war ein seemännisches Bravourstück, wie man es wohl nur selten zu sehen bekam, nämlich ein Boot nach dem anderen durch die Hafeneinfahrt zu bekommen, ohne dass die wütende See sie auf die Wellenbrecher schmetterte. Dies gelang vermutlich auch nur wegen der gewaltigen Kraft der vier starken Maschinen. Der Mann am Maschinentelegrafen hatte alle Hände voll zu tun.

„Alle Maschinen voll zurück!", „Beide Maschinen Backbord voll voraus!" „Alle Stopp!!", das kam schon etwas schrill, „Alle voll voraus!", und so ging das unentwegt hin und her. Die Kollegen im Maschinenraum mussten die da oben auf der Brücke für völlig verrückt halten. Thomas sah sie förmlich zwischen den Maschinen hin und her flitzen. Vorstellen, was für ein Gefühl es sein musste, dort unten im Bauch des Bootes solch einen Sturm abzureiten, konnte er sich schon gar nicht. Sie wurden dort unten hin und her geworfen, rauf und runter, aber sie sahen ja nichts in der von heißem Öl stickigen Luft und dem immer wieder im Rhythmus der sich fast überschneidenden Fahrbefehle auf- und abschwellenden Dröhnen der Maschinen.

Aber dann, ganz plötzlich, hatte man das Gefühl, als betrete man von einem Augenblick zum anderen einen schalldichten Raum. Das Heulen des Sturmes war von einem Augenblick auf den andern um gut die Hälfte der Lautstärke reduziert; das Wasser im Hafen zwar noch recht kabbelig, aber vom Eindruck her glatt wie ein Ruhekissen.

Sie trauten allerdings ihren vom Salzwasser brennenden Augen nicht, bei dem Anblick, der sich ihnen hier bot: das gesamte ausländische Geschwader, Dänen, Norweger und Engländer, hier bereits versammelt zu sehen.

Die Dänen hatten, vielleicht weil sie schlauer waren als die anderen, zumindest aber, weil sie hier zu Hause waren, noch bevor sie Skagen passierten, den ganzen Rest der Bande hinter sich her gelotst und waren durch den Limfjord einmal quer durch ganz Dänemark und ganz gemütlich von der anderen Seite her in Tyborøn eingelaufen.

Thomas und seine Kollegen rätselten nun allerdings, warum ihr Geschwader ihnen nicht auch gefolgt war. Waren die Deutschen – wieder einmal – zu stolz dafür gewesen?

Der kleine Fischerhafen Tyborøn war in seiner mehrere hundert Jahre zurückreichenden Geschichte wohl noch nie so überfüllt gewesen, wie er es jetzt war. Man konnte wegen des Gewimmels hell- und dunkelgrauer sowie unterschiedlich großer Schnellboote die wenigen einheimischen Fischkutter fast nicht mehr sehen. Es grenzte fast an ein Wunder, dass all diese spät gekommenen zehn Boote überhaupt noch einen Liegeplatz bekamen.

Thomas schien es auch, als hätten sich sämtliche Einwohner des dänischen Fischerdorfes bereits neugierig auf der Mole versammelt, um diesem so plötzlich über sie gekommenen Ereignis beizuwohnen. Ein Schauspiel dieser Art bekämen sie sicher nie mehr zu sehen.

Nachdem alle zehn Boote sicher vertäut waren, gab es eine noch weitere, andere Art von Hürde zu überwinden. Man macht sich wohl kaum oder nur selten Gedanken über die allerprofansten Dinge, die zum täglichen Leben dazugehören. Aber die menschliche Natur ist eben auch so geartet, dass sich, Sturm hin und Orkan her, irgendwann ein natürliches, aber mit der Zeit immer dringender werdendes Bedürfnis bei ihnen zu melden begann. Und dieses Bedürfnis war während der Sturmfahrt zu einem kaum noch zu unterdückenden Drang geworden.

Aber unglücklicherweise durften sie ihre bordeigenen Toiletten immer nur auf See aufsuchen, weil es auf den Booten keine Abwassertanks gab. Und so mussten denn nacheinander etwa um die dreihundert Personen, und das waren nur allein die Deutschen, die Toiletten an Land benutzen.

Nun kann man sich sicher auch vorstellen, dass dieser kleine Fischerhafen mit seinen fünf oder sechs Fischkuttern nicht unbedingt für einen derartigen Ansturm auf ihre Toiletten gerüstet war. Aber was heißt Toiletten?

Es stellte sich heraus, dass es nur eine einzige gab, ein sogenanntes Plumpsklo. Nein, schlimmer noch als das. Viele mögen ja vielleicht den Begriff „Donnerbalken" kennen, ohne indes weiter darüber nachzudenken, wo dieser Begriff seinen Ursprung herhaben könnte. Hier, im Fischerhafen Tyborøn, hatten nun alle Marineleute die Ehre, einen solchen noch in seiner Urform kennen-zulernen.

Die einzige „Toilette" dieses Hafens entpuppte sich nämlich als eine schlichte, geteerte Holzhütte, aus gutem Grund etwas abseits gelegen, mit etwa fünf oder sechs Metern Länge und drei Metern Breite. Etwa in der Mitte des Raumes gab es über seine gesamte Länge einen etwa hüfthohen Balken, der auf seiner Vorderseite bis zum Boden mit Brettern vernagelt war.

Um sein Geschäft erledigen zu können, musste man sich auf diesen Balken hocken, und man saß dann dort, buchstäblich wie ein Huhn auf der Stange und machte – in dem verzweifelten Versuch, nicht hintenüberzufallen – in eine offene Grube.

Da dieser Ort im Augenblick ja von ungewohnt vielen Besuchern frequentiert war, hatte man überdies kaum das Glück, ungestört und allein sein Geschäft verrichten zu können. Nebenher mochte der Nachbar mit einiger Wahrscheinlichkeit ein Norweger oder Engländer sein und auf diese Weise hätte man den Ort mit einiger Berechtigung wohl auch als einen Ort der Völkerver-ständigung bezeichnen können.

Am nächsten Morgen hatte sich bereits recht früh die gesamte Einwohnerschaft versammelt, so sehr viele waren es ja nicht, um das Auslaufen der dreiundzwanzig Schnellboote mitzuerleben.

Der Wind hatte sich über Nacht gelegt, aber draußen an den Wellenbrechern der Hafenbefestigung sah man die Wogen noch mit einiger Macht gegen die Steinmauern anbranden. Die ersten Boote hatten bereits ihre Maschinen gestartet und ließen sie warmlaufen. Direkt vor den deutschen Booten, die im Fünferpack nebeneinander vertäut lagen, waren die beiden „Engländer" festgemacht.

Sicherheitshalber hatten die Deutschen beim Anlegen einen Abstand von vier Metern bis zu ihnen gelassen und es zeigte sich sehr bald, dass das auch nötig gewesen war.

Die großen runden Deckel an den Austrittsöffnungen der Düsentriebwerke waren bereits wie die Geschützluken der Linienschiffe alter Zeiten geöffnet worden. Und als es dann losging und die Triebwerke gestartet wurden, war zunächst nur ein helles Sirren zu hören, das immer lauter wurde und sich schließlich zu einem Heulen steigerte. Und urplötzlich setzte ein infernalisches Brüllen ein. Aus den drei großen, runden Öffnungen am Heck schossen meterlange Flammenzungen. Die Einwohner von Tyborøn aber auch die Besatzung des „Panther" selbst bekamen hier durchaus einiges geboten. Nun warf eines nach dem anderen der beiden utopisch wirkenden Boote die Leinen los und steuerte mit einem ohrenbetäubenden Heulen der Ausfahrt des Hafens zu.

Nach ihnen verließen, eines nach dem anderen, die anderen einundzwanzig unterschiedlichen hell- bis dunkelgrauen Boote den Hafen und überließen ihn wieder seiner nur kurz unterbrochenen Jahrhunderte andauernden Ruhe und Eintönigkeit.

Die Engländer brausten wie immer davon, eine meterlange Gischtfahne hinter sich herziehend. Niemand bekam sie mehr zu sehen, denn sie kehrten direkt nach England zurück. Der vom Sturm schwer angeschlagene „Löwe" mit seiner eingedrückten Brücke und dem grotesk in schiefem Winkel in den Himmel ragenden Kanonenrohr machte einen bemitleidenswerten Eindruck. Bis auf ihn, der sich direkt auf den Weg in die Werft machte, nahmen alle anderen Kurs auf Helgoland.

Zum Abschluss der internationalen Übung sollte es jetzt noch ein großes Nachtmanöver geben. An diesem nahmen außer den Schnellbooten auch noch viele andere und überwiegend größere Schiffe, Fregatten und Zerstörer aus England und Deutschland teil.

Thomas erinnerte sich später noch deutlich an die fast gespenstisch anmutenden nächtlichen Szenerien, wenn die vielen in den Himmel geschossenen Magnesium-Raketen die dunkle Nacht minutenlang gleißend hell erleuchteten und die grauen Leiber der durch die Wellen pflügender Fregatten sichtbar machten.

Der ursprünglich geplante Flottenbesuch in Hamburg fiel zur großen Enttäuschung aller aus. Den Grund hierfür erfuhr Thomas nicht.

Das war wirklich schade, er hatte sich so sehr auf diesen, so ganz besonderen, Besuch in seiner Heimatstadt gefreut.

Über die Treue

So kam es, dass das Geschwader eine halbe Woche früher wieder in seinem Heimathafen eintraf als veranschlagt. Am Tag darauf, es war ein Freitag, setzte sich Thomas nach Dienstschluss in seinen kleinen Fiat und fuhr nach Holnis.

Er wollte Monika überraschen, denn sie wusste ja nichts von seiner frühen Rückkehr. Aber so viel er auch in dem kleinen Ort umherfuhr, es war nichts zu sehen von einem Mädchen mit Pferdeschwanz und einem kleinen Hund. Er wusste immer noch nicht, wo sie wohnte, denn er hatte ja damals ihren Briefumschlag fortgeworfen.

Missmutig kehrte er schließlich zurück nach Flensburg. Aus lauter langer Weile sah er sich einen Film an und am Samstagabend ließ er sich nicht lange von seinen Freunden überreden, mit ihnen in den „Goldenen Anker" zu gehen. Er fühlte sich zwar nicht gut dabei, aber andererseits hatte er auch keine Lust, einen zweiten trübseligen Abend allein zu verbringen. Als er also mit Michael und Ralph zu vorgerückter Stunde das Lokal betrat, war gerade „Eng-Tanz". Und sogleich erspähten die drei an einem der Tische die Freundinnen von Michael und Ralph. Sie bahnten sich ihren Weg zu den beiden Mädchen und diese sprangen freudig auf, um ihren Freunden um den Hals zu fallen.

Neidisch betrachtete Thomas die Szene, drehte sich in Richtung Tanzfläche und erstarrte – in der im Halbdunklen wogenden Menge der Tanzenden hatte er Monika entdeckt, die sich eng umschlungen mit einem jungen Mann im Takte wiegte.

Ein bisschen zu eng umschlungen, dachte Thomas. Ob Monika seinen Blick fühlte, war ungewiss, auf jeden Fall sah sie just in diesem Moment auf und ihre Blicke trafen sich. Thomas nahm wahr, wie ihre Züge entgleisten. Sekundenlang starrten sie sich an, bis sie sich, von ihrem Tanzpartner geführt, abwandte.

Thomas drehte sich um und drängte sich durch die Menge dem Ausgang entgegen, riss die Tür auf und verließ das Lokal. Nachdem er sich etwa zwanzig Meter schnellen Schrittes entfernt hatte, hörte er sie hinter sich rufen. Er beschleunigte seinen Gang, aber Monika lief hinter ihm her und hatte ihn bald eingeholt. Sie eilte an ihm vorüber und verstellte ihm den Weg.

„Thomas!", rief sie. „Es ist nicht so, wie du denkst!"

„Ja, wie denn dann?", knurrte er, schob sie grob beiseite und setzte seinen Weg fort.

„Thomas, bitte!", flehte sie und griff nach ihm, aber er schlug ihre Hand fort und ging weiter.

Er hörte, wie sie schluchzend zurückblieb, und er, der kein Mädchen weinen sehen konnte, ohne dass es ihm zutiefst das Herz rührte, setzte ebenso tief verletzt seinen Gang fort und ließ die Weinende zurück.

Er wusste später nicht mehr, wie er zum Stützpunkt zurückgekommen war. Er ging zu seinem Schlafraum, in dem er mit drei weiteren Mitgliedern der Besatzung untergebracht war, warf sich auf seine Koje und erst dann liefen auch ihm die Tränen aus den Augen.

Am nächsten Morgen setzte sich Thomas in sein Auto und fuhr seit längerer Zeit wieder einmal nach Hause, nach Hamburg. Alle Beteiligten des Manövers hatten vier Tage Urlaub bekommen. Er bewohnte zusammen mit seinem Bruder die obere Etage ihres alten Elternhauses im Stadtteil Sasel. Es war ein inzwischen etwas heruntergekommenes einfaches Siedlungshaus, das sich seit seiner Erbauung Mitte der Dreißigerjahre nicht verändert hatte. Irgendwie war hier die Zeit stehengeblieben.

Thomas hatte vor langer Zeit in diesem Haus, zusammen mit seiner Schwester, eine freudlose Kindheit erlebt; die Eltern geschieden, die Mutter mit seinen älteren beiden Geschwistern fortgezogen. Sein Vater war zu seiner neuen Frau gezogen und lebte seitdem dort mit ihr und ihren drei Kindern zusammen. Sie wohnten nur drei Häuser weiter in derselben Straße.

Thoms' Bruder, Joachim, freute sich über seinen Besuch. Er war wie Thomas bei der Marine gewesen, und als er zurückkam, hatten sich Thomas und er, mit dem Segen ihres Vaters, die oberen beiden Zimmer mit den schrägen Wänden renoviert und ausgebaut. Thomas' neues Zimmer lag jetzt genau über dem, in dem er seine Kindheit verbracht hatte. Er lebte praktisch, jedes Mal, wenn er nach Hause kam, gleichsam über seiner eigenen Vergangenheit, denn dort unten sah es noch ebenso aus wie damals, als er sein Elternhaus mit vierzehn Jahren verlassen hatte.

Thomas war in der Zeit, bevor er Monika kennengelernt hatte, häufig nach Hause gefahren und natürlich benutzte er ebenso wie sein Bruder auch immer noch die alte Küche. Auch hier war noch alles genauso wie in den Fünfzigerjahren, als er mit seiner jüngeren Schwester Dorothea hier gewohnt hatte: Die „Schlaglöcher" im Fußboden, in denen das Wasser stand, wenn man den rissigen Boden gewischt hatte, der abbröckelnde Putz bis unter die Fensterbank, die alte verblichene hellgrüne Ölfarbe, eine Sorte Farbe, wie es sie schon seit Jahren nicht mehr gab, und der rostige Ausguss, in dem sich, die beiden Kinder und die gesamte Familie Rothmann gewaschen hatten.

Als Thomas das erste Mal nach langer Zeit der Abwesenheit die Tür zur Küche öffnete, war er für einige Sekunden erstarrt, fast hatte er erwartet, das alte Großmütterchen Rothmann wie früher dort auf ihrem Stuhl sitzen zu sehen und aus dem Fenster schauen. Den ganzen Tag über, und Tag für Tag, hatte sie da so gesessen und hinausgeblickt.

Sein Vater hatte nach der Scheidung die Rothmanns, eine Flüchtlingsfamilie aus Ostpreußen, Mutter, Großmutter und Tochter, hier im Haus einquartiert, für freies Wohnen und mit der Auflage, sich um Thomas und seine Schwester zu kümmern. Die Rothmanns hatten zu dritt das Dachzimmer bewohnt, das Thomas sich jetzt als seine neue Bleibe hergerichtet hatte.

In die beiden anderen Zimmer unten im Parterre zu schauen, davor hatte er sich lange gescheut. In die alte Wohnstube allerdings musste er zwangsläufig, um immer, wenn sein Vater herüberkam, diesen dort zu begrüßen. Diese Stube hatte sich in den nunmehr bereits achtzehn Jahren, seit sie im Jahr 1945 aus der Evakuierung aus Braunlage im Harz zurückgekommen waren, auch nicht verändert.

Denn genau wie früher kam sein Vater selbst jetzt noch jeden Abend ins Haus, um „nach dem Rechten zu sehen", wie er sich ausdrückte. Wenn er durch die Haustür trat, räusperte er sich mehrmals und deutlich hörbar, um sich bemerkbar zu machen. Manchmal pfiff er auch irgendeine Melodie vor sich hin. Der Bruder, Joachim, konnte es schon nicht mehr hören. Es war ein seltsames unwirkliches Ritual. Der Vater rumorte dann eine lange Weile in diesem Zimmer herum, bevor er das

Haus wieder verließ. Wenn Joachim nicht von selber herunterkam und wenn er glaubte, irgendetwas mit ihm besprechen zu müssen, rief sein Vater mitunter nach ihm. Aber immer, wenn Thomas zu Besuch war, stieg Joachim natürlich die Treppe hinab, um ihn zu begrüßen. Sie saßen sich dann an ihrem alten Wohnzimmertisch gegenüber und unterhielten sich. Einmal war Thomas sogar aufgefallen, dass die alte Wanduhr, die dort seit vor dem Krieg hing und die Stunden zählte, immer noch tickte. Sein Vater musste sie wohl regelmäßig aufziehen.

Ansonsten betrat Thomas aber diese Stube niemals mehr und in sein ehemaliges Jungens-Zimmer nebenan traute er sich schon erst recht nicht.

Aber einmal hatte er dann doch hineingeschaut: Es war alles genau so gewesen, als hätte er noch gestern dort als kleiner Junge gewohnt. An den inzwischen verblichenen Tapeten hingen über dem eisernen Bettgestell die Fotos weiblicher Film-Stars aus einer vergangenen Zeit, auch sie gelblich verfärbt. An einem von beiden hatte sich oben rechts die Befestigung gelöst und sich mit seiner Ecke nach unten abgerollt. Als er seine Augen nach links schweifen ließ, hielt er unwill- kürlich den Atem an, so als erwartete er jeden Moment, den kleinen einsamen Jungen dort an seinem Tisch sitzen zu sehen. Unter der vollgestellten, staubbedeck- ten Tischplatte stand seine Kramkiste aus Kindertagen, ganz so, als hätte er dort eben noch schnell ein heimlich gelesenes Buch versteckt. Alles das hatte unwirklich, ja, gespenstisch gewirkt und ihm war richtig unheimlich gewesen. Schnell hatte er wieder die Tür geschlossen. Es gibt wohl nur wenige Menschen, die in ihrem Leben einmal dazu kommen, einen derart realen Blick in die eigene Vergangenheit werfen zu können.

„Mein Gott, da unten ist es ja richtig gruselig", hatte er hinterher zu Joachim gesagt. „Es ist gleichsam, als wohnten dort die Gespenster der Verstorbenen und könnten jeden Moment irgendwo wieder aus einer Ecke heraus erscheinen."

Sein Bruder verstand ihn nicht.

„Aber die leben doch noch alle!", hatte dieser nur erwidert.

Nein, derjenige, dieser einsame kleine Junge, der hier einst gewohnt hatte, lebte schon lange nicht mehr. Thomas hatte ihn nur sehr, sehr gut gekannt. Mehr nicht. Vielleicht lebte er ja sogar noch immer dort in seinem Zimmer.

Seit Thomas dieses eine Mal hineingeschaut hatte, war es ihm manchmal, dass er des nachts aufwachte und meinte, ein Geräusch von dort unten gehört zu haben.

Nein, Joachim konnte ihn ja gar nicht verstehen. Sein Bruder war fünf Jahre älter als er selber und er hatte dieses, sein Elternhaus mit zehn Jahren zusammen mit der ältesten Schwester und seiner Mutter verlassen und Thomas und seine jüngere Schwester zurücklassen müssen. Er hatte daher völlig andere Erinnerungen an jene längst vergangenen Tage. Schöne Erinnerungen vielleicht. Erinnerungen an eine glücklichere Zeit. Auf eine gewisse Weise schien Joachim sein altes Elternhaus sogar zu lieben. Für den kleinen Thomas und seine jüngere Schwester aber hatte eine lange Zeit trost- und liebloser Jahre begonnen, allein in dem zunehmend verwahrlosenden Haus und zusammen mit der Flücht-lingsfamilie aus Ostpreußen.

An einem dieser wenigen Tage, die Thomas hier war, besuchte er natürlich auch seine Mutter, die mit seinem Stiefvater, dem guten Onkel Herbert, in einer Mietwohnung in Hamburg Langenhorn lebte. Hier wohnte jetzt auch Dorothea, mit der zusammen er ihre schreckliche Kindheit in dem Geisterhaus verbracht hatte.

So ging denn die Zeit schnell dahin.

 Auf dem Rückweg nach Flensburg war er schließlich so weit, dass er sich innerlich von seiner Liebe zu Monika verabschiedet hatte. Ja, war es überhaupt Liebe gewesen?

Aber als er im Stützpunkt ankam, wartete ein Brief auf ihn, der ihm sehr vertraut vorkam. Noch bevor er die Schrift erkannte, roch er es schon am Parfüm.

Er war von Monika.

Thomas öffnete ihn und seine Augen glitten über die Zeilen.

Es war wie immer, ihre Briefe erreichten ihn irgendwie nicht. Eine lange Weile hielt er ihn in der Hand und starrte sinnend auf die kindliche Schrift. Schließlich zuckte er die Schultern, knüllte ihn zusammen und warf ihn in den Papierkorb.

Die Wochen und Monate vergingen, und ehe es sich alle versahen, war die Weihnachtszeit angebrochen. Es war üblich, dass in diesen Tagen drei Schiffe des Stützpunktes in den Inneren Hafen verlegten, wo sie über die Weihnachtstage festmachten. Sie hatten dann immer, wie sagte man: „über die Toppen geflaggt" Aber nein, es waren natürlich keine bunten Flaggen, sondern weil bald Weihnachten war, Lichterketten. Vielleicht hätte man sagen sollen „über die Toppen gelichtert"?

Es gab wohl keinen adäquaten Ausdruck dafür. Es sah allerdings wie in jedem Jahr wieder ausgesprochen schön aus und wurde von den Anwohnern als eine Bereicherung des Stadtbildes zu Weihnachten sehr gut angenommen. Dieses Mal traf es, zusammen mit zwei anderen Booten des Geschwaders, den „Panther". Wie immer bei einem Hafenbesuch stand der Aufsteller mit dem Wappen des Geschwaders an der Gangway und weil Weihnachten war, ein kleiner Tannenbaum daneben. Und pflichtgemäß stand da auch ein Posten, der alle zwei Stunden abgelöst wurde.

Es war an einem Samstagabend, Thomas hatte Wache. Alle vier Stunden verharrte er nun für zwei Stunden, mit einem Karabiner über der Schulter, schließlich waren es ja Kriegsschiffe, unten an der Gangway auf seinem Posten. Michael und Ralph, die zu einer anderen Wache gehörten, gingen grinsend und lässig salutierend an ihm vorbei, natürlich in Zivil.

„Gute Wache und viel Vergnügen", wünschten sie Thomas.

„Selber viel Vergnügen!", knurrte dieser, denn er wusste, seine Freunde waren auf dem Weg in den „Goldenen Anker".

Etwa eine Stunde stand er auf diese Weise an der Gangway oder er ging auf und ab, kein angenehmer Zeitvertreib bei der feuchten Kälte. manchmal geschah es, dass ein Passant seinen Schritt verhielt, um ein paar Fragen zu stellen.

Schließlich, es mochte an der späten Stunde liegen, war aber schon lange niemand mehr vorübergekommen, da sah Thomas von ferne eine junge Frau oder ein Mädchen um das Hafenbecken herum sich nähern. Ohne dass er sie erkennen konnte, wusste er plötzlich, wer da kam – Monika. Weglaufen konnte er ja nicht, und so blieb ihm nichts, als ihr mit gemischten Gefühlen entgegenzusehen.

„Hallo Monika", brachte er heraus, als sie näher gekommen war.

„Hallo Thomas", erwiderte sie mit einer seltsam hohen Stimme.

Dann stand sie vor ihm und sah ihn an. Thomas konnte den Blick ihrer Augen nicht ertragen.

„Wollen wir ...", hub sie schließlich an und räusperte sich. „Wollen wir nicht noch einmal reden?"

Thomas sah sie schweigsam an und dann spürte er auch schon, wie seine Beine schwach wurden.

„Ich kann mit dir nicht reden", sagte er, „du siehst doch, ich stehe auf Wache."

Aber er sagte es mit einer gewissen Wärme in der Stimme.

„Ich weiß", piepste sie und rang sichtlich nach Worten. „Möchtest du nicht vielleicht morgen Nachmittag zu unserer gewohnten Stelle nach Holnis kommen?"

Sie blickte ihn mit einem schüchternen Lächeln an. Thomas wurde es plötzlich ganz warm ums Herz. Er blickte lange schweigend zurück.

„Ich glaube, ich war ein riesiges Dusseltier!", stellte er fest und konnte im gleichen Moment sehen, wie sich ihr bekümmertes Gesicht zu einem glücklichen Lächeln verklärte.

„Ja, ich komme!", meinte er entschlossen.

Monika strahlte.

„Nun aber fort mit dir", kommandierte er in gespielt strengem Ton. „Es ist verboten, die Wache anzusprechen."

„Bin schon weg!", rief Monika überglücklich, wandte sich ab und lief davon.

Thomas schaute ihr lange hinterher, und lange genug, um noch zu erkennen, dass sie nicht zum „Goldenen Anker" lief, sondern zum Busbahnhof.

Das fand er ein gutes Zeichen.

Es war, als hätte sich die Zeit zwischen heute und dem letzten Mal, als sie sich hier getroffen hatten, heimlich davongemacht. Thomas jedenfalls schien es wie gestern, als er mit seinem Auto langsam den Weg zum Leuchtturm hochfuhr und Monika mit ihrem Hündchen etwa hundert Meter vor sich gewahrt hatte. Und es lief ebenfalls mit der gleichen Prozedur ab. Er stoppte, als er die beiden gleichauf hatte, sie riss die Wagentür auf, rief: „Hallo Thomas", klappte den Sitz nach vorn, um den Pudel auf die Rückbank springen zu lassen, und gleich darauf selber einzusteigen. Schweigend fuhren sie zu ihrem heimlichen Rendezvous-Platz, wo Thomas hielt und den Motor ausstellte.

Aber dann geschah eine lange Weile erst einmal gar nichts. Plötzlich waren die vielen hinter ihnen liegenden Wochen wieder da und standen zwischen ihnen.

Schließlich gab sich Monika einen Ruck. Sie hatte offensichtlich genau durchdacht, wie sie vorzugehen beabsichtigte.

„Wie bist du eigentlich da in Oslo so schnell wieder zu einem neuen Mützenband gekommen?", fragte sie in einem gespielt lockeren Ton.

Rumms, das saß!

Thomas schluckte schwer und brauchte eine Zeitlang, um ihre Worte zu verdauen.

‚Michael, der Verräter!‘, dachte er. Der hatte ganz offensichtlich geplaudert.

Nachdem er lange geschwiegen hatte, ohne sich zu rühren, er hielt die Arme auf seinem Lenkrad verschränkt und starrte durch die Windschutzscheibe, als läge die Antwort irgendwo da draußen auf dem Weg, wurde Monika unsicher. Hatte sie nicht vielleicht doch die falsche Taktik gewählt?

Nein, hatte sie nicht, denn hätte sie lesen können, was hinter seiner Stirn vor sich ging, hätte sie es gewusst. So aber sah sie ihn weiter von der Seite an und mit jeder vergehenden Sekunde wurde sie unruhiger.

‚Sie ist ja doch klüger, als ich ihr all die Zeit über zugestanden habe‘, grübelte Thomas.

Schließlich stieß er einen tiefen Seufzer aus, straffte sich und wandte sich an seine Begleiterin. Ein leises Lächeln umspielte seine Lippen.

„Liebe Monika“, sagte er, „ich war ein dummer und egoistischer Mensch. Können wir nicht einfach all das vergessen und es vielleicht als eine Lehre verstehen, uns in Zukunft mehr zu vertrauen?“

Voller Freude sah er, wie ihr Gesicht aufleuchtete.

„Übrigens“, meinte sie, „ich bin inzwischen siebzehn geworden.“

Thomas schaute sie prüfend an.

„Ja“, stellte er fest, „das sieht man.“

Sie boxte ihn in die Seite und lachte.

Wenig später hätte ein heimlicher Beobachter, der zufällig des Weges dahergekommen wäre, zwei innig ineinander verschlungene Personen in einem Auto sitzend sehen können, die sich leidenschaftlich küssten.

Von diesem Tage an waren Monika und Thomas ein festes Paar. Sie gingen nur noch selten in den „Goldenen Anker", trafen sich dafür oft an ihrem heimlichen Treffpunkt und die Zeit, als Thomas einsam durch die Straßen der Innenstadt schlenderte oder ins Kino gegangen war, war nun auch vorbei. Fortan taten sie es gemeinsam.

Über die Weihnachtstage fuhr Thomas heim, zu seinen Eltern, um nacheinander mit beiden Elternpaaren Weihnachten zu feiern. Seine älteste Schwester, Annegret, war aus Schweden gekommen, sodass seit langer Zeit einmal wieder alle vier Kinder zusammenkamen.

Im Stützpunkt war es relativ ruhig, fast konnte man sagen: langweilig.

Der Winter verlief lang und sehr kalt. Thomas fuhr noch einmal im Verein mit zwei anderen Booten, „Taktische Navigation", wie sie es nannten, entlang den Küsten Ostdeutschlands, Polens und der baltischen Länder hinauf zum Finnischen Meerbusen. Es war noch einmal sehr viel anstrengender als das letzte Mal. Die Kälte, verbunden mit dem scharfen, eisigen Wind verlangte ihnen einiges ab. Es war schier unerträglich. Die Netze, mit denen die Nock verkleidet war, waren zu dicken Eispanzern geworden, die auch das Deck, die Kanonen und Torpedorohre überzogen. Es war eine Tortur, wie sie Thomas niemals zuvor und auch später nie wieder erlebt hatte. Er bekam zum ersten Mal eine Ahnung davon, was für ein unvorstellbar hartes Leben die Matrosen der Fischdampfer im Eismeer führten.

Aber jeder Winter geht einmal vorüber. Der Frühling nahte und mit ihm das Osterfest. Für Monika bedeutete das das Ende der Schulzeit. Und es sollte es einen großen Abschlussball in Glücksburg geben. Dazu brauchte sie natürlich ein Ballkleid und ihre Großeltern, bei denen sie lebte, mussten es ihr wohl oder übel spendieren. Sie hatten allerdings eine Preisgrenze gesetzt, und nun zog Monika mit Thomas mehrere Tage lang durch die Modeläden in Flensburg. Es dauerte ein wenig, bis sie endlich zufrieden waren, besser gesagt, bis Monika zufrieden war. Thomas hätte sicherlich gleich das erste gekauft, das sie anprobierte, er fand sie in nahezu jedem Kleid umwerfend.

„Wie eine richtige Prinzessin siehst du darin aus!", rief er mehrmals aus. „Dein Tanzpartner ist zu beneiden."

„Wie – mein Tanzpartner?", entgegnete Monika. „Das bist doch du!"

„Ich?" Thomas war erstaunt. „Muss das nicht jemand aus deiner Klasse sein?"

„Nein, überhaupt nicht. Wir können mitbringen, wen wir wollen."

„Ich kann doch gar nicht richtig tanzen."

„Das macht gar nichts", beschied sie ihn, „wir werden das schon irgendwie hinkriegen."

„Aber ich habe keinen dunklen Anzug", wandte er ein.

„Dann ziehst du deine Uniform an", bestimmte sie, „ich finde dich sowieso viel schöner in deiner schmucken Matrosenuniform. Und stell dir mal vor, wie sie alle staunen oder gar neidisch werden, wenn ich da in Begleitung eines so feschen Matrosen aufkreuze."

Monika ergötzte sich sichtlich bei dieser Vorstellung. Aber gleich darauf schmollte sie.

„Wir gehören doch zusammen", klagte sie, „es ist ein so wichtiger Tag in meinem Leben! Soll ich ihn etwa ohne meinen liebsten Freund begehen?"

„Nein", sagte Thomas, „da hast du wohl recht. Aber dann ist es wohl endlich an der Zeit, dass du mich deinen Großeltern vorstellst."
„Das ist wahr!", stimmte Monika ihm zu.

Und so kam es, dass Thomas bei den Höfners in Holnis zum Kaffee eingeladen wurde. Er hatte schon manchmal überlegt, warum Monika bei ihren Großeltern lebte. Was war mit ihren Eltern? Es wurde wohl Zeit, sie danach zu fragen.
Monika bestand darauf, dass er auch bei ihr in seiner Marineuniform aufkreuzte. Das würde seriöser wirken, sagte sie. Aber Thomas war sich da gar nicht so sicher, er meinte, dass wohl eher das Gegenteil der Fall wäre.
Er behielt teilweise Recht. Die Großmutter empfing ihn zwar sehr freundlich, aber der Großvater schien ihn nicht zu mögen. Er hatte ein Vorurteil gegenüber den Leuten von der Marine und er machte auch keinen Hehl daraus. Dennoch verlief die Vorstellung besser als gedacht, denn Thomas wusste, dass für Monika ein noch tieferer Grund dahintersteckte, ihn bei sich zu Hause einzuführen. Sie beide würden sich nun in Zukunft auch dort in ihrem Zimmer treffen können.

Jugend

Die Zeit der heimlichen Treffen war für sie nun endgültig vorbei. Wann immer Thomas dienstfrei hatte, setzte er sich in seinen Wagen und fuhr nach Holnis zu seiner Freundin Monika. Ihre Großmutter begrüßte ihn jedes Mal nicht unfreundlich. Thomas fragte sich aber dennoch, ob sie nicht Vorbehalte hatte, dass er und Monika ganze Nachmittage in ihrem Zimmer verbrachten. Nun, er kannte Monika inzwischen als jemanden, der recht eigensinnig war und einen festen Willen hatte. Dass die beiden in dieser Frage Streit miteinander hatten, war wohl zu vermuten.

Aber die Großmutter schien sich irgendwann daran gewöhnt zu haben, denn nach einiger Zeit machte sie sogar Abendessen für die jungen Leute. Was sie darüber denken mochte, womit die beiden sich nebenan in Monikas Zimmer die Zeit vertrieben, konnte Thomas nur spekulieren. Auf jeden Fall machte sie niemals irgendeine Bemerkung. Den Großvater bekam Thomas so gut wie nie zu sehen. Da die Großmutter an dem Abendbrot, das sie den beiden in der Küche servierte, nicht teilnahm, glaubte er, dass die Alten immer erst aßen, wenn er sich nach dem Essen verabschiedete.

Monikas Zimmer ging direkt von der Küche ab und sie hatte ein eigenes winziges Bad. Ihr Bett stand frei im Raum, mit dem Kopfteil zur Küchenwand, ein Kleiderschrank und ein Pult mit einem Stuhl, mehr war nicht da. So saßen Thomas und sie, wenn sie nicht sogar lagen, von daher aufrecht und mit ausgestreckten Beinen nebeneinander auf ihrem Bett. Langeweile kannten sie nicht. Und wenn sie nicht gerade miteinander schmusten, und das mochte wohl den größeren Teil ihres Zusammenseins ausmachen, unterhielten sie sich, ja, sie hatten sich viel zu erzählen. Monika zog ihn gerne auf und häufig drang ein Kichern und Lachen aus ihrem Zimmer. Bei alldem aber knisterte es ganz gewaltig zwischen ihnen beiden. Monika war Thomas' erste feste Freundin, er hatte wenig Erfahrung mit Mädchen.

Zu jener Zeit war es nicht üblich, dass die Kinder aufgeklärt wurden, weder durch die Eltern noch durch die Schule. Das, was Thomas wusste von all diesen Dingen, die sich zwischen den unterschiedlichen Geschlechtern abspielten, hatte er weitgehend auf dem Nachhauseweg von der Schule von seinem Freund und Sitznachbarn erfahren. Dieser war ein Arbeiterkind gewesen, etwas ungehobelt und proletenhaft vielleicht, aber ein im Grunde recht lieber Kerl. Man kann sich daher gut vorstellen, dass dieser bei seinen „Aufklärungsgesprächen" nicht eben zimperlich in seiner Ausdrucksweise und den Beschreibungen des Liebesaktes gewesen war. Generell war Sexualität für die meisten Jungen seines Alters etwas Schmutziges, über das man zotige Witze riss. Die Herrentoiletten jener Zeit waren von oben bis unten vollgeschmiert mit „schmutzigen" Kritzeleien.

Thomas war anders, er hasste das. Er war durch seine Schwestern und ungeachtet ihres Fernseins, nicht zuletzt auch durch seine Mutter in Achtung und Respekt vor dem anderen Geschlecht groß geworden. Auf die Idee, dass Mädchen vielleicht ebenso mit Sexualität umgehen könnten, kam er gar nicht erst.

Es war allerdings für ihn eine neue Erfahrung, festzustellen, dass Monika, etwas mehr als vier Jahre jünger als er selbst, im Gegensatz zu ihm ganz offensichtlich diesbezüglich bereits über Erfahrungen verfügte. So sehr überraschte es ihn nicht wirklich, denn er erinnerte sich an den Ausdruck in ihren Augen, so ziemlich zu Beginn ihrer Beziehung. Er hatte ihn als etwas empfunden, als hätte sie bereits diverse Seiten des Lebens gesehen und erlebt, auch die dunklen.

Einer Welt, die für ihn selbst noch voller neuer und aufregender Entdeckungen war. Bei ihren leidenschaftlichen Küssen empfand er Monika oft als sehr fordernd, das machte ihn unsicher und eigentlich war es ihm manchmal sogar zu viel. Nicht ihre Knutscherei, nein, im Gegenteil, er konnte davon gar nicht genug kriegen, er war ein unverbesserlicher Romantiker. Er fühlte sich zunehmend von ihr bedrängt, mehr darüber hinaus zu gehen, schlimmer noch, er hatte sogar den Eindruck, dass sich Monika darüber ein wenig lustig machte. Aber letztlich störte ihn das alles doch nicht so sehr.

Eines aber gab es, das ihn bei alldem sehr irritierte, und es stand auch völlig im Gegensatz zu ihrem sonstigen Verhalten: Sie war über alle Maßen verletzlich und empfindlich. Es passte irgendwie nicht zusammen. Wenn er so mit ihr herumflachste, musste er ständig aufpassen, dass er nicht versehentlich etwas „Falsches" sagte. Sie konnte dann oft stundenlang beleidigt sein.

Neben der Zeit, die sie zusammen in ihrem Zimmer verbrachten, gingen sie oft am Strand oder am Steilufer spazieren und natürlich nahmen sie stets auch den Hund mit. Thomas hatte herausgefunden, dass er der Oma gehörte.

Als es wärmer wurde, gingen sie auch schonmal an den Strand, um zu baden. Sie kuschelten sich dann auf ihren Handtüchern in der warmen Frühlingsonne dicht aneinander. Ins Wasser trauten sich noch nicht so recht, es war noch lausig kalt.

Monika fand das höchst seltsam, denn nach all dem, was Thomas ihr über seine Zeit auf den Schnellbooten erzählt hatte, war immer so viel von kaltem Wasser die Rede, von Sturm- und Winterfahrten, dass sie wohl eher einen so richtig harten Seemann in ihm vermutet hätte. Davon aber konnte überhaupt nicht die Rede sein.

An einem dieser Tage am Strand geschah es, dass sie ihn so nebenbei fragte:

„Du, hast du nicht vielleicht Lust, zusammen mit mir auf den Dorfschwoof zu gehen? Im Dorfkrug ist am Sonnabend Tanz."

Thomas bekam einen Schreck, er, der coole Typ aus der Großstadt, sollte auf den Dorfschwoof gehen? Aber Monika blickte ihn so unschuldig hoffnungsvoll an, dass er widerwillig zustimmte. Er hatte das Gefühl, dass sie mit ihm vor den Dorfbubis nur ein wenig angeben wollte.

So kam der Tag, dass Thomas sie an einem Samstagabend mit seinem Auto abholte, um mit ihr ins Nachbardorf in den Festsaal des Krugs „Zur grünen Linde" zu fahren. Monika hatte sich seit langer Zeit einmal wieder so richtig rausgeputzt, fast so wie in den Tagen, als sie noch in den „Goldenen Anker" gegangen war. Thomas hatte es vorgezogen, hier lieber in Zivilkleidung zu erscheinen. Das fand Monika nun aber gar nicht gut. Sie maulte. Zu gern hätte sie ihn ihren Nachbarjungs als einen feschen Seemann präsentiert. Die grüne Linde, die dem Dorfkrug seinen Namen gab, fand Thomas dann auch wirklich vor dem Lokal stehen, als sie dieses betraten. Monika schaute sich kurz um und winkte dann drei Mädchen zu, die zusammen an einem Tisch saßen. Es waren nicht die, mit denen sie noch vor einiger Zeit in den „Goldenen Anker" gegangen war.

Sie nahm Thomas bei der Hand und steuerte mit ihm im Schlepptau auf den Tisch zu.

„Das ist Thomas!", stellte sie ihn vor. „Und das …", sie wies der Reihe nach auf die drei Dorfgrazien, „… ist Gisela, Karin und Gudrun."

Thomas deutete eine Verbeugung an und nahm mit Monika Platz. Die Mädchen fingen alsbald das Plappern an und er kam sich als einziger Mann an ihrem Tisch ein wenig verloren vor. Als er verstohlen im Saal umherschaute, bemerkte er sehr wohl die abschätzenden Blicke der Dorfjugend. Mit oder ohne Uniform, sie hatten sofort den Marine-Mann in ihm erkannt. Die Blicke der Mädchen, er fühlte sich fast ein wenig geehrt, wirkten interessiert; diejenigen der männlichen Jugend aber waren eindeutig feindselig. Thomas wurde ein wenig unbehaglich.

Und kaum, dass jetzt die Musiker anfingen zu spielen, überkam ihn das nackte Grausen. Natürlich handelte es sich bei ihnen um so eine dieser typischen Dorf-Combos, mit Hammond-Orgel, Schlagzeug und einem Sänger, bei dessen Gesang sich Thomas die Haare aufstellten. Dennoch spielte er Monika zuliebe das Spiel mit, indem er sich erhob, um sie förmlich zum Tanz aufzufordern.

Diese schien sein Unwohlsein nicht im Geringsten zu bemerken. Sie lächelte ihn hold an und ließ sich von ihm auf die Tanzfläche führen. Und wie sie sich nun zusammen im Takt der, wenn auch miserablen, Musik drehten, fand er es doch sehr angenehm, wie früher mit ihr zu tanzen. Ganz besonders bei den langsamen Stücken, aber eine Stimmung, wie er sie von diesen typischen Marinelokalen wie dem „Goldenen Anker" in Flensburg kannte, kam trotzdem nicht in ihm auf.

Es war halt Dorf-Tanz und die gesamte Atmosphäre war nach seinem Gefühl etwas sehr piefig. Aber schön war es irgendwie eben doch, denn Monika tanzte nur mit ihm allein.

Und wenn sie gerade einmal nicht tanzten, setzten sie sich zu den Mädels mit an den Tisch. Wenn dann tatsächlich mal ein junger Mann kam, um Monika aufzufordern, lehnte diese ein wenig hochnäsig ab. Das fand Thomas wiederum ganz toll und wieder einmal fühlte es sich für ihn an, als schwebte er mit seiner Monika in diesem vielzitierten siebten Himmel. Es war für sie beide ein unbeschreiblich schönes Gefühl, hier als ein Paar zu gelten. Monika war offensichtlich stolz, Thomas hier als ihren Freund vorzuführen, und sie umgarnte ihn sogar deutlich mehr, als sie es sonst tat. Und tatsächlich setzte sie sich nach einer Weile auch ganz ungeniert auf seinen Schoß.

Es war schließlich Monika, die nach etwa anderthalb Stunden vorschlug, zusammen fortzugehen. Da stimmte er nur zu gerne zu. Aber wie die zwei kurz darauf nebeneinander in seinem kleinen Fiat saßen, fragte er sich, wie er's jetzt wohl am besten anstellen solle beziehungsweise wie es jetzt weitergehen würde. Es war völlig ausgeschlossen, sie in dieser selig-beglückenden Stimmung, in der sie sich gerade befanden, jetzt so einfach nach Hause zu bringen. Monika schaute ihm mit einem verliebten Lächeln an und drückte sich sanft an ihn.

„Wollen wir nicht noch ein wenig am Strand spazieren gehen?", fragte sie.

Es gab nichts, was Thomas lieber getan hätte, und so fuhren sie zurück nach Holnis, parkten ihr Auto an und stiegen aus.

Hand in Hand schlenderten sie die Promenade entlang. Es waren zu dieser Zeit kaum noch Menschen unterwegs. Nur vor der Tür des Strandcafés hielt sich noch ein Schwarm junger Leute auf.

‚Wir hätten ja auch hierher gehen können‘, schoss es ihm durch den Kopf und er fühlte sich in seiner Annahme bestätigt, dass Monika ihn nur aus dem einzigen Grunde mit auf den Dorfschwoof genommen hatte, um ihn ihren Freundinnen vorzustellen.

‚Na ja‘, dachte er gutmütig, ‚wenn‘s ihr Freude gemacht hat.‘

Der Strand lag da wie ausgestorben. Arm in Arm gingen sie zum Wasser. Es war ein wundervoller linder Sommerabend. Die Brandung schwappte müde auf den Strand, Monika schmiegte sich an ihn und zusammen schauten sie träumerisch über das Meer. Dessen Oberfläche glänzte schwarz wie polierter Marmor, der Mond, es war noch nicht ganz Vollmond, stand über dem Horizont, sein silbriger Schein spiegelte sich funkelnd auf der scheinbar endlosen schwarzglänzenden Wasserfläche. Gerade als Thomas der Gedanke kam, dass es jetzt ganz besonders schön sein müsse, sie zu küssen, zog sie ihn zart mit sich fort.

„Komm, wir setzen uns dort in einen der leeren Strandkörbe.“

Leise Musik und das gedämpfte Lachen der Leute drangen vom Strandcafé herüber. Und so saßen die zwei jungen verliebten Menschen aneinandergekuschelt, träumten vom Glück und küssten sich. Sie vergaßen die Welt um sich herum, es gab nur noch sie beide und die endlose See vor ihnen. Ein leises Rauschen schwappte an ihr Ohr, die Wellen, wie sie unermüdlich auf den

Strand rollten, um schließlich doch ermüdet zurück ins Meer zu kehren.

Nach einer Weile machte Monika sich behutsam von Thomas los, aber nur, um sich nun auf seinen Schoß zu setzen. Er schlang seine Arme um sie und drückte sie an sich.

Oh, welch ein aufregend prickelndes Gefühl! Mit einer endlosen Reihe von zarten, leichten und wie hingehauchten Küssen fuhr sie ihm mit den Lippen von der Schulter über den Hals bis hinauf hinter die Ohren und löste heftige Schauer eines nie gekannten Glücksgefühls in ihm aus.

‚Wo mag sie das nur gelernt haben‘, fuhr es Thomas durch den Kopf und in dem Augenblick, da er all dies fühlte und erlebte, wusste er irgendwie, dass es so schön wie jetzt vielleicht nie wieder sein würde.

‚Vielleicht ist es ja so, dass man etwas wie dies nur ein einziges Mal in seinem Leben fühlt‘, dachte er.

Dieser Augenblick höchster Glückseligkeit, er kommt irgendwann einfach so über zwei junge Liebende und ohne dass sie bewusst darauf hingesteuert hätten.

Das Glück aber ist, wie Thomas noch lernen musste, flüchtig. In dem Augenblick, in dem wir es erkennen, ist es oftmals bereits Vergangenheit. Es lässt sich nicht festhalten und auch niemals auf dieselbe Weise wiederholen. Vielleicht ist es sogar so, dass wahre Liebe niemals wirklich Erfüllung in sich birgt, sondern ewig nur eine Verheißung ist.

Thomas hatte den Eindruck, deutlicher als jemals zuvor, dass Monika mehr von ihm wollte. Aber er ging nicht darauf ein. Er, der unverbesserliche Romantiker, fühlte sich glücklich, so wie es gerade war, und auch Monika schien ähnlich zu empfinden.

Sie hatten alles Gefühl für die Zeit verloren. Eng umschlungen saßen sie dort und schauten auf das scheinbar unendliche Meer und den Horizont, genügten sich in der Erinnerung an das gerade eben noch Erlebte.

Es war weit nach Mittenacht, als sie sich auf den Weg machten. Thomas brachte Monika nach Hause. Sie waren ja gerade erst am Beginn ihrer besonderen Zweisamkeit, sie hatten alle Zeit der Welt.
Beschwingt und immer noch in diesem Gefühl einer wundersamen Verzauberung kehrte Thomas zum Stützpunkt zurück.

Monika wird vorgestellt

Seit sich Monika und er wie ein Paar fühlten, war Thomas nicht mehr nach Hause gefahren.

‚Allmählich ist es wohl mal angebracht', dachte er, ‚meinen Angehörigen den Grund für mein langes Fernbleiben einmal vorzustellen.'

„Hast du nicht vielleicht Lust, einmal mit mir nach Hamburg zu fahren?", fragte er daher eines Tages Monika.

„Oh ja, das wäre toll", freute sie sich.

Aber dann fiel ihr ein, dass Thomas ja dort zu Hause war, und dieser bemerkte voller Sorge, wie ihre freudige Miene sich verdüsterte.

„Ach, du meinst, zu deinen Eltern?", fragte sie lustlos nach.

Thomas nickte nur und beobachtete schweigend das Spiel ihres Gesichtsausdruckes. Er konnte es ihr nicht einmal verdenken, dass ihre Lust auf einen Anstands-besuch begrenzt war. Es würde ihrer Beziehung irgendwie die Leichtigkeit nehmen. Aber nach einer Weile hellte sich ihre Miene etwas auf.

„Na gut!", stimmte sie zu. „Ist vielleicht gar nicht so verkehrt."

An einem sonnigen Frühsommer-Wochenende war es dann so weit, dass sie früh am Morgen in Thomas' kleinen Fiat stiegen und nach Hamburg fuhren.

Er hatte ihr oft von seinem Zuhause erzählt und welch große Liebe zwischen seiner Mutter und ihren Kindern und der Geschwister untereinander herrschte, trotz oder gerade wegen der acht Jahre seines mutterlosen Daseins mit seiner Schwester in diesem trostlosen herunter-gekommenen Haus seines Vaters. Es war diese Liebe gewesen, die er über die vielen Kilometer Entfernung gespürt und die ihn und seine Schwester überhaupt am Leben gehalten hatte. Und Thomas war überzeugt davon, dass diese Liebe nun auch auf sie als seine innige Freundin übergehen würde.

Leider aber kam es anders.

Monika fiel durch!

Er selber merkte es nicht gleich, aber sie spürte es sofort: Sie war in dieser Familie nicht willkommen. Thomas' Mutter war durchaus freundlich zu dem Mädchen, aber wenig später, als sie alle am Kaffeetisch saßen, fiel es auch ihm auf. War es ihre Herkunft? Ein frühreifes Mädchen vom Dorfe, das sich mit Matrosen amüsieren ging? Je länger er darüber nachdachte, desto mehr dämmerte ihm, wie recht Monika mit ihren Vorbehalten gehabt hatte.

Thomas war zutiefst enttäuscht, ja, geradezu verletzt. Er wusste trotz seiner freudlosen Kindheit so wenig von den dunklen Seiten des Lebens. Er lebte in dem Glauben, dass er das, was er lange Jahre so unsagbar schmerzlich vermisst hatte, irgendwann in der Liebe zu einem Mädchen wiederfinden würde, und dieses Mädchen, er glaubte felsenfest daran, war seine Monika. Und so traf ihn die unterschwellige Ablehnung direkt ins Herz. Es sollte sein Verhältnis zu seiner Familie für sein gesamtes weiteres Leben bestimmen. Es schien ebenso seine Wiedersehensfreude mit seiner älteren Schwester zu trüben, die nach langer Abwesenheit von der Familie aus Schweden zurückgekommen war. Diese jedoch, Thomas hatte es sofort gespürt, begegnete Monika im Gegensatz zu den anderen ganz besonders herzlich. Es schien, als hätte auch sie den unterschwellig kühlen Empfang der anderen gegenüber Monika registriert und war nun offensichtlich bemüht, dem Mädchen ihre Zuneigung zu zeigen. Da war nichts Gekünsteltes in ihrem Umgang mit jener zu bemerken. Thomas war ihr ausgesprochen dankbar dafür und er erinnerte sich plötzlich wieder daran, dass die große Schwester auch früher immer schon seine Lieblingsschwester gewesen war.

So verlief denn die Kaffeetafel in einer Atmosphäre, die zwar nicht vordergründig angespannt war, aber doch auch keine frohe Herzlichkeit zwischen den Beteiligten erkennen ließ.

Nachdem die Tafel aufgehoben worden war und alles im Abräumen begriffen, Monika zeigte sich als guter Gast, indem sie dabei half, ergab es sich für kurze Zeit, dass sich Thomas einen Augenblick lang mit Annegret, seiner älteren Schwester, allein in der Wohnstube befand.

„Mir gefällt Monika, lieber Thomas", sagte sie, „sie sieht süß aus."

„Ja, magst du sie?"

„Oh ja, ich denke, dass ihr gut zueinander passt."

Thomas wurde es warm ums Herz bei ihren Worten und er öffnete schon den Mund, um etwas zu erwidern, als diejenige, von der die Rede war, in der Stube erschien.

„Setzt euch doch aufs Sofa!", lud Dorothea, die jüngere Schwester, sie ein, die Monika auf dem Fuß folgte.

Es wurde dann doch noch ein relativ gelöster Nachmittag. Die Mutter und Thomas' Stiefvater fragten natürlich Monika ein wenig aus, sie waren neugierig, denn sie wussten ja bisher kaum etwas von ihr. Aber sie taten es mit Takt, und ohne sie in die Enge zu treiben. Thomas, wie hätte es auch anders sein sollen, erzählte von seinen Abenteuern bei den Schnellbooten und so verging die Zeit schneller, als sie gedacht hatten.

Nach dem Abendessen verabschiedeten sich Thomas und Monika, um nun wirklich nach Hause zu fahren. Zuhause, das war nun für sie beide, Thomas' kleine Bude unter dem Dach in seinem alten Vaterhaus.

Seine Mutter umarmte ihn zum Abschied, die Schwestern ebenfalls, aber nur Annegret umarmte auch Monika. Alle anderen gaben ihr, aber mittlerweile durchaus nicht ohne Sympathie, die Hand.

Natürlich blieb Thomas nicht verborgen, dass seine Mutter es missbilligte, dass ihr Sohn jetzt mit dem Mädchen zusammen in seinem Zimmer schlafen würden aber sie sagte nichts. Sie hatte ihn irgendwann nach Monikas Alter gefragt und sicherheitshalber hatte er geantwortet: „Achtzehn Jahre."

„Und in drei Monaten werde ich neunzehn", hatte Monika noch schnell hinzugefügt, was Thomas dann doch ein Grinsen entlockte.

Schweigsam fuhren die zwei jungen Leute durch den Abend. Es war nicht so gelaufen, wie Thomas es gedacht oder erhofft hatte. Ursprünglich war er davon ausgegangen, dass Monika in der Wohnung bei seiner Mutter schlafen würde. Aber durch die Anwesenheit Annegrets wäre es wohl recht eng geworden. Der Hauptgrund für ihn, Monika mit sich zu nehmen, war allerdings die fehlende Herzlichkeit, die sie durch seine Familie erfahren hatte.

Nun würden sie unverhofft hier ihre erste gemeinsame Nacht erleben.

Monika war gespannt auf Thomas' Bude, er hatte ihr oft sein Zuhause geschildert, aber sie wirkte sichtlich verlegen. Er selber freute sich ganz wahnsinnig darauf, aber auch er hatte ein wenig Angst davor.

‚Sicher erwartet sie von mir, dass es nach so langer Zeit nun endlich dazu kommen wird, was sie seit langem von mir erhofft', dachte er. Er wollte es nicht, er war noch nicht bereit dafür.

Sein Bruder, Joachim, der ja das Zimmer nebenan bewohnte, hieß beide herzlich willkommen. Er jedenfalls schien Monika auf Anhieb zu mögen, ja, Thomas hatte fast den Eindruck, er beneidete ihn sogar ein bisschen, dass sein jüngerer Bruder eine so hübsche junge Freundin hatte. Er fand sie „richtig toff", wie Joachim später sagte.

„Toffes Mädchen", meinte er anerkennend. Das war ein zu jener Zeit unter jungen Leuten sehr populärer Begriff und bedeutete so etwas wie toll, fantastisch, außergewöhnlich.

Ja, und zu Thomas' allergrößten Überraschung fand sogar sein Vater, der später herüberkam (um nach dem Rechten zu sehen), sie sehr nett. Und auch sehr attraktiv, aber das sagte er natürlich nicht. Er ließ jedenfalls keinerlei Vorbehalte gegen ihre Beziehung erkennen.

Sie waren beide sehr verlegen, als sie sich, endlich allein, auszogen, um ins Bett zu gehen.

„Nicht hingucken!", rief Monika fröhlich, als sie sich daran machte, ihr Höschen und ihren BH auszuziehen und sich das Nachthemd überzustreifen. Gewiss meinte sie das nicht ernst und sie lachten herzlich dabei und natürlich guckte er heimlich und anschließend auch umgekehrt sie, als sich Thomas seinen Pyjama anzog.

Schnell sprangen sie in sein Bett, zogen die Decke über sich und kuschelten sich wohlig aneinander.

Auch das, was Thomas halbwegs erwartet und ein bisschen gefürchtet hatte, fand in dieser Nacht dann doch nicht statt.

Am Morgen danach frühstückten sie zusammen mit seinem Bruder und kurze Zeit darauf waren sie bereits wieder auf dem Weg zurück nach Flensburg. Beide schwiegen sie über eine lange Zeit hinweg, während ihr kleines Auto einen Kilometer nach dem anderen fraß. Ihre erste gemeinsame Nacht. Sie waren einfach nur unendlich glücklich gewesen, so nah beieinander zu sein. Sie hatten sich förmlich aneinandergeklammert, zwei junge Menschen, vom Leben und mit behüteter Liebe nicht eben besonders gesegnet. Und es war sehr viel mehr als das, für beide war es seit langer Zeit ein Moment in ihrem Leben gewesen, den sie viele Jahre, nein, eine Ewigkeit, in ihrem jungen Leben vermisst hatten.

Schon am Dienstag stach das Geschwader, und Thomas mit ihm, wieder in See, um gemeinsam mit ihren dänischen Partnern eine Übung in der Dänischen See zu machen.
Es waren warme Sommertage und Nächte und fast konnte man sagen, wenn man den militärischen Zweck einer solchen Übung einmal außer Acht ließ, dass die Abende, wenn sie irgendwo in einer Bucht in der Dänischen Südsee ankerten, voller Romantik waren. Zum Abschluss machte das Geschwader für drei Tage in Frederikshavn fest. Frederikshavn war der zweite Heimathafen des Schnellbootgeschwaders, denn hier sollte im sogenannten Ernstfall ihr Stützpunkt sein; ein Hafen, aus dem sie innerhalb sehr kurzer Zeit auslaufen

konnten, um sogleich auf hoher See zu sein und nicht erst den endlos langen Weg durch die Flensburger Förde laufen zu müssen.

Thomas' Kameraden gingen an den Abenden in die Tanzbar im Ort, was oft nicht ganz problemlos war, denn die männliche Jugend von Frederikshavn wollte „ihre" Mädchen lieber für sich haben. Das führte relativ häufig sogar zu Schlägereien.

Thomas schloss sich seinen Freunden nicht an, weniger aus besagtem Grunde, er hasste solche Auseinandersetzungen, sondern weil er lieber von jener Nacht zusammen mit Monika träumte.

Das Besondere daran war ja gewesen, dass er diese Stunden eines kurzen Glückes mit ihr in genau dem Haus erlebt, in dem er all die Jahre seiner trostlosen Kindheit verbracht hatte. Das leere Zimmer direkt unter ihnen, eingefroren in dem Zustand, in dem er es mit vierzehn Jahren verlassen hatte, stummer Zeuge einer unglücklichen Kindheit. Aber der einsame kleine Junge unter ihnen hatte sich in dieser Nacht nicht gerührt.

Ach, hätte doch dieser damals nur den leisesten Hauch einer Ahnung gehabt, dass etwas wie seine Nacht mit Monika einmal hier genau über diesem Zimmer geschehen würde. Es hätte ihm vielleicht Trost in der Hoffnung gegeben, dass die Liebe ihn doch noch nicht ganz vergessen hatte.

Diese kleine Bude unter dem Dach, in der er jetzt wohnte, sie hatte viel gesehen und erlebt. Nach dem Krieg hatte sie zunächst als Schlafzimmer seiner beiden älteren Geschwister und später, fast noch ein ganzes Jahr nach der Scheidung seiner Eltern, auch noch seiner Mutter und eben diesen beiden Geschwistern und ihrem neuen Mann gedient.

Das Gericht hatte ihr diese beiden ältesten zugesprochen, die jüngsten wollte ja der Vater haben. Thomas hatte sich oft gefragt, warum. Wäre es nicht, wenn überhaupt, umgekehrt richtiger gewesen? Und als sie schließlich alle fort waren, war eben die Frau Rothmann mit ihrer Mutter und ihrer Tochter hier eingezogen.

Er besuchte auch einmal das einzige Kino in Frederikshavn und schaute sich einen deutschen Film mit dänischen Untertiteln an. Eigentlich ganz praktisch, es war eine fürchterliche Schnulze: „Wenn die Conny mit dem Peter" mit Cornelia Froboes und Peter Alexander.

Zwei Tage darauf waren sie wieder zurück in Flensburg. Es war ein Donnerstag und Thomas hatte am Nachmittag frei. Am liebsten wäre er gleich nach Holnis gefahren, aber eben noch rechtzeitig besann er sich, dass für Monika ja die schönen Tage der Schulzeit schon seit einigen Monaten vorbei waren. Sie hatte eine Lehre zur Zahnarzthelferin in Glücksburg begonnen, was zur Folge hatte, dass ihre Arbeitszeit deutlich länger ging als seine.

Eigentlich lohnte es sich unter diesen Umständen für ihn gar nicht, noch nach Holnis zu fahren. Aber wer wollte es ihm verübeln, dass es ihn mit jeder Faser seines Körpers zu Monika zog. Während er überlegte, ob er noch in der Standortkantine zu Abend essen sollte, bevor er losführe, kam ihm plötzlich die Idee, Monika aus ihrer Praxis abzuholen, um dann irgendwo in Glücksburg mit ihr einzukehren. Das war sogar eine ganz ausgezeichnete Idee, denn als Monika nach ihrem langen Arbeitstag aus dem Hauseingang kam und ihn dort auf sie warten sah, strahlte sie über das ganze Gesicht und fiel ihm stürmisch um den Hals.

„Ach, wie schön, noch nie hat mich jemand abgeholt", freute sie sich, „du bist also vom Manöver zurück!"

„Ja, hier bin ich wieder", entgegnete er.

Und als sie sich endlich voneinander gelöst hatten, hielt sie ihn mit beiden Händen auf Abstand und blickte ihm prüfend in die Augen:

„Ich hoffe, du hast dich ferngehalten von den Dänen-Mädels in Frederikshavn."

Thomas streckte zwei Finger seiner rechten Hand in die Luft.

„Ich schwöre!", sagte er feierlich. „Ich war lediglich ganz allein im Kino."

Monika sah ihn weiter abschätzend an.

„Komm, meine Liebe", wechselte er das Thema, „ich lade dich zum Essen ein."

Hand in Hand schlenderten sie zusammen, auf der Suche nach einem Lokal.

Nachdem sie gegessen hatten, brachte Thomas Monika in seinem kleinen Fiat zurück nach Holnis. Es war ein schöner warmer Sommerabend und sie beschlossen, sich noch ein wenig an den Strand zu setzen. Ein schönes Plätzchen für sie war dann auch schnell gefunden. Sie ließen sich schweigend und dicht aneinandergekuschelt in dem von der Sonne aufgeheizten Sand nieder und schauten aufs Meer hinaus. Beide hingen ihren Gedanken nach.

„Deine Mutter mag mich nicht", meinte Monika irgendwann.

Thomas antwortete ihr nicht gleich, sondern sann ihren Worten nach.

„Ja", stimmte er ihr schließlich zu, „das habe ich auch gemerkt. Es hat mich ebenso getroffen wie dich."
Wieder schwiegen sie minutenlang.
„Aber deine Schwester Annegret war sehr lieb zu mir", fuhr Monika dann fort.
Thomas drückte sie ein wenig fester an sich.
„Was ist eigentlich mit deinen Eltern?", fragte er sie schließlich. „Du hast mir noch nie etwas von ihnen erzählt."
„Ich habe keine Eltern mehr", begann Monika nun zaghaft von sich zu erzählen: „Mein Vater hat meine Mutter noch vor meiner Geburt verlassen, er hat sie sitzen gelassen. Sie hat mich allein aufgezogen."
Sie blickte nachdenklich. „Es war eigentlich eine schöne Zeit, obwohl meine Mutter wenig Geld verdiente und viel arbeiten musste. Als ich ungefähr acht Jahre alt war, hat sie einen Mann geheiratet, der hier oben bei uns Urlaub gemacht hat. Er hat sie mit zu sich nach Düsseldorf genommen."
Sie unterbrach sich und Thomas merkte ihr irgendwie an, dass sie gleich etwas ganz Schlimmes offenbaren würde.
Er drückte Monika sanft.
„Schon nach den ersten paar Tagen fing er an, mir nachzustellen", fuhr sie mit tonloser Stimme fort. „Er hat mich ständig begrabbelt und es wurde von Tag zu Tag schlimmer. Mutter wurde krank und musste ins Krankenhaus. Sie hatte, glaube ich, Krebs und es war unheilbar. Ich wohnte wochenlang allein mit meinem Stiefvater zusammen und er verging sich regelmäßig an mir. Es war die schlimmste Hölle für mich, die man sich nur vorstellen kann. Es gab keinen Ausweg für mich.

Als meine Mutter gestorben war, floh ich hierher zu meinen Großeltern."
Sie saßen still nebeneinander, zusammen und er hielt ganz fest ihre Hand. Monika schaute mit leeren Augen über die See. Thomas wusste nicht, was er sagen sollte. Er ließ ihre Hand los, legte den Arm um sie und drückte sie an sich. Sie legte ihren Kopf an seine Schulter, aber sie weinte nicht. Sie hatte keine Tränen mehr dafür. Aber Thomas fühlte, wie sie zitterte.

„Das Schwein!", sagte er leise und dann noch einmal lauter: „Dieses verdammte Schwein!"

Ein Staatsbesuch

Im Spätsommer rüstete sich Thomas' Geschwader zu einem Staatsbesuch in Edinburgh. Es bestand aus zehn Schnellboote und ihrem Begleitschiff, dem Tender „Rhein". Da die Schnellboote deutlich schneller waren, sie hießen ja nicht ohne Grund so, war ihr Tender bereits einen Tag früher in See gestochen.

Früh am Morgen ließen die Boote dann ihre Motoren warmlaufen. Die Luft erzitterte unter dem Röhren von den insgesamt 120.000 PS der vierzig Maschinen. Es war ein fürchterlicher Lärm und dicke Rauchschwaden zogen über das in Dreiergruppen an der Stichpier liegende Geschwader, die die Besatzungen zum Husten brachten. Aber endlich ging es dann los, eins nach dem anderen warfen nun die Boote ihre Leinen los, formierten sich und zogen die Flensburger Förde entlang Richtung See.

Als sie nach etwa einer dreiviertel Stunde, sie waren ja gehalten, in der Förde langsam zu fahren, die Spitze der Halbinsel Holnis passierten, winkte Thomas seiner Monika im Geiste einen Abschied zu, obgleich er sie ja in ihrer Zahnarztpraxis in Glücksburg wusste.

Schnellboote fuhren nur dann langsam, wenn sie es unbedingt mussten, und in der Flensburger Förde mussten sie. Aber sobald sich die Förde zum Meer öffnete, bra
usten sie los, wie eine Herde von Vollblütern, wechselten ihre Formation zu pfeilför- migen Dreiergruppen. Dafür hätten es eigentlich neun Boote sein müssen, aber das Geschwader bestand nun mal aus zehn Booten. So fuhr der Geschwader- Kommandeur einzeln voraus, wie es sich für einen Anführer gehörte. Wieder einmal ging es durch den großen Belt, durchs Kattegat, das Skagerrak und dann

über die Nordsee bis nach Schottland.

Sie brauchten für diese Strecke, für die ein normales Schiff anderthalb bis zwei Tage benötigte, nicht einmal einen ganzen Tag. Die See war ruhig, die Boote zogen gewaltige Gischt-sprühende Bug- und Heckwellen hinter sich her und die weite Fläche des Meeres glitzerte in der Sonne. Es war ein erhebender Anblick und versetzte die Besatzungen auf den Brücken der Boote in eine an Euphorie grenzende Stimmung.

Seit Jahrhunderten fuhren Schiffe über das Meer, große und kleine, stattliche wie hässliche, und sie alle, zusammen mit ihren Besatzungen, verband die Liebe zur See.

Die Seeleute gaben ihren Schiffen seit jeher weibliche Namen, nicht selten liebten sie ihre Schiffe wie ihre Frauen, und das war auch der Grund, dass Schiffe seit frühester Zeit weiblich sind.

Jetzt jagten sie über die Nordsee wie einst die schnittigen Drachenboote der Wikinger.

Es mochte ungewiss sein, ob die Männer auf den Schnellbooten ihre Boote wirklich liebten, aber stolz waren sie auf jeden Fall darauf.

Am späten Abend erreichten sie den Meeresarm Firth of Fourth, wo ihr Tender sie bereits vor Anker liegend erwartete. Alle Boote gingen bei ihm längsseits und alle bereiteten sich im Geiste schon auf den großen Empfang vor. Und groß sollte er dann auch wirklich werden.

Als das Geschwader endlich am Morgen darauf gegen zehn Uhr in Leith Harbour, den Hafen von Edinburgh einlief und an einem ganz gewöhnlichen Kai für Frachtschiffe festmachte, erwartete sie dort ein ganzes Regiment der „Scottish Highlanders". Und kaum, dass das erste Boot die Spitze der Kaianlage umrundet hatte, setzten die Musiker in ihren prächtigen schottischen

Trachten ihre Dudelsäcke an und spielten von Trommeln und Pauken begleitet ihre Nationalhymne: „Scotland the Brave".

Der große Tender ging als Erstes an die Pier und dann folgte ein Boot nach dem anderen. Es war ein Bild, das sich allen Beteiligten für ewig ins Gedächtnis einprägen sollte.

Der „Panther", Thomas' Boot, gehörte zu den dreien, das hinter dem Heck des Tenders seinen Platz zugewiesen bekommen hatte. Auf diese Weise wurde Thomas Zeuge, sobald die Gangway ausgebracht worden war, wie eine Abordnung von schwarz gekleideten hohen Staatsbeamten und Offizieren in ihren schottischen Uniformen das Achterdeck des Tenders betrat. Auch die Mannschaft des „Panther" war in einer Reihe zum Empfang angetreten und sobald einer der hohen Herren die Gangway betrat, wurde, wie es in allen Marinen der Welt üblich war, eine sogenannte „Seite" gepfiffen. Dieses spezielle Signal, ein uralter Brauch, pfiff der jeweils Wachhabende auf einer Bootsmannsmaatenpfeife, und da nun fast alle Schiffe gleichzeitig von den Gästen betreten wurden, setzte ein allgemeines und langanhaltendes Trillern ein. Bereits zu Zeiten des berühmten Admiral Nelson waren auf diese Weise Stabsoffiziere, Mitglieder des Hofes, hohe Staatsbeamte oder gar der König höchstselbst an Bord der Schiffe empfangen worden.

Auf dem Achterdeck des Tenders war zur Bewirtung der Gäste eine weiß gedeckte, große Tafel aufgebaut worden. Nachdem alle Platz genommen hatten, kam noch eine Militärkapelle mit ihren Blasinstrumenten hinzu, um alle die hier Versammelten mit dem Spielen schottischer Weisen zu ergötzen.

Die untere Riege der schottischen Offiziere verteilte sich auf die einzelnen Boote, sie wurden dort ebenfalls mehr oder weniger angemessen empfangen. Der Offizier, der an Bord des „Panther" kam, war ein Major in Begleitung zweier Lieutenants. Das Empfangskomitee des Bootes bestand aus dem Kommandanten, seinem Ersten Offizier, einem Fähnrich sowie dem Master und dem ersten Maschinisten.

Thomas, der eigentlich, zusammen mit seinem Maat als Radar-Operator auf dem Schiff fungierte, gehörte ebenfalls zu dem Komitee, das sich gleich darauf in die Offiziersmesse begab, um dort unten die Gäste zu empfangen. Der Grund dafür war der, dass die Offiziersmesse gleichzeitig als Operationszentrale diente, weil sich dort das Radar- sowie das Sonargerät befanden. Und so stand nun Thomas zusammen mit seinem Vorgesetzten neben diesen Geräten. Es war sehr eng dort unten und Thomas hatte seinen Platz zwischen dem Maat und dem steilen Niedergang, der von der Brücke hier herunterführte. Das war ein idealer Platz für ihn, denn er hatte neben der offiziellen Bord- und Empfangsetikette auch noch eine zweite, eher „inoffizielle Aufgabe", die ihm von der Mannschaft seines Bootes aufgetragen worden war. Es ging dabei um eine Wette.

Man erzählte sich nämlich, dass die Schotten unter ihren Röcken keine Unterhosen trügen, und seine Kollegen hatten ihn beauftragt, als den Einzigen der unteren Mannschaftsgrade, die dort unten versammelt waren, herauszufinden, ob dieses Gerücht wirklich den Tatsachen entsprach.

Seeleute waren es gewohnt, die vergleichsweise steilen Niedergänge auf Kriegsschiffen vorwärts und mit einem ziemlichen Tempo hinunter zustürmen. Landratten aber gingen natürlich stets rückwärts und dabei noch sehr vorsichtig. Und so versuchte Thomas, sich gemäß seiner Aufgabe da unten möglichst unauffällig so zu platzieren, sodass er dem Major, der sich just in diesem Moment anschickte, den Niedergang hinunterzusteigen, unter den Rock sehen konnte.

Thomas erhaschte tatsächlich einen schnellen Blick, aber leider nicht tief genug, um die Unterhosenfrage endgültig zu klären.

Was soll man sagen, das Geheimnis wurde nicht gelüftet, und blieb es weiter ein Gerücht.

Denn eine zweite Chance bekam Thomas nicht mehr, er musste die Messe verlassen, noch bevor alle an dem Tisch Platz genommen hatten um das gemeinsame Festmahl einzunehmen. Dieses blieb den höheren Dienstgraden vorbehalten.

Nachdem das offizielle Essen beendet war, traten die Mannschaften aller Boote noch einmal an Deck an, um jetzt noch eine ganz besondere Vorführung miterleben zu können.

Dem Besuch aus Deutschland zu Ehren wurde nämlich jetzt auf dem Kai ein sogenanntes schottisches „Tattoo" aufgeführt.

Zur Musik von zwei Dudelsackkapellen paradierten die „Scottish Highlanders" mit all ihren Schwenks, Formationen, verschiedenen Schrittfolgen und in unterschiedlicher Geschwindigkeit auf dem Kai entlang und wieder zurück. Was den deutschen Matrosen hier geboten wurde, war ein Bild absoluter Perfektion. Die jeweils zwei Paukisten der Kapellen, traditionell waren das wahre Hünen, Männer von nicht unter zwei Metern Körpergröße und behängt mit einem Tigerfell. Während sie den Takt auf einer riesengroßen Trommel schlugen, wirbelten sie ihre Schlagstöcke zwischendurch varietéreif in der Luft umher, ohne dabei jemals den Takt zu verlieren. Etwas wie dieses hatte Thomas noch nie gesehen.

Am Tag nach diesem bombastischen Empfang wurde eine auserwählte Gruppe von Mannschaftsdienstgraden aller Art zu einem weiteren Empfang in der Stadt geladen. Dieses Mal war es der Bürgermeister, der die Abordnung der Boote in nichts Geringerem als den Festsaal von Edinburgh Castle geladen hatte und Thomas hatte das Glück, dabei zu sein. Er war ganz stolz darauf, Teil eines so hohen Vorganges der Diplomatie zwischen zwei verbündeten Staaten zu sein. Sie wurden mit zwei Bussen dorthin gebracht und diese fuhren sie durch die ehrwürdige Toreinfahrt direkt in den Burghof hinein.

Rechts hinten in dem weiträumigen Hof befand sich eine große Treppe, die zu einem offen stehenden zweiflügeligen Tor führte. Am Fuß der Treppe hatte sich ein, natürlich in schottischer Tracht gekleideter, Dudelsackpfeifer malerisch aufgebaut und spielte für die Gäste einige dieser schwermütigen, schottischen Weisen, bei deren Melodien man unwillkürlich das karge, unendlich weite Hochland der hiesigen kargen Hügellandschaft vor Augen hatte. Am oberen Ende der Treppe, vor den offenen Flügeln der Tür aber stand der ehrwürdige, schwer an seiner wuchtigen, goldenen Kette tragende Bürgermeister von Edinburgh, um sie zu begrüßen. Thomas war beeindruckt.

Die Gäste aus Deutschland erwartete ein großer mittelalterlicher, aber unmöblierter Saal mit einer reich verzierten Holzdecke aus mächtigen dunklen Balken und gewaltigen, strahlenden Kronleuchtern. Hier hatten sich die Honoratioren der Stadt mit ihren Frauen in Galaroben zur Begrüßung versammelt.

Nach nicht enden wollenden Reden wurde schließlich zum Tee gebeten, das heißt, Thomas kam in den Genuss einer offiziellen, typisch englischen „Tea Party", genauer gesagt, einer Stehparty, denn es gab ja keinerlei Mobiliar in der riesigen Halle.

‚Ob Maria Stuart hier auch schon Tee getrunken hat?', ging es Thomas durch den Kopf.

In filigranen, sehr zerbrechlich wirkenden Teetassen aus kostbarem Porzellan samt dazugehöriger Untertasse und Silberlöffelchen wurde von Serviererinnen mit weißen Schürzen und Hauben der Tee gereicht. In der einen Hand die Kanne mit dem Tee, in der anderen eine mit heißem Wasser, goss eine von ihnen auch Thomas ein, eine andere reichte ihm hold auf einem Silbertablett Milch und Zucker, selbstverständlich echter brauner Rohrzucker von der Insel Jamaika oder vielleicht auch Antigua.

Die volle Tasse auf der Untertasse balancierend rührte Thomas nun den Tee mit dem Silberlöffelchen und nahm höflich kleine Schlucke, während er mit verschiedenen älteren und höchst distinguierten Damen mit grauviolett getönten Haarfrisuren Konversation hielt. Das war nun doch etwas ungewohnt für ihn. Was ihn aber am meisten erstaunte, war, zu erleben, wie all diese feinen Damen und Herren wie ganz selbstverständlich umherschlen- derten und mit den Offizieren, Unteroffizieren und Matrosen plauderten, ohne den geringsten Unterschied betreffend der verschiedenen Dienstgrade und der damit verbundenen unterschiedlichen gesellschaftlichen Stellung zu machen.

Noch mehr erstaunte ihn, dass bei all dem Gewoge nichts zu Bruch ging, weder beim Servieren noch beim Umherschlendern, bei gleichzeitigem Essen und Trinken.

Ja, natürlich gab es auch zu essen, genauer gesagt, es wurden Häppchen gereicht, von aparten jungen Servier- mädchen, die vierstöckige, nach oben sich verjüngende und mit einem Tragegriff versehene Etageren trugen, auf denen all die Köstlichkeiten verführerisch platziert waren. Und diese waren, mit Verlaub gesprochen, das Leckerste, was Thomas je zum Tee gereicht bekommen hatte. Zeitweilig, wenn man von der Kleidung einmal absah, hatte er das Gefühl, sich am Hofe des Sonnenkönigs aufzuhalten.

Auf den unteren beiden Plattformen fand sich Herzhaft-Deftiges wie zum Beispiel verschiedene Sorten salziger und süßer Kekse, belegt mit Lachs, Krebsfleisch, Pastete, Stilton-Käse und was der Köstlichkeiten es noch mehr gab. Auf den oberen Tellern der Tabletts wurde Süßes geboten, eine Auswahl geradezu himmlischer kleiner Cremetörtchen, von wahrlich pralinenhafter Raffinesse. Das alles wurde mit einem artigen und so bezaubernden Lächeln gereicht, dass sich Thomas schon allein deswegen nur zu gerne bediente. Die Häppchen, welch schnöder Ausdruck für ein derart himmlisches Gebäck, waren einfach umwerfend und er hätte sich am liebsten den ganzen Teller damit vollgepackt. Das Problem war nur, es gab keine Teller. In der einen Hand die auf der Untertasse balancierte Teetasse mit dem Löffelchen, konnte er mit der anderen freien Hand immer nur ein einziges Stück nehmen. Aber nach einiger Übung gelang es ihm, sich jeweils auch gleich ein zweites zu erhaschen und zu der Teetasse an den Rand der Untertasse zu legen. Das wiederum erforderte allergrößte Umsicht, war aber die einzige Chance, die es gab. Zu seinem Unglück musste er nämlich erfahren, dass wenn die Holde mit dem Tablett einmal in der Menge wieder verschwunden war, sie auch so bald nicht wieder auftauchte, und er mochte sie ja nun auch nicht gerade ständig verfolgen.

Am Tag darauf zog Thomas mit Michael und Ralph los, die Stadt zu erkunden. Sie sollten sehr bald die Gelegenheit bekommen, ein zweites Mal eine englische Teatime zu genießen, oder war es eine speziell schottische?
Dieses Mal war es allerdings nicht umsonst.

Aber das machte gar nichts, denn dass man etwas bezahlte, schmälerte den Genuss in keiner Weise.

Sie waren am Ende ihres Stadtrundganges wieder in der Princess Street gelandet und entdeckten dort einen dieser prachtvollen Teesalons. Weil sie sich nicht ganz schlüssig waren, ob sie sich das auch wirklich leisten konnten, schauten sie zunächst eine Weile durch die großen Fenster in das Innere des Salons. Das, was sie sahen, beeindruckte sie jedoch so sehr, dass sie beschlossen, einzukehren, kostete es, was es wolle.
Also betraten sie durch die Glastür den großen Saal in all seiner Herrlichkeit. Eine hohe Anzahl von Kristalllüstern und seine ringsum verspiegelten Wände schufen eine Atmosphäre prachtvoller Eleganz. Eine freundliche Frau geleitete sie zu einem freien Tisch und hieß sie dort niedersetzen. Sie verschwand jedoch gleich darauf, ohne die drei nach ihren Wünschen gefragt zu haben. Offensichtlich gab es hier ausschließlich Tee und eben die dazugehörigen Leckereien. Ob man den Tee mit oder ohne sie zu sich nehmen wollte, ließ man dabei allein den Gast entscheiden. Zusammen mit dem Tee wurde Thomas nämlich die ihm bereits bekannte vierstöckige Etagere serviert und man überließ es dem Gast, sich davon zu nehmen, was im gefiel. Natürlich stand kein Preis an den Teilchen und so wurde das Ganze zu einem gewagten Unternehmen. Den drei wackeren Seeleuten erschien es wie Schlaraffenland pur. Sie schlürften ihren Tee und bedienten sich trotz ihrer Unsicherheit nach Herzenslust an den verlockenden Häppchen. Jedoch, als ihnen am Ende die Rechnung präsentiert wurde, brach Thomas der kalte Schweiß aus.
„Ach", meinte er zu seinen Freunden, nachdem er das Wechselgeld eingestrichen hatte, „was soll's?

So etwas bekommen wir vermutlich nie wieder in unserem Leben geboten."

Als sie sich auf den Weg zurück zum Hafen machten, begann es bereits zu dunkeln. Eigentlich hatten sie noch gar keine Lust, zurück auf das enge Schiff zu gehen. Ihnen stand, wie allen jungen Leuten um die zwanzig und ganz besonders den Matrosen, der Sinn nach Mädchen. Alles drehte sich um Mädchen. Vielleicht lag es an der Zeit. Unlustig, aber voller verhaltener Abenteuerlust schlenderten die drei den ellenlangen Leith Harbour Walk hinunter. Und das Schicksal war ihnen gnädig. Zwei Mädchen kamen ihnen entgegen.

„Die können uns sicher sagen, wo man hier am Abend hingehen kann", wandte sich Michael an Thomas. Ohne noch groß zu überlegen, beschleunigte Michael seinen Schritt und ging auf die beiden zu.

„Wisst ihr vielleicht, wo man hier abends tanzen gehen kann?", sprach er die Mädchen an.

Man konnte es nicht leugnen, aber die beiden hatten beim Näherkommen die drei Matrosen mit kaum verhaltenem Interesse entgegengeblickt. Und nun schienen sie durchaus nicht abgeneigt, den drei feschen jungen Männern in ihren Marineuniformen Auskunft zu geben. Sie erzählten ihnen, dass just am nächsten Abend ein Riesen-Musik-Spektakel in Edinburgh stattfinden sollte.

„Wenn ihr dann noch da seid ...", meinte eine der beiden.

„... in einem großen Theater, aus dem sie einen Beatschuppen gemacht haben", fügte die andere hinzu.

„Boah!", rief Michael. „Da müssen wir hin!"

„Wie kommen wir denn dahin?", fragte jetzt Thomas.

Die Beschreibung der beiden Mädchen, wie man dorthin gelangen könnte, geriet allerdings schwierig. Sie fielen sich gegenseitig ins Wort und am Ende sagte die eine:

„Och, wisst ihr was? Fahren wir doch zusammen da hin. Was haltet ihr davon?"

Oh, die drei hielten sogar sehr viel davon.

„Fein!", meinte die Dunkelhaarige. „Ich bin übrigens Ellen und meine Freundin hier heißt Rosy."

Diese machte einen angedeuteten Knicks und lachte. Und Rosy war genau der Typ Mädchen, den Thomas besonders mochte. Monika hatte er in diesem Augenblick völlig vergessen.

„Wir treffen uns morgen dort oben ...", Ellen wies mit ihrer Hand in die Richtung, aus der die drei Matrosen gerade gekommen waren, „... da an der Kreuzung. Seht ihr die Bushaltestelle da?"

„Ja-aa, die sehen wir", nahm jetzt Ralph das erste Mal an ihrem Gespräch teil, „welche Uhrzeit?"

„Was haltet ihr von halb sieben?", fragte Ellen.

„Sehr viel!", meinte Michael. „Also dann – halb sieben morgen an der Bushaltestelle." „See you!", rief Ellen gutgelaunt. Sie wandte sich noch einmal zurück:

„... und wir bringen auch noch ein drittes Mädchen mit."

Und schon stürmten beide ausgelassen und lachend davon.

Die drei Burschen schauten ihnen hinterher, als hätten sie eine Fata Morgana gehabt.

Und so machten sich sie sich am kommenden Abend zur verabredeten Zeit auf den Weg. Ehrlich gesagt hatte Thomas wenig Hoffnung, dass die beiden Mädchen wirklich da sein würden. Vermutlich wohnten sie in einer ganz anderen Ecke der Stadt und fuhren sicher von dort direkt zu dem Ort des Konzertes.

‚Die haben uns doch zum Besten gehalten‘, dachte er.

Aber da sollte er sich schwer irren.

Zwar waren, als sie an der Ecke ihres Verabredungsortes eintrafen, weit und breit keine Mädchen zu sehen, aber nachdem sie eine ziemlich lange Weile unschlüssig herumgestanden hatten, bemerkten sie, wie auf der gegenüberliegenden Straßenseite einer dieser englischen Doppeldeckerbusse herankam. Als er anhielt, siehe da, heraus sprangen zwei gutgelaunte Mädchen und winkten ihnen fröhlich zu. Und sie hatten sogar, wie versprochen, noch eine Freundin mitgebracht.

Sie begrüßten sich nun ganz so, als wären sie bereits alte Bekannte, und zusammen gingen sie über die Kreuzung zu einer anderen Haltestelle. Dort erschien nach einiger Zeit ein Bus, der offensichtlich der richtige war. Sie stiegen ein und stürmten sogleich alle nach oben, denn natürlich wollten sie vorn sitzen, aber leider war schon alles besetzt.

Der Bus hielt nach endloser Fahrt und etlichen Stationen dann tatsächlich in einer großen Straße, an der sie an der gegenüberliegenden Seite ein altes Theatergebäude entdeckten. Ein großer Schwarm junger Leute scharte sich bereits um den Eingang.

Thomas staunte, als sie den Saal betraten. Alles Gestühl war ausgebaut worden, aber es war ein richtiger Theatersaal mit stuckverzierten Logen und Rängen und einer großen Drehbühne, auf der die Instrumente und Mikrofone der Band schon aufgestellt waren. Direkt hinter dem Schlagzeug, etwa in der Mitte der Drehbühne, schloss eine etwa vier Meter breite schwarze Wand das Ensemble ab.

Es dauerte scheinbar eine Ewigkeit, bis es endlich losging, aber als nun die vier Musiker auf die Bühne kamen und sich ihre Gitarren umhängten, kam Bewegung in den gut gefüllten Saal. Die Menge der jungen Leute klatschte, brüllte und kreischte und als nun gar die elektrischen Gitarren mit einem unbeschreiblichen Lärm einsetzten war die Hölle los.

Das Schlagzeug stieg mit ein und als der Leadgitarrist jetzt ans Mikrofon trat und zu singen begann, fing die Menge an zu toben.

Die Musik heizte den Saal regelrecht auf, es mochten so um die tausend Leute gewesen sein, die sich hier eingefunden hatten, und diese Masse von jungen Menschen tobte im gestühlfreien Saal wie ein mittelschwerer Sturm auf dem freien Meer.

Die Gruppe spielte etwa sechs Stücke, da geschah es, das Unerwartete, und es rief einen wahren Orkan hervor. Der Clou war: Noch während die Musiker ihren letzten Song spielten, begann die Bühne sich zu drehen und als sie weit genug herum war, sah man die nächstfolgende Band auftauchen, die mit den anderen zusammen denselben Song spielte. Als sich Thomas kurz umsah, blickte er in die Gesichter hunderter kreischender Mädchen, die völlig hysterisch die Arme hochrissen und sich mit überschlagenden und vor Begeisterung heiseren Stimmen die Seelen aus dem Leib schrien. So etwas hatte er noch niemals erlebt, auch in Hamburg nicht, wo es ja durchaus eine große Rock'n'Roll-Szene gab. Ihre drei Begleiterinnen unterschieden sich bei dem ganzen Spektakel in nichts von den anderen. Das ganze wiederholte sich nun noch dreimal und Thomas hätte niemals geglaubt, dass der Lärm und die Hysterie noch steigerungsfähig sein könnten. Er irrte sich.

Als die vierte Gruppe erschien, brach erst richtig die Hölle los. Das Kreischen der Mädchen näherte sich dem völligen Wahnsinn. Sie warfen Plüschtiere auf die Bühne und machten sich reihenweise vor lauter Aufregung, man konnte es unschwer riechen, in die Hosen. Zwei von ihnen, ganz in der Nähe der Matrosen, kollabierten. Thomas und Michael überlegten nicht lange, drängelten sich durch die tobenden Massen, Ralph folgte ihnen und zusammen mit einem weiteren jungen Schotten trugen sie die Mädchen hinaus auf den Gang und riefen nach den Sanitätern.

Punkt elf war Schluss mit dem Spektakel. So war das in England und so war es offensichtlich auch in Schottland.

Durch ihre Rettungsaktion hatten sie ihre Begleiterinnen verloren und so hasteten sie zum Ausgang und bauten sich dort auf, in der Hoffnung, sie hier zu erwischen. Wie sollten sie wohl sonst zum Hafen kommen?

Sie hatten Glück und alle sechs fuhren am Ende fröhlich mit dem Doppeldeckerbus zurück. Dieses Mal fanden sie die vorderen Sitze leer vor, stürmten sogleich hin, um sich lachend und johlend auf den beiden Bänken niederzulassen. Sie alberten herum, lachten und sangen zusammen die Refrains der zuletzt gehörten Songs. Die letzte Gruppe, bei der sie alle so ausgerastet waren, nannte sich „The Rolling Stones", verrieten die Mädchen. Sie sollte später eine der berühmtesten Rockgruppen Großbritanniens und der Welt werden.

Allmählich begannen die Mädchen aber müde zu werden. Thomas spürte, wie sich seine Begleiterin, Rosy, sich immer inniger an ihn heranschmiegte. Er legte seinen Arm um sie und es dauerte nicht lange, dass sie in einer leidenschaftlichen Knutscherei versanken. Thomas vergaß die Welt um sich herum, die Küsse des jungen Mädchens schmecken bitterherb. Oh, Jugend! Thomas wusste noch nicht, dass es so nie wieder werden würde.

Und dachte er an Monika, die zu Hause in Holnis auf ihn wartete?

Nein.

Bevor die Flotte Edinburgh wieder verließ, machten alle Besatzungsmitglieder des Flottenverbandes zum Abschluss einen von der Stadt arrangierten Ausflug in die Highlands, genauer gesagt zum Lake Catherine, einem malerischen See, eingebettet in die grünen, baumlosen Hügel des typischen schottischen Hochlandes.

Als die Busse an dem Punkt anhielten, von dem man den atemberaubend schönsten Ausblick auf den unter ihnen liegenden Lake Catherine hatte, erwartete sie dort, wie hätte es auch anders sein sollen in Schottland, malerisch auf einem Felsblock stehend, ein Dudelsackpfeifer in seiner Tracht. Eine absolut perfekte Inszenierung: die so wundervoll mit der weiten Landschaft harmonierende, fast klagende Melodie des Dudelsacks und die unter ihnen liegende, dunkelblau leuchtende Wasserfläche des stillen Lake Catherine. Besser konnte man es nicht machen.

Dieser See war der einzige in Schottland, der im Namen „Lake" trug, und nicht „Loch" wie sonst dort üblich. Es gab dafür auch eine Erklärung, aber Thomas hörte den Schilderungen nur mit halbem Ohr zu, so gefangen war er von der Szenerie.

Auf ihrem Weg zurück geriet bei der Überquerung des Firth of Forth dessen berühmte Eisenbahnbrücke in Thomas' Blickfeld, die ihm bei der Hinfahrt entgangen war, weil er auf der anderen Seite im Bus gesessen hatte. Aber er erinnerte sich an das, was ihm in Edinburgh berichtet worden war: Dieses eindrucksvolle und gewaltige Bauwerk war um die Jahrhundertwende im Stile des Eiffelturms gebaut worden und bestand wie dieser aus einer genieteten Eisenkonstruktion. Zur Zeit ihrer Errichtung war sie eine absolute Sensation gewesen, eine geniale Konstruktion des berühmten Ingenieurs Brunel, derselbe, der den zu seiner Zeit größten Schaufelraddampfer der Welt, die „Great Eastern", konstruiert hatte, der so groß gewesen war, dass er in keinen Hafen gepasst hatte.

Mit diesem Ausflug in die schottischen Highlands endeten die Tage des Staatsbesuches in Edinburgh. Am nächsten Morgen schon strebte die kleine Armada mit schäumender Bugwelle, aufgeteilt in je zwei Flottillen in V-Formation, in der weiten Mündung des Firth of Forth der offenen See entgegen, auf ihrem Weg zurück zum Heimathafen Flensburg.

Es war etwa zwei Stunden nachdem die Flotte den Firth of Fourth verlassen hatte. Sein Kommandant hatte sich freundlicherweise selber die Kopfhörer aufgesetzt und Thomas zum Essen nach achtern geschickt.

Als er sich nach dem Essen an Deck wieder in dem starken Fahrwind nach vorn kämpfte blieb Thomas für einen kurzen Augenblick im Schutze des Brückenhauses stehen, um einen Moment innezuhalten und nach Backbord auszuschauen. Vor ihm öffnete sich der Blick auf den großen, weiten Atlantik. Er wusste, dort irgendwo lag Amerika. Wie mochte wohl die Welt sein, die sich hinter dem unendlichen Horizont verbarg? Irgendwie hatte er das Gefühl, in die falsche Richtung zu fahren. Er wurde von einem seltsamen Sog ergriffen. Dieser Horizont mit seiner hinter ihm liegenden unbekannten Welt übte eine geradezu magische Anziehungskraft auf ihn aus.

Thomas stellte sich vor, wie es wäre, tage-, ja, wochenlang immer nur in Richtung Süden dem Horizont entgegenzufahren. Irgendwann würde sich ihm eine neue Welt öffnen, eine Welt, die er bisher nicht kannte, und alle seine Probleme, die Enge seiner jetzigen würden bedeutungslos werden und eine neue große Freiheit würde sich ihm eröffnen.

Eine unerklärliche Sehnsucht nach dieser Ferne ergriff ihn. Thomas hatte das Gefühl, als warte sie nur auf ihn. Er ahnte nicht, wie bald schon dieser Traum in Erfüllung gehen würde.

Verführung

Zwei Tage später trafen sich Monika und Thomas wieder bei ihr in ihrem kargen Zimmer und wie immer lagen sie lang ausgestreckt nebeneinander auf ihrem Bett. Draußen regnete es. Thomas hatte ihr viel zu erzählen. Ganz besonders bei seiner Schilderung der Rock-Show in dem Theater hing Monika förmlich an seinen Lippen.

Als er geendet hatte, schwiegen sie eine lange Zeit – Thomas, um in seinen Erinnerungen zu schwelgen, und sie, um all das soeben Gehörte zu verdauen.

„Warum könnt ihr Männer nur immer solche Abenteuer erleben?", fragte sie schließlich voll unverhohlenem Neid.

Er überlegte eine Weile.

„Vielleicht, weil es keine Frauen bei der Marine gibt", meinte er dann.

„Warum eigentlich?"

Er zuckte die Schultern.

„Frag mich nicht", seufzte er, „ich habe diese Welt nicht erschaffen."

Monika lachte.

„Schade eigentlich", seufzte sie.

Thomas, den während ihres ganzen Gesprächs sein schlechtes Gewissen geplagt hatte, gab sich nun endlich einen Ruck.

„Am besten, ich beichte es dir gleich", begann er stockend, „bevor du es wieder von anderen erfährst."

Und er erzählte ihr, wie er auf der Heimfahrt mit Rosy im Bus geknutscht hatte. Während er berichtete, sah er, wie sich Monikas Miene zunehmend verdunkelte.

Ihre gute Laune schien dahin, sie rückte sogar ein Stück von ihm ab und wandte schweigend ihren Blick zur Seite.

So verging eine quälende, und wie ihm schien, unendlich lange Zeit.

‚Vielleicht sollte ich jetzt lieber gehen‘, überlegte er, und wiederkommen, wenn Gras über die Sache gewachsen ist.‘

Aber in dem Moment, als er im Begriff war, seine Beine über die Bettkante zu schwenken, drehte sich ihm Monika zu. Sie blickte ihm auf seltsam interessierte Weise auf seinen Mund.

„Was ist?“, fragte er unbehaglich. „Habe ich irgendetwas an der Lippe?“

Er hob die Hand, um sich damit über den Mund zu wischen.

Ein leises, fast spitzbübisches Lächeln glitt da über ihr Gesicht.

„Man sieht gar nichts“, stellte sie keck fest.

„Wie, man sieht gar nichts? Was sollte man denn sehen?“, gab er verwirrt zurück.

„Na, irgendetwas an deinen Lippen! Sie müssten doch zumindest ein bisschen ausgefranst sein.“

Monika sah ihn eine lange Weile prüfend an.

„Ich verzeihe dir“, sagte sie schließlich großzügig, „immerhin hast du es mir gebeichtet.“ Ihr Lächeln vertiefte sich, als sie nun fragte: „Wie sind sie denn, die kleinen Engländerinnen?“

„Schottinnen“, stellte Thomas richtig.

Er knuffte sie in die Seite, dass sie umfiel. Und dann warf er sich über sie und sie küssten sich, leidenschaftlicher als je zuvor.

Später dachte er, dass er wohl recht gut dabei weggekommen war.

Am Abend, als er in seiner Koje im Stützpunkt lag, kam ihm die Erinnerung an die Schilderung ihrer Kindheit wieder in den Sinn.

In was für eine fürchterliche Welt waren sie da nur hineingeboren worden?

Dennoch, ihre beider Welt, die von ihnen selbst erschaffene, war davon unberührt. Zumindest glaubte Thomas das. Er konnte es nicht annähernd begreifen, wie sich Monika, angesichts ihrer schrecklichen Vergangenheit, so sehr ihre Munterkeit hatte bewahren können. Vor allem anderen und ganz besonders: ihre spielerisch anmutende Unbekümmertheit in ihrer gemeinsamen Erwartung auf das, worauf sie beide mit aller Macht zusteuerten. Monika ließ auch weiß Gott nichts aus, ihn mit steten, teils neckischen, teils ernsthaften Versuchen zu verführen. Es war ein immerwährendes Spiel zwischen ihnen und irgendwann würde sie Thomas wohl so weit haben, mochte sie vielleicht denken.

Fast war es dann auch einmal so weit ...

Sie machte es ihm nicht leicht. Er war nicht ihr erster Freund und sonst waren es eigentlich immer eher die Jungs, die mehr wollten als nur immer diese Schmuserei. Aber sie spielte das Spiel mit und gerade deswegen fand Thomas es in all seiner Unschuld ganz besonders schön. Er wusste, so wie jetzt würde es

niemals wieder werden, und er wollte es sich so lange es nur irgend ging erhalten. Jedoch ahnte er auch, dass er das Spiel irgendwann „verlieren" würde. Aber war nicht vielleicht gerade das das Reizvolle daran?
Thomas wusste nichts von Psychologie und frühkindlichen Traumata und Monika noch viel weniger. Ihn zu reizen, ihn ständig verführen zu wollen, tat sie ganz unbewusst. Sie hatte es ja so gelernt und im Grunde ihrer verletzten Seele mochte sie es vielleicht sogar gehasst haben, hatte dennoch ihre Freude daran.

Es geschah an einem verregneten Nachmittag, den sie wieder einmal zusammen in ihrem Bett verbrachten. Sie lagen in der Regel halb ausgezogen nebeneinander, unterhielten sich, machten ihre Späßchen und vergnügten sich damit, ein wenig zu schäkern, ein wenig zu knutschen. Und fast immer dauerte es dann nicht mehr lange, dass die Stimmung zwischen ihnen vor Erotik nur so knisterte. Immer wieder verstand Monika es, Thomas mit ihren unnachahmlichen Serien von leichten Küssen über seine bloßen Schultern hinweg seinen Hals hinauf, bis hinters Ohr in ein Gefühl zu versetzen, das einer Art von Ekstase nicht unähnlich war, und er alles andere um sich herum vergaß. Nicht ganz, denn kurz bevor es so weit war, lachte Thomas, küsste sie auf die Nase oder auf die Stirn und beendete damit das Spiel. Er dachte manchmal, dass sie wohl eigentlich enttäuscht sein müsste, dass er sich ihren Verführungskünsten so konstant widersetzte. Aber Monika ließ sich niemals etwas anmerken, im Gegenteil, sie schien großen Spaß daran zu haben. Sie wusste, irgendwann hatte sie ihn so weit.

Dieses Mal hatte sie sich etwas Neues ausgedacht: das Spiel, Verführung durch Herausforderung.

„Pass auf", sagte sie, „ich stelle mich jetzt tot und du", sie tippte Thomas mit dem Zeigefinger gegen die Brust, „du kannst machen mit mir, was du willst – wollen wir wetten, dass es dir nicht gelingen wird, auch nur die kleinste Regung in mir auszulösen?"

„Wirklich alles?", fragte Thomas zurück.

„Alles!"

„Okay."

Also streckte sich Monika der Länge nach aus und schloss ihre Augen.

Thomas ahnte, dass da jetzt eine ganz besondere Art von Abenteuer auf ihn zukommen würde, und es verursachte ihm ein Kribbeln im Bauch.

„Okay", sagte er noch einmal, „ich fange an."

Und so kitzelte und kniff er Monika zunächst an allen ihren Körperteilen. Aber was er auch tat, sie rührte sich nicht. Schon nach sehr kurzer Zeit begann es ihn zu langweilen.

Aber dann kam ihm plötzlich die Erkenntnis, dass sie mit diesem Spiel nichts anderes im Sinn hatte, als ihn wieder einmal bis aufs Äußerste zu reizen, ein weiterer Versuch, ihn zu verführen.

‚Nun gut', dachte er, ‚ich spiele ihr Spiel mit.'

Und er begann ihr langsam die Bluse aufzuknöpfen. Die losen Enden schlug er sorgfältig zur Seite. Aber nun wurde es schon ein wenig heikler, denn als Nächstes machte er sich daran, den Bund ihres Rockes zu öffnen, um ihn ihr sodann bis über die Füße herunterzuziehen. Wie nicht anders erwartet, ließ sich Monika das alles gefallen, ohne sich zu rühren. Thomas aber begab sich jetzt auf eine Reise in eine Welt, die zu der abenteuerlichsten und zugleich sinnlichsten gehören sollte, die er jemals gemacht hatte: das verführerische Erkunden eines für ihn weitgehend noch unbekannten Mädchenkörpers. Und er tat es so, wie er es von ihr selbst gelernt hatte, mit flüchtigen, zart gehauchten Küssen über ihre weiche Haut. So ließ er nun seine halbgeöffneten Lippen über ihre Stirn, ihre Wangen, ihre geschlossenen Augenlider wandern, verweilte kurz auf ihren Lippen und als sich immer noch keine Regung zeigte, weiter hinter ihr zartes kleines Ohr, um ihr sodann mit leichten Küssen an ihrem Hals abwärts zu wandern. Das Erste, was er bei dieser Reise ins Unbekannte lernte, war, dass es am Körper eines Mädchens offenbar weder eine „gemäßigte" noch gar eine „polare" Zone gab. Nein, es war direkt und ohne Übergang der Eintritt in die „subtropischen" oder nennen wir sie die erogenen Zonen.

Seine Lippen, mal tastend, mal zielstrebig, erforschten die entferntesten Gebiete und drangen in die verstecktesten Winkel vor. Hier und da hob er ihre Arme an, begann bei ihrer Schulter, bewegte sich langsam und tastend hinab, um gleich darauf an den Innenseiten wieder aufwärts zu gleiten. Und als er ihre Arme losließ, fielen sie schlaff zurück aufs Laken. Weiter ging die Reise, über ihre Brüste zum Bauchnabel. Hier wähnte er sich bereits am Äquator.

Aber nein, er war am Wendekreis – hier begann jetzt erst wirklich die tropische Zone – und er tauchte hinab in das schwülwarme bis heiße, exotische Klima der Tropen mit all ihren Düften, dass er alles um sich her vergaß, nur noch von dem einzigen Verlangen getrieben, tiefer einzudringen in den jegliche Sinne reizenden Dschungel.

Doch dann traf ihn plötzlich die Erkenntnis, dass mit dem, was Monika mit all ihren Mitteln der Verführungskünste bisher nicht geschafft, in genau diesem Augenblick so gut wie erreicht hatte.

Und fast wäre er tatsächlich schwach geworden. Jedoch er war er noch immer nicht so weit. Diese wundervolle Zeit mit ihr, dieses Gefühl seiner und ihrer gemeinsamen Unschuld – er wollte es noch ein wenig bewahren. Er war der festen Überzeugung, dass es die schönste Zeit seines Lebens war, und einmal verloren, würde es niemals mehr wiederkehren.

Dennoch fiel es ihm nicht leicht jetzt zögernd und mit einiger Überwindung von ihr zu lassen und sich aufzurichten. Er patschte ihr mit der flachen Hand auf den Bauch.

„Okay", sagte er, „du hast gewonnen."

Monika indes kehrte langsam zurück ins Hier und Jetzt.

„Du bist gemein!", rief sie schließlich.

Sie schmollte.

Und als er sich nun über sie beugte, um sie zu küssen, drehte sie sich zur Seite.

„Geh weg!", maulte sie und wiederholte: „Du bist gemein."

Thomas lachte.

„Meine arme Monika", sagte er und schaute auf sie hinab.

Doch schließlich lachte auch sie, streckte ihre Arme aus und zog ihn zu sich herunter.

„Du bist ein komischer Kerl, Thommy", meinte sie und dann drückte sie ihm einen dicken Kuss auf den Mund.

Ach, wie schön es doch immer war, mit ihr, dachte Thomas, all diese, fast noch ein wenig kindlichen, Spielereien, die immer gerade so haarscharf auf einer Grenze balancierten, aber gerade deswegen so zutiefst erotisch und so außerordentlich beglückend waren.

Man sagt ja, dass das erste Mal, da man sich mit dem geliebten Menschen vereinigt, das Allerschönste ist und dass man es sein ganzes Leben lang nicht vergisst.

Für Thomas traf das nicht zu, denn, als es endlich dann doch irgendwann „passierte", konnte er später nicht einmal sagen, wann genau das gewesen war. Er empfand es irgendwie sogar als gar nichts so sehr Besonderes. Im Gegenteil, es war alles viel zu schnell vorbei gewesen, und hinterher fühlte er fast so etwas wie Scham.

Auch Männer verloren ihre Unschuld, dachte er, die rosige Zeit ihres so romantisch naiven und verklärten Zusammenseins war verflogen. Eine neue Phase in ihrer Beziehung begann.

Und von diesem Tag an konnten sie nicht mehr voneinander lassen.

Die Folgen

Der Sommer verging und schließlich wurde es Herbst. Thomas verbrachte jede freie Minute mit Monika.

Sie schlenderten Hand in Hand die Strandpromenade entlang, kehrten in der Eisdiele ein oder kauften sich ein Fischbrötchen bei der Oma am Strandkiosk. Sie vergnügten sich am schönen Ostseestrand, sprangen in die Fluten, schwammen miteinander um die Wette oder alberten einfach nur herum.

Als es schließlich kälter wurde, begann zwangsläufig eine Zeit gewisser Enthaltsamkeit für sie. Die Blätter färbten sich, es regnete mehr und am Strand wehte nun häufig ein stürmischer Wind. Kein gutes Wetter für Liebespaare, die kein gemeinsames Zuhause hatten. Auf der Promenade sah man jetzt nur noch wenige Urlauber und auch die Strandkörbe wurden nach und nach fortgeräumt. Die Eisdiele war die erste, die ihre Pforten schloss, und es folgte das Strandcafé. Das belebte Seebad wurde wieder zum Dorf.

Rund um den Leuchtturm, wo sich an lauen Sommerabenden die Liebespaare immer trafen, war es um diese späte Jahreszeit zu kalt. Es blieb ihnen wieder einmal nur noch Thomas' kleiner Fiat. Er hatte bereits vor vielen Monaten in einer Anwandlung von Romantik damit begonnen, alle Blechteile im Inneren in einem zarten Rosa zu lackieren. Jedoch, obwohl in Italien gefertigt, war der Wagen wohl doch nicht für die Liebe gemacht. Für mehr als eine „harmlose" Knutscherei war er einfach zu klein.

Einmal aber wollten sie es genau wissen, und es folgte ein geradezu abenteuerlicher Versuch, „es" doch einmal hier zu probieren. Die Sitze waren schmal und nicht eben üppig gepolstert. Auch die Lehnen der Vordersitze ließen sich nicht verstellen. Wenn man zur Rückbank wollte, ließen sich die Vordersitze nur im Ganzen nach vorn kippen. Aber sie ließen sich doch immerhin so weit nach hinten schieben, bis sie an die rückwärtige Sitzbank stießen, sodass man vorne halbwegs Platz schaffen konnte. Sehr störend war das Lenkrad, aber zum Glück hatten die Autos jener Zeit keine Schaltknüppel, sondern eine zierliche kleine Lenkradschaltung. Es gab auch keinen störenden Getriebewellentunnel, denn der Motor befand sich ja hinten.

Liebende vermag nichts aufzuhalten, am Ende brachten sie dann doch, unter abenteuerlichen Verrenkungen, einigem Fluchen und Gekicher, das scheinbar Unmögliche fertig. Der ganze Akt geriet fast zu etwas Slapstickhaftem, aber irgendwie war es auch lustig. Ihre Leidenschaft füreinander jedenfalls konnte die Enge des kleinen Autos nicht bremsen. Sie zogen es allerdings vor, es kein zweites Mal zu probieren. So blieben ihnen nur die freien Wochenenden, an denen sie zu Thomas nach Hamburg fuhren.

Ihre Zusammenkünfte, in welcher Form auch immer, hatten etwas herrlich Leichtes, Unbekümmertes. Das lag in erster Linie an Monika. Sie war auf eine besonders liebenswerte Weise verspielt und sie liebte es über alles, Thomas unentwegt zu necken und zu provozieren. Es fehlte ihr niemals an immer neuen Einfällen. Bei alldem waren sie sich jedoch nicht wirklich bewusst, dass die Grenze, die zum Absturz führen könnte, sehr nahe lag. Wie hätte Thomas auch wissen sollen, wie man mit einem Menschen umging, der ein solches Kindheitstrauma in sich trug. Schon seit einiger Zeit hatte er ja gemerkt, wie wahnsinnig empfindlich Monika war. Er selber musste erst noch lernen, mit locker und flapsig dahergesprochenen Worten sorgfältiger umzugehen. Wegen vermeintlicher Nichtigkeiten konnte Monika sich ganz plötzlich zutiefst getroffen fühlen; sei es durch unbedachte Äußerungen oder unbewusste Handlungen, Dinge die sie betrafen und die Thomas im Grunde für harmlos hielt, und die er ihr gegenüber hier und da gedankenlos äußerte. Er war jedes Mal völlig fassungslos, er kannte so ein Verhalten nicht und wusste nicht, wie er damit umgehen sollte. Wenn er dann versuchte, die Wogen zu glätten, zum Beispiel indem er sagte, er habe es doch nicht so gemeint, löste das bei ihr stets einen sich immer mehr steigernden Prozess aus, je mehr er dann zu schlichten versuchte, umso mehr geriet sie in einen Zustand, von einem Extrem ins andere zu fallen. Am Ende fühlte er sich oft selber verletzt und verärgert und schon brach ein äußert unschöner Streit zwischen ihnen aus.

Dies alles erschreckte ihn und er stand dem ziemlich hilflos gegenüber. Thomas war kein streitsüchtiger Mensch. Es machte ihm Angst. Wenn er aber schwieg, um den Prozess der Eskalation nicht noch mehr anzuheizen, konnte es geschehen, dass Monika für Stunden beleidigt war und schwieg.

Das war die Kehrseite ihrer ansonsten so fröhlichen Beziehung und die Häufigkeit dieser für Thomas sinnlosen Streitereien nahm mit der Zeit sogar noch zu.

Er erkannte das Dilemma, es beunruhigte ihn, aber er wusste sich keinen Rat.

Dann geschah es aber schließlich doch, dass er sie wieder einmal, und natürlich unabsichtlich, zutiefst verletzte. Sie waren, wie schon so oft, zusammen nach Hamburg gefahren. Hier fühlten sie sich frei, hier konnten sie machen, was sie wollten. Monika war gerne dort bei ihm, sie hatte es ihm schon mehrmals gesagt. Sein Zimmer, das war er selbst. Es strahlte so viel von ihm aus, dass sie sich, selbst wenn er einmal für kurze Zeit fort war, wohl und geborgen fühlte.

Sie waren gerade eben angekommen, sein Bruder, Joachim, hatte sie willkommen geheißen, er freute sich immer, wenn sie kamen.

Er hatte sie zum Kaffee eingeladen und wollte nur eben noch schnell zum Kaufmann gehen, um Kuchen zu holen.

Monika und Thomas packten indes ihre Sachen aus. Sein Zimmer war eigentlich ein recht kleiner Raum, noch dazu mit einer Dachschräge an einer Seite. Das Bett hatte er mitten darin stehen, mit dem Kopfteil unter der Schräge. Im Erker stand sein kleiner Schreibtisch und auf der anderen Seite des Bettes war eine Nachtkommode. Am Fenster zur Straße befanden sich ein Tischchen und ein einfacher Sessel. Dort hatte er früher, als er noch allein war, immer gefrühstückt. Jetzt aber, wenn er mit Monika hier wohnte, musste jedoch einer von ihnen auf dem Bett sitzen. Thomas fragte sich zum wiederholten Male, wie damals die ganze Familie Rothmann hier hatte wohnen können.

Monika war wie immer glücklich, wenn sie hier zusammen mit ihm war. Sie summte ein Lied vor sich hin und hin und wieder stießen die beiden zusammen, denn da war auch noch sein Kleiderschrank. Als sie das dritte Mal zusammenstießen, konnte sie sich nicht mehr bremsen. Sie schlang von hinten die Arme um ihn, zog ihn mit sich und sie fielen übereinander auf sein Bett, auf dem sich Monika sogleich mit ihm herumwälzte. Sie liebte es ganz besonders, Thomas unter sich zu haben, es erregte sie und so begann sie ihn mit einer Serie ihrer so unnachahmlich verführerischen kleinen, zarten Küsse zu überschütten, die wiederum er so liebte. Sie waren wie hingehauchte, auf seine nackte Haut herabschwebende zarte Rosenblätter. Und Monika wusste nur zu gut, wie sehr sie in ihm stets ein wahres Feuer entfachten. So war es auch dieses Mal. Thomas spürte natürlich, dass sie es nicht bei ihren Küssen bewenden lassen wollte, er hatte mit der Zeit ein feines Gespür für ihre Liebkosungen entwickelt. Da er aber wusste, dass sein Bruder jeden Augenblick zurückkommen würde, wehrte er Monika sanft ab.

„Aber Monika", sagte er, „mein Bruder kann doch jeden Moment zurückkommen."

„Na und?", flüsterte sie ihm liebkosend ins Ohr. „Das macht doch nichts, wir schließen einfach die Tür ab."

Oh ja, natürlich hätten sie das tun können. Aber Thomas fühlte sich dafür nicht frei genug, in dieser Situation. Zögernd, fast widerwillig löste sich Monika von ihm und richtete sich auf.

Sie wirkte überaus enttäuscht, nein mehr noch, er sah, dass sie sogar zutiefst getroffen war.

Thomas merkte, dass er absolut unfähig war, mit dieser Situation umzugehen, und in einem mehr oder weniger hilflosen Versuch, diese durch einen lockeren Spruch zu entschärfen, tat er genau das Falsche. Er sagte:

„Ach, Monika, du denkst wohl immer nur an das Eine."

Im selben Moment hätte er sich auf die Zunge beißen mögen, aber es war zu spät.

Es war heraus!

Er sah, wie sich ihr Gesicht schlagartig versteinerte. Sie war abgrundtief verletzt.

Alles, was er jetzt noch tun mochte, um sie halbwegs zu besänftigen, war zum Scheitern verurteilt. Als er sie in den Arm nehmen wollte, wehrte sie ihn ab, ganz so, als wäre er ihr auf einmal zuwider geworden.

Und gerade da kam, wie erwartet, sein Bruder zurück. Der merkte sofort, dass etwas zwischen ihnen vorgefallen war.

Beide, Joachim als auch Thomas, waren während sie nun zusammen Kaffee tranken, krampfhaft bemüht, gute Laune zu verbreiten. Und natürlich wusste Thomas, dass so etwas bei Monika nie funktionierte.

Sein Bruder, der ahnte, dass er irgendwie im unpassenden Moment gekommen war, ging taktvoll über die eisige Stimmung, die plötzlich zwischen ihnen herrschte, hinweg und zog sich zu gegebener Zeit zurück.

Erst viel später wurde Thomas die ganze Bedeutung dieses Vorganges bewusst. Sie waren doch noch so jung und unerfahren und ganz besonders er.

Monika blieb den ganzen Tag, und darüber hinaus noch zwei weitere, äußerst zurückgenommen und er fürchtete

wahrhaftig, dass dies nun das Ende ihrer bisherigen so zauberhaft unkomplizierten Liebeleien war.
Zum Glück aber kam es dann doch nicht so.

Der Winter kam und brachte Frost und Schnee mit sich. Das führte weiter zwangsläufig zu einer gewissen Enthaltsamkeit. Und ihr so sehr vertrautes und liebevolles Miteinander kehrte mit der Zeit zu ihnen zurück. Fast wurde es wieder so schön wie früher, als es ihnen genügt hatte, einfach nur zärtlich miteinander zu kuscheln und zu knutschen.
Dem Winter folgte der Frühling und mit ihm die Zeit neu erwachender Liebe und Leidenschaft.
Zumindest schien es so, aber dann wurde Thomas plötzlich und unerwarteterweise zur Unteroffiziersschule in Plön abkommandiert.
Das war ja nun vielleicht etwas, worauf er sich eigentlich hätte freuen sollen. Es ging vorwärts mit seiner Karriere, denn schließlich wartete auf ihn, wenn er es nicht vermasselte, die Beförderung zum Unteroffizier. Aber Liebe war etwas viel, viel Schöneres als Karriere und Beförderung und der Abschied wurde ihnen schwer. Dies hieß jedoch nicht, dass es mit der Liebe vorbei wäre, sie würden sich fortan nur nicht mehr so oft sehen können. Plön war ja nicht aus der Welt.
Und, oh Wunder, Monikas Großeltern hatten nun nichts mehr dagegen, dass, wenn Thomas an seinen freien Wochenenden zu Besuch kam, er bei ihnen übernachten konnte. Dahinter steckte aber wohl eher die Oma, denn

der alte Fischer verhielt sich ihm gegenüber weiterhin ausgesprochen knurrig und brummig.

Thomas war im Grunde überhaupt nicht so sehr der militärische Typ. Die drei Monate jetzt auf der Unteroffiziersschule, die sich für ihn als fast ebenso übel herausstellten wie seine Grundausbildung in Brake, hatte er, wie man so sagt, geglaubt, auf dem linken Daumennagel abreißen zu können. Aber ganz so leicht wurde es für ihn dann doch nicht und er musste sehr aufpassen, nicht allzu nachlässig seinen Dienst zu versehen, denn Unteroffizier wollte er schon werden. Fast wäre es sogar tatsächlich noch schiefgegangen. Der Unterricht machte ihm keine großen Probleme, aber den militärischen Drill, ohne den es offensichtlich nicht ging, absolvierte er wohl doch etwas zu lustlos. Und was noch schlimmer war, Thomas war sich dessen nicht einmal bewusst: Offenbar hatte er wohl während des Formaldienstes häufig ein belustigtes Grinsen im Gesicht. Dazu kam, dass er seit seiner Kindheit Schwierigkeiten hatte, links und rechts zu benennen. Es kam mehr als einmal vor, dass er bei dem Kommando „Kompanie rechts – um!" links herum- drehte und plötzlich seinem Nebenmann ins Gesicht starrte.
Und das ging natürlich irgendwann schief. Zwar wurde er nicht zusammengebrüllt wie in der Grundausbildung, nein, hier lief so etwas ein wenig subtiler ab. Er wurde eines schönen Tages zum Kompaniechef bestellt.
„Wir haben das Gefühl, Obergefreiter Burmester, dass Sie bei Ihrer Ausbildung hier bei uns nicht mit dem nötigen Ernst bei der Sache sind", eröffnete er Thomas.

‚Oha', dachte dieser und versuchte sogleich, vehement zurückzurudern: „Wenn dieser Eindruck tatsächlich entstanden ist, tut mir das unsagbar leid", verteidigte er sich. „Ich habe ganz im Gegenteil große Freude an dieser Ausbildung. Ich finde es sehr schön hier und möchte wirklich gern ein guter Soldat sein."

Das war vielleicht ein wenig zu dick aufgetragen und Thomas beobachtete sorgenvoll die Miene seines Kompaniechefs. Der Mann, er war Kapitänleutnant, war natürlich nicht dumm. Er zeigte ihm ein kurzes Grinsen und entgegnete: „Nun gut, wir werden sehen, auf jeden Fall werden wir Sie in Zukunft sehr genau beobachten. Davon einmal abgesehen sind wir mit ihren Leistungen im Unterricht durchaus zufrieden – wegtreten!"

Puh, das war gerade noch einmal gut gegangen, dachte Thomas.

In Zukunft riss er sich zusammen, mehr wollte und konnte er bei der Marine in der kurzen Zeit seines Hierseins ja auch gar nicht erreichen. Dass er seine Dienstzeit noch einmal verlängern würde wie sein Bruder, Joachim, stand für ihn nicht zur Debatte.

Um aber die schöne Zeit mit Monika nicht zu gefährden, hätte er noch viel schlimmere Sachen auf sich genommen als diesen zum Sterben langweiligen Formaldienst. Denn Plön war ja nicht weit von Flensburg und es gab die Wochenenden und wenn er nicht gerade Wache hatte, entschädigten ihn diese zwei freien Tage mit Monika für alles.

Und dann geschah etwas, eine Kleinigkeit viel- leicht nur, aber dafür mit gewaltiger Wirkung.

Monika, und Thomas war durchaus nicht allein mit dieser Meinung, war ein hübsches und auch von ihrem Wesen her ein sehr anziehendes Mädchen. Aber seit sie nicht mehr wie früher mit Petticoat und hochtoupierten Haaren herumlief, war sie in ihrem Outfit ein wenig arg „bürgerlich" geworden. Das hing vielleicht auch mit ihrer Stellung als Zahnarzthelferin zusammen.

Seit einiger Zeit trug sie ihr von Natur aus welliges Haar halblang bis auf die Schulter und zu allem Überfluss hatte sie dazu auch noch einen Pony. Das machte sie älter, als sie war und verlieh ihr so ein etwas spießiges Aussehen, das zu ihrem eher quirligen Temperament gar nicht passen wollte. Thomas jedoch, der sie inzwischen so gut kannte und ganz besonders ihre Empfindsamkeit, hütete sich, ihr diesbezüglich irgendetwas anzudeuten.

‚Nun gut‘, dachte er, ‚mit diesem hochtoupierten Haar damals, als ich sie kennenlernte und mit dem sie so reizvoll ausgesehen hat, ist es vielleicht auch nicht so der Hit gewesen.‘

Mit Schaudern erinnerte er sich an den spinnwebartigen Haarfestiger, den sie dafür benutzt hatte. Aber so, wie sie sich jetzt gab …?

‚Langweilig‘, bilanzierte er und weiter: ‚Passt so gar nicht zu ihrem Wesen.‘

Aber irgendwann einmal erzählte er ihr dann doch wie so ganz nebenbei, ‚bloß keine Kritik‘, hatte er dabei gedacht, dass er Mädchen mit kurzen Haaren ganz besonders reizvoll fand.

Er hatte das dann aber sehr bald wieder vergessen.

Sie aber nicht!

Als er schließlich eines Tages zu Besuch kam, traf es ihn völlig unerwartet: Das junge Mädchen, das ihm die Haustür öffnete, kannte er nicht. Nach einem kurzen Moment der Irritation traute er seinen Augen nicht: War das wirklich Monika, die da vor ihm stand?

Es verschlug ihm für einen Augenblick die Sprache.

‚Mein Gott!‘, staunte er, ‚Was für ein hübsches Mädchen sie doch ist!‘

Sie hatte sich ihre Haare radikal und raspelkurz abschneiden lassen. Und so stand sie da vor ihm mit ihrem das Herz rührenden Blick, einer Mischung aus einem Hauch banger Erwartung und einer Spur von Trotz.

Sie war einfach umwerfend.

Und es geschah, dass Thomas sich auf der Stelle ein zweites Mal glühend in sie verliebte.

Sie las die Bewunderung in seinen Augen und wie die warmen Strahlen der aufgehenden Sonne verzauberte Freude ihr Gesicht, auch wenn sie immer noch ein wenig verlegen schien.

Zum ersten Mal, seit er sie kannte, sah sie genau so aus, wie es ihrem Wesen entsprach, stellte er fest. Sie wirkte jetzt um gute zwei, drei Jahre jünger und endlich konnte man auch wieder sehen, was für einen schönen Hals sie hatte.

Niemals hätte er ihr so etwas zugetraut.

Man mochte es nicht glauben, was etwas an sich so Banales wie ein neuer Haarschnitt manchmal für Auswirkungen haben konnte. Thomas winkte nur kurz ein „Hallo" und „Guten Tag" in die Stube zu ihren Großeltern und dann konnten sie gar nicht schnell genug in ihr Zimmer kommen. Und für die Dauer seines Besuches kamen sie auch kaum wieder heraus.

Was ihre Großeltern über sie beide denken mochten, darüber wollte Thomas sich kein Kopfzerbrechen bereiten.

Die Großmutter, bei ihr hatte er ja irgendwie ein Stein im Brett, war eigentlich immer sehr freundlich zu ihm. Während Monika und Thomas sich stundenlang zusammen auf ihrem Bett vergnügten, wurschtelte sie fast den ganzen Tag nebenan in der Küche herum.

Vielleicht waren sie all die Zeit, die sie miteinander verbrachten, etwas zu sorglos gewesen. Sie waren jetzt etwas mehr als zwei Jahre zusammen und sie hatten sich immer unbekümmerter ihrer Liebe hingegeben. Man hätte es sogar durchaus als sträflichen Leichtsinn bezeichnen können, dass sie sich niemals, nicht einmal im Ansatz, Gedanken darüber machten, dass körperliche Liebe auch Folgen haben konnte. Tatsächlich grenzte es schon fast an ein Wunder, dass es überhaupt so lange gutgegangen war bei ihnen.

Und so kam es, wie es endlich kommen musste. Thomas war wieder einmal zu Besuch bei ihr, als Monika ihm gestand:

„Ich bin schwanger!"

Liebesglück

Sie konnten es zurückrechnen, „schuld" war ihre neue Frisur gewesen. Aber ob nun wegen der neuen Frisur oder nicht, es musste an diesem Tage geschehen sein. Und plötzlich wunderten sie sich nun sogar, warum es nicht schon viel früher passiert sei.

‚Es ist der Lauf der Dinge', dachte Thomas. Irgendwann würde wohl fast in jeder Beziehung einmal dieser Satz fallen: Ich bin schwanger!'

Ihn beschlich allerdings das unbestimmte Gefühl, dass nur er allein es gewesen war, der daran nicht gedacht hatte. Monika musste es stets gewusst haben, dass es irgendwann passieren würde.

Es war der Lauf der Welt: Seit Adam und Eva geschah es zu jeder Stunde, in allen Kulturen und in allen Teilen der Erde, dass dieser Satz von einer Frau zu ihrem Liebhaber oder ihrem Mann gesprochen wurde. Und überall löste es die unterschiedlichsten Reaktionen aus.

‚Du musst dich jetzt ganz doll freuen!', sprach eine innere Stimme zu Thomas. ‚Sie erwartet es von dir.'

Und da kam es auch schon von ihr:

„Freust du dich denn nicht?"

„Ja, natürlich freue ich mich", beeilte er sich, ihr zuzustimmen. „Es ist wunderschön!"

Aber in Wirklichkeit beschlich ihn ein unbehagliches Gefühl. Mit diesem Satz von Monika war sein bisheriges Leben zu Ende und ein neues würde beginnen. Er erkannte, dass er, der seine Freiheit so über alles liebte, der eines Tages der Enge seiner Familie entflohen war, weil er frei sein wollte, nun von einem Tag auf den anderen nicht länger mehr frei war. Und irgendwie konnte er sich absolut nicht vorstellen, plötzlich Vater zu sein. Väter, das waren doch die älteren, die gesetzteren Männer. Er hatte niemanden in seiner Bekanntschaft, der bereits Vater oder Mutter war. Nicht einmal seine Geschwister, die doch alle älter waren als er.

Aber natürlich gab es überhaupt keine Frage, sie mussten heiraten. So lange, da zweierlei Geschlechter auf der Erde zusammenlebten, war es den Menschen immer so gegangen.

Aber, und jetzt wurde es für ihn doch ein wenig schwierig wollte er Monika heiraten, weil er sie wirklich liebte oder wegen des Kindes, das da plötzlich unterwegs war, und die Hochzeit sozusagen nur vorverlegt wurde? So ganz sicher war er sich dann doch nicht, lieber hätte er wohl noch eine Zeitlang gewartet. Aber wie auch immer, jetzt war er aufgefordert, sich seiner Verantwortung zu stellen und zu handeln.

Er setzte sich hin und schrieb einen Brief nach Hause, in dem er seiner Familie ankündigte, dass Monika und er heiraten wollten und er, sobald es ihm gelingen würde, einige Tage frei zu bekommen, nach Hamburg käme, um dort mit ihr seine Verlobung zu feiern.

Und das ergab sich dann auch sehr bald.

Seine Zeit auf der Unteroffiziersschule in Plön ging dem Ende zu, er bestand so halbwegs seine Prüfung und wurde zum Maat befördert, wie man das bei der Marine nannte. Es machte ihn sogar ein bisschen stolz.

Bevor Thomas aber nun ein neues Schiffskommando bekam, sollte er zunächst noch auf einen vierteljährlichen Lehrgang auf die Marineortungsschule.

Er bekam einen Marschbefehl nach Bremerhaven, wo er sich unverzüglich zu melden hatte. Bevor es dort aber losging, erhielt er eine Woche Sonderurlaub. Die wollte er nun für seine Verlobung mit Monika nutzen. Thomas wusste zwar nicht, ob er auf einer Dienstreise mit eigenem Wagen jemanden mitnehmen durfte, er tat es einfach.

Monika war bereits am Tag vor seiner Dienstreise mit dem Bus nach Plön gekommen und hatte in einer Pension übernachtet, in der Thomas für sie ein Zimmer reserviert hatte. Mit seinem Marschbefehl in der Tasche und seinem Seesack auf dem Rücksitz seines kleinen Fiat holte er sie am frühen Morgen ab und sie machten sich auf den Weg nach Bremerhaven. Gleich im Anschluss daran sollte es unverzüglich weitergehen nach Hamburg.

Thomas kannte Bremerhaven bereits, er war nach seiner Grundausbildung dort für ein Vierteljahr in der Marine-Ortungsschule gewesen.

Da er Monika schlecht mit in die Kaserne nehmen konnte, setzte er sie in der Hafenschänke ab, die er von früher kannte und wo er oft eingekehrt war. Es war eine von diesen Marinekneipen an der Mündung der Geeste, wo sich am Abend die Mädchen Bremerhavens mit den Marineleuten trafen.

Nachdem er sich in der Kaserne bei seinem Spieß gemeldet und sein Quartier bezogen hatte, zog er sich Zivilkleidung an und verließ mit seiner Urlaubskarte die Kaserne.

Zurück in der Hafenschänke erwartete Monika ihn bereits. Es waren immerhin etwas mehr als zwei

Stunden vergangen. Monika saß an einem der Tische, ein Taschenbuch in der Hand, vor sich eine leere Kaffeetasse.

„War's langweilig?", erkundigte er sich.

„Nö, ich hatte ja mein Buch dabei."

Sie lächelte ihn an.

„Der Mann hinterm Tresen hat nur etwas komisch geguckt", fuhr sie fort, „weil ich hier so lange bei nur einer Tasse Kaffee gesessen habe, aber er hat nichts gesagt."

„Na, da wird er sich vielleicht freuen, wenn wir, bevor wir weiterfahren, noch etwas essen. Du hast doch Hunger, oder?"

Sie nickte und er schlenderte zum Tresen hinüber, um etwas für sie zu bestellen. Während sie dann ihre Currywurst mit Pommes aßen, erzählte Thomas ein wenig aus der Zeit, als er schon einmal hier gewesen war. Es sah alles noch so aus wie früher, die kleine Tanzfläche vorn, gleich rechts vom Eingang mit der Musikbox.

„Man sieht es jetzt nicht", klärte Thomas Monika auf, „aber dies ist eine Marinekneipe. So etwa ab neunzehn Uhr füllt es sich hier in der Regel. Die Mädchen sind meist schon vorher da."

Er deutete auf den Stapel Gesellschaftsspiele, der sich an der Seite des Tisches türmte.

„Hier schau!", er lachte. „Wir haben hier ‚Mensch, ärgere dich nicht' gespielt, wenn wir nicht gerade auf der Tanzfläche waren oder ein Mädchen im Arm hatten."

Tomas lachte erneut.

„Hast du damals eine feste Freundin hier gehabt?“, wollte Monika wissen.

„Nein“, er unterbrach sich einen Augenblick, um dann fortzufahren: „Ich war nicht sehr oft hier. Ich ging lieber ins Sanssouci, das ist ein Rock’n’Roll-Club, ein ehemaliges Kino, jeden Abend spielt da Livemusik. Aber eine Freundin hatte ich hier in Bremerhaven die ganze Zeit über nicht.“

Er sinnierte eine Weile in der Erinnerung

„Ich bin doch mal gespannt, ob es das ‚Sanssouci‘ noch gibt“, meinte er dann.

„Gehst du da etwa auch wieder hin, wenn du hier stationiert bist?“, fragte Monika in einer Mischung aus Ängstlichkeit und dem Hauch einer versteckten Drohung.

„Warum nicht?“, gab er zurück. „Ich kann ja nicht alle Abende in der Kaserne verbringen.“

Als er ihre Miene sah, fuhr er Monika liebevoll mit der Hand über ihren Bürsten-Haarschnitt, dem er im Stillen die „Schuld“ an seiner jetzigen Situation gab.

„Keine Angst, Liebe“, sagte er, „keine Knutscherei mehr mit den Mädchen.“

Monika blickte ihn zweifelnd an.

„Das hast du schon oft gesagt“, maulte sie.

Thomas hob feierlich seine Hand mit drei ausgestreckten Fingern.

„Ich schwöre es!“

Kurze Zeit später befanden sie sich auf dem Weg nach Hamburg. Sie kamen am Abend in dem heruntergekommenen Haus an, das einmal sein Elternhaus gewesen war. Joachim erwartete sie bereits. Man sah ihm an, wie er sich für sie freute. Er hatte sogar für sie eingekauft, damit sie etwas zum Abendessen hätten. Aber mit dem ihm eigenen Takt ließ er die beiden gleich nach der Begrüßung allein.

Monika fühlte sich ja in Thomas' Zimmer bereits wie zu Hause. Es atmete in seiner gesamten Atmosphäre so sehr ihren Thomas, dass sie sich hier stets deutlich wohler fühlte als in ihrem eigenen, kargen Zimmer in Holnis.

Am nächsten Morgen kam der Vater herüber, um mit Thomas den weiteren Werdegang zu besprechen. Er begrüßte Monika freundlich, aber nicht gerade herzlich, nun, herzlich hatte ihn Thomas sein Leben lang noch nicht erlebt. Ja, fast schien es, als wäre er sogar ein wenig verlegen.

Gleich im Anschluss fuhren sie mit ihm zum Standesamt, um das Aufgebot zu bestellen. Die Hochzeit sollte möglichst stattfinden, solange Thomas noch in Bremerhaven weilte. Wäre er erst einmal wieder auf einem Schiff, würde sich das alles viel schwieriger gestalten.

Nachdem alle Formalitäten geschafft waren, kehrte der Vater heim. Thomas und Monika aber setzten sich in die Hochbahn, um noch in die Stadt zu fahren. Sie fuhren bis Jungfernstieg und bummelten ein wenig an der Alster umher. Schließlich setzte er sich mit Monika unten an den Anleger, wo die Alsterdampfer ablegten.

„Schau!", sagte er. „Dieses große hochherrschaftliche Haus dort rechts ist das Hotel ‚Vier Jahreszeiten', das vornehmste und teuerste Hotel der Stadt, und da links das eindrucksvolle Gebäude, das fast wie ein Schloss aussieht, ist der Sitz von Deutschlands größter Reederei, der Hamburg-Amerika-Linie."

Er ahnte nicht, dass er hier einmal aus und ein gehen würde.

Bei einem Juwelier suchten sie sich Ringe aus, denn in vier Tagen sollte Verlobung gefeiert werden, und dann musste Thomas auch schon wieder zurück nach Bremerhaven.

Am Tag darauf fuhren sie zu seiner Mutter nach Langenhorn. Auch sie freute sich für die beiden und zeigte das auch. Aber Thomas spürte dennoch nur zu gut ihre Sorge, ob das mit ihnen auf Dauer wirklich gutgehen konnte. Und noch etwas spürte er, nämlich dass sie das in der Tiefe ihres Herzens nicht wirklich glaubte.

‚Es mag ja richtig und auch verständlich sein, dass eine Mutter so ist‘, dachte er, denn wenn sie es nicht wäre, wäre sie vielleicht keine gute Mutter. Aber das wirklich Verzwickte war, dass Monika das ebenso spürte. Thomas wusste ja nur zu gut von ihrer hohen Verletzlichkeit und ahnte, was dies bei ihr auslöste. Seine ältere Schwester, Annegret, war auch zufällig da, es war nicht ganz klar, ob sie wieder nach Schweden zurückwollte oder woandershin, denn hier bei der Mutter und dem Stiefvater wollte sie nicht bleiben. Sie war die Einzige, die Monika warm umarmte. Aber auch Dorothea, die immer noch hier wohnte, freute sich. Sie hatte, da sie Grafikerin gelernt hatte, Verlobungskarten entworfen und jede einzelne handgefertigt.

Eine davon bekamen nun Monikas Großeltern in Holnis.

Thomas' Stiefvater, den er ihr als Onkel Herbert vorgestellt hatte, war natürlich auch da. Er war so, wie er sich immer gab, ihnen gegenüber jovial, hatte aber, wenn er Monika anschaute, etwas im Blick, was Thomas nicht gefiel.

Aufgrund ihrer besonderen Familienverhältnisse sollte die Verlobungsfeier an zwei verschiedenen Orten, aber an ein und demselben Tag stattfinden. Am Nachmittag sollte es Kaffee und Kuchen bei seiner Mutter geben und am Abend wollten sie zusammen essen gehen. Anschließend war geplant, einen kurzen Umtrunk zur Feier des Tages bei Thomas zu Hause abzuhalten. Es war ihm darum zu tun, bei einem für ihn so wichtigen Ereignis, den Segen all seiner Familienangehörigen für ihren künftigen gemeinsamen Weg zu bekommen. Wenn es nur allein nach seinem und Monikas Wünschen gegangen wäre, hätten sie ihre Verlobung natürlich lieber in aller Stille zu zweit bei ihm im Zimmer gefeiert.

Sie hofften, dass der gemeinsame Umtrunk möglichst schnell vorüberginge, denn sie hatten sich vorgenommen, das gegenseitige Tauschen der Ringe ganz intim und vertraut stattfinden zu lassen.

Der große Tag war gekommen und alle saßen fröhlich und zufrieden zusammen an der Kaffeetafel. Und natürlich gab es auch Verlobungsgeschenke. Am Spätnachmittag verabschiedete sich das Paar, fuhr zum Restaurant „Alte Mühle" in Sasel, wo sie reserviert hatten, und nach dem Essen zu Thomas. Dort erwartete sie bereits Joachim und kurz darauf erschien Thomas' Vater. Alles verlief nach Plan, Joachim zog sich nach angemessener Zeit taktvoll zurück und wünschte ihnen alles Glück dieser Erde.

Aber dann wurde es richtig nervig, denn der Vater schien sich absolut nicht entschließen zu können, das junge Paar sich selbst zu überlassen. Er konnte einfach kein Ende finden. Er redete und redete und Monika und Thomas begannen schon heimlich die Augen zu verdrehen. Thomas rätselte später, was seinen Vater wohl bewogen hatte, so endlos dazusitzen und den beiden die Ohren vollzureden. Dass sie praktisch ihre Hochzeitsnacht auf diese Nacht ihrer Verlobung vorverlegten, konnte es ja nicht sein. Sie hatten ja auch vorher schon einige Male hier zusammen übernachtet. Irgendwann schließlich, nach einer quälend endlosen Zeit, fand sein Vater dann doch zu einem Ende.

‚Wie fühlt sich wohl ein Vater in so einem Augenblick‘, überlegte Thomas, der seine beiden jüngsten von vier Kindern nach seiner Scheidung ihrer Mutter entzogen und sie hier in diesem Haus, allein mit einer ostpreußischen Flüchtlingsfamilie acht lange Jahre hat wohnen lassen, um sie in seinem Sinne zu erziehen. Ihn, seinen jüngsten Sohn, hatte er als seinen Erben und Nachfolger auserkoren, genau so, wie das in seinem eigenen streng preußisch geprägten Elternhaus gewesen war.

All das ganz besonders Schöne, das Intime, ja, und natürlich das „Romantische", das sich Monika und Thomas mit ihrer Verlobungsfeier vorgenommen hatten, war nun im Grunde durch dieses endlose

Verharren bei ihnen weitgehend zerschossen worden.

Aber nun endlich, endlich waren sie für sich allein!

So atmeten sie erst einmal tief durch und versuchten für sich zu retten, was zu retten war. Das Geräusch der Schritte in den Ohren, mit denen Thomas' Vater die Treppe hinabstieg, umarmten sie sich ganz fest und ganz lange.

„Meine liebe Monika!", flüsterte Thomas dicht an ihrem Ohr.

„Mein lieber Thomas!", flüsterte sie zurück.

Sie brauchten eine Weile, um wieder zu sich selbst und zueinander zu kommen. Schließlich küssten sie sich erleichtert und innig und es war nicht mehr dieses leidenschaftliche Küssen wie damals an ihren ersten heimlichen Treffen am Leuchtturm von Holnis in Thomas' kleinem Fiat. Sie wussten jetzt, dass sie endgültig und ganz fest zusammengehörten.

Und als sie sich schließlich wieder voneinander gelöst hatten, öffnete Thomas die Flasche Sekt, die er sich für diese nun folgende Zeremonie aufgehoben hatte, und goss ihnen ein. Daraufhin nahm er die kleine Schatulle mit den Ringen und nahm sie heraus. Falls Monika nun gedacht hätte, dass sie sich diese jetzt gegenseitig auf die Finger stecken würden, lag sie allerdings falsch. Thomas, der unverbesserliche Romantiker, hatte sich für das Austauschen der Ringe etwas ganz Besonderes ausgedacht.

„Pass auf!", sagte er. „Den Kleineren von diesen beiden, denn es ist ja der deine, den lassen wir nun ganz feierlich in dein gefülltes Sektglas plumpsen."

Und *platsch*, ließ er ihn in ihr Glas fallen.

„So, und nun den anderen du!", forderte er sie auf.

Monika lächelte und gab behutsam, wie einen kostbaren Schatz, den größeren Ring in Thomas' Glas.

Sie blickte ihn gespannt an. Wie würde es nun weitergehen?

„So!", hub er an. „Lass uns jetzt aufeinander anstoßen. Und wenn mit dem letzten Schluck die Ringe in unserem Mund gelandet sind, küssen wir uns und versuchen, mit unseren Zungen den jeweiligen Ring dem anderen in den Mund zu bugsieren."

Er lachte. „Eine neue und ganz besondere Art, Ringe zu tauschen."

„Au ja!", lachte auch sie. „So machen wir das. Was für eine tolle Idee!"

„Auf dein Wohl, liebe Monika", wünschte ihr Thomas und hob sein Glas, „auf dass wir uns immer lieben werden und niemals mehr auseinandergehen!"

„Auf dein Wohl, lieber Thomas, nein, wir wollen niemals wieder auseinander gehen!".

Sie verschränkten nun ihre Arme umeinander und tranken beide ihre Gläser leer.

Beim letzten Schluck rutschten ihnen die Ringe in den Mund. Daraufhin stellten sie die Gläser ab, umarmten sich ganz fest. Ihre Lippen suchten einander und fanden sich in einem innigen und langen Kuss. In einem sogar ganz besonders langen Kuss, denn sie versuchten nun, sich den jeweils richtigen Ring mit den Zungen gegenseitig in den Mund zu schieben. Es war sehr erotisch und auch ein wenig lustig und sie schnauften dabei vor Atemlosigkeit und halbersticktem Gekicher heftig durch die Nase.

Als sie es dann endlich geschafft hatten und schließlich der richtige Ring im Mund des anderen gelandet war, fischten sie sich diese Symbole ihres gegenseitigen Versprechens aus dem Mund und steckten sie sich einander an den Ringfinger.

Es war ein recht feierlicher Moment, und als sie fast ein wenig zaghaft wieder aufschauten, lag gar so etwas wie eine Spur von Scheu in ihren Augen.

„Viel Glück, meine liebe Monika, ich will immer bei dir sein, dich behüten und beschützen und dich immer lieben, in guten wie in schlechten Zeiten."

„Viel Glück, lieber Thomas, ich liebe dich!"

Zurückblickend in seiner Erinnerung war diese eine so ganz besondere Nacht für Thomas immer seine Hochzeitsnacht gewesen.

Am nächsten Morgen hieß es erstmal wieder Abschied nehmen. Thomas hatte vor, Monika zunächst zurück nach Holnis zu bringen und anschließend nach Bremerhaven zu fahren.

Nachdem er seine Reisetasche in seinem Auto verstaut hatte, schaute er Monika, in dem Glauben, sein Bruder hätte ihr Gepäck mitgebracht, erwartungsvoll an.

„Willst du deinen Koffer nicht mitnehmen?", fragte er.

Als er sie anschaute und direkt in ihr Gesicht sah, ahnte er plötzlich, dass es gleich eine Überraschung geben würde.

„Ich fahr nicht mit!", eröffnete sie ihm.

„Wie, du fährst nicht mit?"

Monika druckste ein wenig herum.

„Ich möchte lieber hierbleiben", sagte sie schließlich.

„Wie, du möchtest lieber hierbleiben", wiederholte er völlig fassungslos ihre Worte.

Thomas blickte Monika ratlos an.

‚Irgendetwas geht hier gerade schief', dachte er.

„Aber du musst doch in die Praxis", meinte er dann.

Monika hatte die Augen gesenkt, sie schaute auf den Bürgersteig, als gäbe es da gerade etwas besonders Interessantes zu sehen. Schließlich hob sie den Blick.

„Ich habe meine Lehre abgebrochen!"

„Wie, du hast …", er brach ab, weil ihm bewusst wurde, dass er sie stets nur wiederholte. Und dann bemerkte er, wie sich eine Träne in ihrem Auge löste.

„Liebe Monika", sagte er zärtlich und nahm sie in die Arme. Da dachte er an ihre schreckliche Kindheit.

„Lass sie doch hier", mischte sich nun Joachim ein, der neben ihnen gestanden hatte. „Wir kriegen das schon hin."

Thomas ging plötzlich ein Licht auf, warum sie gerade diesen großen Koffer für nur vier Tage mitgenommen hatte. Sie hatte von Anfang an nicht vorgehabt, wieder nach Hause zu fahren.

„Aber was wird mit deiner Lehre?", machte Thomas einen letzten Versuch, irgendwie Klarheit in seinen Kopf zu bekommen.

„Na ja", meinte Joachim, „wenn erst das Kind da ist, muss sie wohl ohnehin ihre Lehre abbrechen."

Thomas bemerkte, dass er die ganze Zeit ein ziemlich dämliches Gesicht machte. Er schaute Monika an, die ihn wiederum mit großen bittenden Augen ansah. Dann schaute er zu seinem Bruder, um dessen Lippen ein verständnisvolles Lächeln spielte.

„Kommt jetzt ein bisschen überraschend für mich", brachte er schließlich heraus. „Aber völlig falsch ist das nicht, was du dir da ausgedacht hast."
Im Grunde freute sich Thomas sogar, seine Monika nun bei sich in seinem Zuhause zu wissen.
„Also gut", stimmte er zu, „vielleicht ist es so das Beste. Ich komme ja bald wieder."
Er gab ihr noch etwas Geld und einen Verrechnungsscheck, damit sie sich alles kaufen könne, was sie zum Leben brauchte.
Jetzt musste er für sie sorgen!
Zum Abschied küssten sie sich ein letztes Mal.
„Ich bin ja bald wieder bei dir!"
„Alles, alles Gute und auf Wiedersehen!"
Er stieg in sein Auto, klappte die Tür zu und kurbelte sein Fenster herunter.
„Tschüss, Monika", rief er, und: „Tschüss, Joachim. Pass gut auf sie auf!"

Keiner von ihnen bemerkte die dunklen Wolken, die, wie schon einmal, vor vielen Jahren über diesem Haus heraufgezogen waren.

Liebesleid

Das eiserne Geländer vibrierte unter seinen Armen, als in diesem Augenblick der tiefe Bass des Typhons ertönte. Wenn das gigantisch große Auswandererschiff, auf das Thomas von der Aussichtsplattform der Columbuskaje schaute, sein Horn erklingen ließ, hörte man es über die ganze Stadt hinweg und es war ein so tiefer Bass, dass sogar sein Magen mitvibrierte.

Er hatte ihre beiden großen Schornsteine bereits vom Auto aus gesehen, als er am Vortag aus Hamburg zurückgekommen war. Höher und mächtiger als alles andere überragten sie sogar den Kirchturm von Bremerhaven

Heute hatte in seiner Kaserne zunächst ein allgemeines Kennenlernen stattgefunden und morgen sollte es dann mit dem Unterricht erst richtig losgehen.

Thomas war gern in Bremerhaven. Er kam zwar aus einer Weltstadt, aber hier war er das erste Mal in seinem Leben wirklich mit der Welt in Berührung gekommen. Das lag an den Amerikanern, die hier das Stadtbild prägten. Hier legten die Truppentransporter und Versorgungsschiffe an. Er erinnerte sich an den Tag, als Elvis in Bremerhaven angekommen war. Das war zwar noch vor seiner Zeit bei der Marine gewesen, aber die ganze Stadt war in Aufruhr gewesen.

Es gab hier ein richtiges amerikanisches Vergnügungs- viertel, mit Jazzkellern, in denen „New Orleans"-Jazz und Dixieland gespielt wurden.

Das Zweite, das diese Stadt prägte, waren die Auswandererschiffe. Die „United States" war das größte von allen. Und sie war es auch, deren hohe schwarze Wand just vor Thomas aufragte. Die Gangway war bereits eingefahren, die Spring losgeworfen, aber Vor- und Achterleinen noch fest.

Die Kaje war voll von Menschen, die hier versammelt waren, um ihre Angehörigen und/oder ihre Liebsten zu verabschieden. Sie würden jetzt jeden Augenblick mit diesem großen Schiff Richtung Amerika ablegen und vielleicht niemals wiederkehren. Auf allen Decks drängelten sich Freunde und Familien an der Reling. Sie hatten den Zurückbleibenden bunte Luftschlangen hinuntergeworfen, deren jeweilige Ende sie jetzt in den Händen hielten, Hunderte, ja Tausende von bunten Luftschlangen. Mit Tränen in den Augen schauten die von da oben auf jene hinab.

Noch einmal ertönte der mächtige Bass des Typhons und dann sah Thomas, wie die Leinen losgemacht wurden, und wer bis jetzt noch nicht geweint hatte, dem liefen nun ebenfalls die Tränen über das Gesicht. Ganz langsam, fast wie in Zeitlupe wurde der Spalt zwischen dem großen Schiff und der Kaianlage jetzt immer größer, bis sich am Ende die Luftschlangen, die die Menschen krampfhaft festhielten, spannten, um am Ende schließlich zu reißen, und damit war symbolisch das letzte Band zur alten Heimat gerissen. Eine nach der anderen riss nun entzwei, mitunter gleich dutzende und ihre Enden flatterten noch eine Weile im Wind. Eine Blaskapelle auf dem Kai spielte: „Muss i denn, muss i denn zu-hum Städtele hinaus …“

Die vier Schrauben des Giganten peitschten das Wasser und das Schiff nahm Fahrt auf. Es drehte in das offene Fahrwasser und sein Steven strebte dem offenen Meer entgegen. Das große Schiff gewann nun so unglaublich schnell an Fahrt auf und seine Heckwelle war so gewaltig, dass bald nur noch der obere Teil des Schiffes vom Ufer aus zu sehen war. Lange noch sah Thomas die großen Schornsteine, bis auch sie schließlich hinter dem Horizont verschwanden.

Die „United States" war das schnellste Schiff, das jemals die Route Europa-New York gefahren war. Nur ein Schnellboot, wie ein solches, auf dem er gewesen war, hätte noch mit diesem Riesen mithalten können.

Die Mehrzahl der Menschen hatten die Aussichtsgalerie verlassen, nur Thomas stand noch da und starrte in die leere Weite des Meeres.

;Da drüben', sinnierte er, ,gleich hinter dem Horizont liegt Amerika.'

Wenn er sich auf die Zehenspitzen stellte, könnte er vielleicht sogar die Freiheitsstatue sehen, dachte er. Und noch etwas kam ihm in den Sinn: Ihm fiel plötzlich wieder ein, wie er mit den Schnellbooten, auf dem Weg von Edinburgh zurück nach Flensburg, diese gleiche, seltsam magische Verlockung verspürt hatte, die der leere Horizont auf ihn ausübte.

Die ganze Welt, die sich dahinter verbarg, wie mochte sie wohl sein?

Nur widerwillig löste er seine Hände von dem eisernen Geländer und machte sich auf den Weg zurück. Er stieg die Stufen hinunter, die von der Aussichtsplattform hinabführten, aber unten angekommen dachte er, dass es vielleicht gut wäre, noch kurz das Lokal an der Stirnseite der Columbuskaje zu besuchen.

Schon beim Eintreten hatte er das Gefühl, mit nur einem einzigen Schritt von Deutschland aus direkt in Amerika angekommen zu sein. Hier drinnen hielten sich nahezu ausschließlich Amerikaner auf, Schwarze, Weiße, Latinos und wer sonst noch alles. Er kannte das natürlich und er liebte diese Atmosphäre.

Mit einem Glas Bier setzte er sich an einen der Tische und beobachtete gedankenverloren, wie schräg gegenüber von ihm ein Amerikaner den Salzstreuer nahm und Salz auf die Schaumkrone seines frisch gezapften Bieres gab. Thomas konnte sich ein leichtes Schmunzeln nicht verkneifen, denn er wusste es ja bereits, dass nahezu alle Amerikaner das so taten. Sie wollten damit die Kohlensäure aus ihrem Bier verbannen. Amerikaner hassten offenbar Kohlensäure in ihren Getränken.

Es geschah etwa drei Wochen später, da wurde Thomas mitten aus der Unterrichtsstunde zum Kommandeur gerufen: ein Telefongespräch aus Hamburg. Er erstarrte. So etwas war ihm noch nie vorgekommen. Es musste etwas passiert sein!
„Monika!", schoss es ihm durch den Kopf
Mit weichen Knien verließ er seinen Platz, um dem Unteroffizier zu folgen. Er war in großer Unruhe. Der Maat klopfte an und öffnete auf einen Ruf von drinnen die Tür. Der Kommandeur machte ein ernstes Gesicht.
„Nehmen Sie Platz, Maat Burmester", sagte er und reichte ihm den Telefonhörer.
Sein Vater war am Apparat – Monika lag im Krankenhaus. Sie hatte eine Fehlgeburt gehabt.

Zunächst konnte Thomas es gar nicht fassen, was da geschehen war, er hatte nur diesen einen Gedanken: ‚… und ich bin nicht dort gewesen, um ihr in ihrer Not beizustehen!'

Es dauerte dann auch noch drei Tage, bis er zum Wochenende frei bekam und er in banger Erwartung nach Hamburg fahren konnte. Sein Kommandeur hatte ihm großzügigerweise noch zwei Tage extra Urlaub drangehängt.

Monika war noch immer im Krankenhaus, als Thomas zu Hause eintraf und sofort mit seinem Vater dorthin fuhr. Als er die Tür zum Krankenzimmer öffnete, blickte ihm Monika aufrecht in ihrem Bett sitzend, mit totenblassem Gesicht entgegen. Sie schaute ihn mit so traurigen Augen an, dass es ihn unendlich rührte. Thomas setzte sich zu ihr auf den Bettrand und nahm sie in den Arm.

„Hab keine Sorge, meine Liebe", sagte er, „es ist schlimm, was da passiert ist, aber nichts soll sich ändern zwischen uns, alles wird so bleiben mit unserer Hochzeit, wie wir es vorgehabt haben."

Als er ihr dies sagte, ahnte er jedoch nicht, dass er dies Versprechen gar nicht würde halten können.

Erst später, als er wieder zu Hause in seinem Zimmer saß, berichteten ihm sein Bruder und sein Vater, was in etwa geschehen war. Monika selber konnte oder wollte nicht darüber sprechen, auch später nicht, und was an diesem bewussten Tag dann wirklich geschehen war, hatte er nie wirklich herausbekommen. Vielleicht war es ja tatsächlich nur ein tragisches, aber ein nicht eben ungewöhnliches Unglück gewesen.

Es muss wohl ziemlich schrecklich gewesen sein. Zum Glück hatte sein Bruder nebenan ihr schwaches Rufen gehört, war sogleich in ihr Zimmer geeilt. Nachdem er den ersten Schock überwunden hatte, war er wie von Furien gehetzt zu seinem Vater hinübergelaufen, der ja nur drei Häuser entfernt wohnte. Sie hatten ja nicht einmal Telefon. Dieser hatte sofort Notarzt und Krankenwagen gerufen und war seinem Sohn nachgeeilt. Alles soll voller Blut gewesen sein und natürlich waren die beiden Männer mit dieser Geschichte vollständig überfordert gewesen.

Aber sein Vater hatte das Allerbeste getan, das er in diesem Falle hätte tun können, und hatte seine Schwester, Thomas' liebe Tante Edith, zu Hilfe geholt, diese gutherzige Frau, die Thomas in seinen Kindertagen getröstet hatte, wenn er sich wieder einmal so unglücklich fühlte. Diese liebevolle und tatkräftige Frau hatte nun alles das getan, was in solchen Fällen nötig gewesen war. Mit liebevoller Fürsorge hatte sie dem armen Mädchen beigestanden, ihr Unglück auf irgendeine Weise zu bewältigen.

Thomas hatte bei der ganzen Sache kein gutes Gefühl. Schon bei dem Anruf in Bremerhaven hatte er sofort so eine diffus ungute Ahnung gehabt, dass mit dieser Geschichte irgendetwas nicht stimmte, und er würde dieses Gefühl auch sein Leben lang nicht wieder loswerden.

Zunächst blieb ihm allerdings nichts weiter übrig, als es so hinzunehmen, wie es ihm erzählt wurde.

Im Grunde wusste er ja auch absolut gar nichts über diese Dinge. Offenbar kam so etwas wohl hier und da einmal vor.

Und er fragte auch nicht weiter nach. Viel später, als er überhaupt erst in der Lage war, darüber intensiver nachzudenken, wurde ihm bewusst, dass er nur aus dem einzigen Grund nicht gefragt hatte: Weil er es gar nicht hatte wissen wollen und er wollte es deswegen nicht wissen, weil er es tief in seinem Inneren bereits geargwöhnt hatte, gleich nach dem Anruf und noch bevor er die Berichte über das viele Blut hörte, dass da etwas ganz Schreckliches vorgegangen war. Er wollte und konnte es einfach nicht an sich heranlassen und so lebte er ein ganzes Leben lang mit einem fürchterlichen Verdacht: Monika hatte willentlich und ganz gezielt eine Abtreibung an sich selber vorgenommen!

Aber was sie zu diesem grausamen und furchtbaren Mittel getrieben haben könnte, blieb ihr ewiges Geheimnis. Wen hätte er wohl fragen sollen? Natürlich wusste er nur zu gut, was für ein wahnsinnig komplizierter Mensch sie war, und in diesem Bewusstsein war er ihr gegenüber völlig hilflos.

Was blieb, war für Thomas der Vorwurf, den er sich sein ganzes Leben lang machen würde: seine ihm vom Schicksal Anvertraute nicht besser beschützt zu haben.

Dass seine Familie sich mit seiner Hochzeit mit Monika nur widerwillig abgefunden hatte, sollte er nun sehr schnell erfahren. Thomas war eben gerade von seinem Krankenbesuch herausgekommen, da ging es schon los. Sein Vater, der ihn begleitet hatte, war der Erste, der davon anfing. Noch im Auto, auf der Fahrt nach Hause, sprach er das Thema an. Er habe ja sehr wohl gehört, wie Thomas Monika damit getröstet und versprochen hatte, ihre Hochzeit nicht zu verschieben.

„Ich halte es für besser, wenn ihr sie erst einmal verschiebt", sagte sein Vater, „das alles habt ihr doch nur der Not gehorchend so geplant. Aber im Grunde, es war doch recht übereilt."

Thomas schwieg.

Und dann kamen sie alle, einer nach dem anderen, seine Mutter, seine jüngere Schwester Dorothea und sogar Joachim, sein Bruder, und drängten in ihn, die Hochzeit zumindest vorerst abzusagen.

Das war aber genau das, was sie beide eben nicht wollten.

Thomas saß die Zeit im Nacken, er musste zurück zum Dienst. Er versprach, noch einmal darüber nachzudenken. Jedoch, als er zwei Tage darauf auf dem Weg nach Bremerhaven in seinem Fiat saß, hatte ihm sein Vater noch das Einverständnis abgerungen, den Hochzeits-Termin zunächst zu verlegen.

„Es ist nicht gut, unter Zeitdruck zu entscheiden", hatte er gesagt, „lass sie doch erst einmal wieder vollständig gesund werden und dann reden wir noch einmal zusammen darüber."

Aber später stellte sich heraus, dass sich seine Familie in dieser Frage erstaunlicherweise sehr einig war. Als Thomas das nächste Mal wieder zu Hause war, musste er feststellen, dass sie Monika bereits in seiner Abwesenheit bearbeitet hatten. Sie waren allesamt der Meinung, dass sie beide aufgrund der Schwangerschaft verständlicherweise mit der Hochzeit ein wenig überstürzt gehandelt hätten: Sie seien ja noch so jung und unerfahren.

Jetzt erst wurde Thomas klar, dass sie alle, und sicher auch aus unterschiedlichen Gründen, die Hochzeit nicht guthießen und vermutlich auch nie gutgeheißen hatten, ob nun mit oder ohne Kind. Wenn zunächst nur von verschieben die Rede gewesen war, hieß es jetzt auf einmal, dass es für ihn und Monika sicher am besten wäre, nicht nur ihre Hochzeit zu verschieben, sondern sich zumindest für eine gewisse Zeit zu trennen.

‚Hätte ich sie doch bloß nicht mit nach Hause genommen‘, bereute Thomas.

Die Zeit arbeitete gegen ihn und Monika. Wieder musste er zurück nach Bremerhaven. Und leider machte er jetzt einen zweiten Fehler: Er ließ Monika weiterhin bei sich zu Hause bleiben.

Er hätte sie nach Holnis bringen sollen. Aber auch das fiel ihm erst später ein, als es gar zu spät war. Er war ja so unbedarft in jenen Tagen. Er glaubte tatsächlich immer noch, dass sie alle es gut mit ihnen beiden meinten. Sogar Annegret, seine älteste Schwester, die Monika so herzlich aufgenommen hatte, sprach nun davon, dass eine vorübergehende Trennung jetzt für beide das Beste wäre.

Thomas war nicht einmal annähernd in der Lage, ihren vermeintlich „guten“ Argumenten etwas entgegenzusetzen. Am Ende glaubte er sogar selber, dass sie wohl vielleicht so ganz unrecht nicht haben mochten. Und sein Vater gab ihm zudem zu bedenken, dass Thomas sich erst einmal darüber im Klaren werden müsse, was er nach dem Ende seiner Dienstzeit überhaupt beruflich machen wollte.

Ja, natürlich hatte er sich darüber auch schon Gedanken gemacht, aber wie schon so oft war er da ziemlich ratlos. Nicht zuletzt war ja der Grund, weswegen er überhaupt zur Marine gegangen war, der gewesen, sich von seiner Familie abzusetzen, ja, mehr noch, war es nicht sogar eine regelrechte Flucht gewesen? Und was seine Zukunft betraf, lauerte auf Thomas immer dieses Gespenst, dass sein Vater niemals die Absicht aufgegeben hatte, ihn getreu preußischer und patriarchalischer Familientradition eines Tages sowohl beruflich als auch hier in seinem Haus als seinen Nachfolger zu sehen.

Nein, um keinen Preis der Welt wollte er das. Es grauste ihm geradezu davor. Aber das konnte sein Vater natürlich nicht wissen

Es ist schwer, wenn man in Zeiten seelischer Not den Rat bekommt, erst einmal fortzugehen, sich noch einmal zu besinnen. Und steckt da nicht das Kalkül des Ratgebers dahinter, dass die Zeit es dann tatsächlich oft schafft, die eigenen Gedanken und Begehren in andere Richtungen zu lenken?

Thomas ahnte zu diesem Zeitpunkt nicht im Entferntesten, dass ein baldiges Ereignis, ein Abenteuer, das ihm sämtliche Horizonte öffnen sollte, nach dem er sich stets so gesehnt hatte, dieser Entwicklung dann sogar noch Vorschub leisten würde.

Aber es bleibt ein Leben lang etwas Zurückgelassenes in unserem Inneren zurück. Und es beliebt, immer einmal wieder zum Vorschein zu kommen, meistens dann, wenn man es am wenigsten aushalten kann: Wenn man einen Menschen, den das Schicksal einem an die Seite gestellt hatte, im Stich gelassen hat.

‚Vielleicht ist es ja sogar so, dass die Geschicke nicht beeinflussbar sind‘, versuchte Thomas sich einzureden und am Ende stimmte er dem Vorschlag seiner Familie zu: die „vorübergehende“ Trennung von Monika.

„Vielleicht ist das alles gar nicht einmal so schlecht“, sagte er zu ihr, „so kannst du deine Lehre als Zahnarzthelferin fortsetzen. Es ist auf jeden Fall gut, einen Beruf gelernt zu haben.“

Zu ihren Großeltern wollte Monika allerdings auf gar keinen Fall zurück.

Ratlosigkeit machte sich breit. Sie hier bei sich zu lassen, war wegen all dieser Umstände jetzt ebenfalls keine Option mehr.

Ratgeber sind immer schnell zur Hand, vor allem mit dem, was alles nicht geht, und am Ende stand Thomas mit seinen Sorgen, wie es jetzt mit ihnen beiden weitergehen sollte, weitgehend allein da. Er dachte an seine älteste Schwester, Annegret, waren ihre monatelangen Aufenthalte in Schweden nicht auch eine Flucht gewesen?

Und während er noch über ihre Lebensgeschichte nachsann, kam ihm plötzlich die Idee: Wäre das nicht auch eine Option für Monika? Drei Monate als Au-pair-Mädchen nach Schweden zu gehen? Je länger er darüber nachdachte, umso besser gefiel ihm diese Idee.

So erzählte er Monika von seiner Schwester Annegret. Sie, die sieben Jahre ältere, war immer seine Lieblingsschwester gewesen.

Ihre Briefe, und die schönen Schwedenpakete, die sie zu seinen Geburtstagen geschickt hatte, waren ihm immer ein so großer Trost in seiner lieblosen Welt gewesen.

Ja, Schweden!

Dieses Land war für Thomas immer so etwas wie der Traum einer heilen Welt gewesen.

„Kannst du dir vorstellen, für ein halbes oder ein Vierteljahr als Au-pair nach Schweden zu gehen?", fragte er also Monika.

Sein Vorschlag war genau das, was ihr im Augenblick nach diesen schweren Tagen, wie ein Rettungsanker erschien.

Nur weg von hier!

Dieser Instinkt war es, der all die junge Menschen der schweren Nachkriegsjahre mit ihren verletzten Seelen gleichermaßen beseelte.

War es nicht vielleicht auch mehr als ein Zufall, dass just zu dieser Zeit Annegret einige Wochen nach Hause gekommen war, um bald darauf wieder von hier zu verschwinden? Thomas fragte sie um Rat zu seinen Schweden-Plänen und bat sie, ob sie ihnen mit ihren Beziehungen in diesem Land vielleicht helfen könne, eine geeignete Stelle für Monika zu finden.

Annegret fand die Idee gar nicht so schlecht, hatte es ihr nicht ebenfalls geholfen?

Und als nun Thomas das nächste Mal aus Bremerhaven zu Besuch kam, hatte sie bereits alles arrangiert. Es waren die letzten Tage, die sie noch einmal miteinander in seiner Bude verbrachten, und als Thomas wieder zurück in die Kaserne der Marineschule musste, nahmen sie voneinander Abschied.

War ihnen hier bereits bewusst, dass es ein Abschied für immer sein würde? Fast schien es so. Monika weinte bitterlich und auch bei Thomas flossen die Tränen.

Drei Wochen später, als er sein nächstes freies Wochenende hatte und nach Hause kam, fand er sein Zimmer unbewohnt, sie war fort.

Alleine hatte sie sich mit zwei Koffern auf den langen Weg nach Göteborg gemacht. Thomas hatte sie nicht einmal zum Bahnhof bringen können.

Sie hatte es so wahnsinnig viel schwerer als Thomas, denn ihm blieb immer noch die vertraute Welt der Marine.

Zwei Monate später bestand er die Abschlussprüfung seines Lehrgangs und wurde als Fachunteroffizier und Ausbilder auf das Schulschiff „Donau" der Bundesmarine abkommandiert.

Sehnsucht

Das Schulschiff „Donau" war im Grunde nichts anderes als ein Tender, ebenso einer wie der, den Thomas als Mutterschiff des Schnellbootgeschwaders in Erinnerung hatte. Sie war auch kein besonders großes Schiff, etwa von der Größe einer Fregatte, aber plumper, nicht so schlank und schnittig.

Seine Aufgabe auf der „Donau" bestand so gesehen aus nicht viel anderem, als immer, wenn das Schiff auf See war, die normale „Seewache" zu gehen, so wie es auf allen Schiffen der Welt üblich war: vier Stunden am Tag und vier Stunden des Nachts. Er gehörte der sogenannten Hundewache an, die als die schlimmste galt, nämlich jeweils von zwölf Uhr bis vier. Während dieser Wache war es seine Aufgabe, den Offiziersanwärtern die allgemeine Praxis der taktischen Nahaufklärung beizubringen. In seiner Eigenschaft als Unteroffizier und Ausbilder unterrichtete er nun Offiziersanwärter in der Bedienung all dieser Geräte, die dafür gebraucht wurden.

Das war natürlich ein ganz anderes Leben, als Thomas es bisher gewohnt war. Er stellte nun nicht ohne eine gewisse Genugtuung fest, dass er jetzt „jemand" war. Wenn er von Bord ging oder an Bord zurückkam, grüßten ihn die Wachen mit einer zackigen Bewegung der Hand an die Mütze:

„Guten Tag, Herr Maat!", „Auf Wiedersehen, Herr Maat!", „Viel Vergnügen, Herr Maat!"
Thomas konnte es nicht leugnen, es fühlte sich irgendwie gut an.

Die Unteroffiziere lebten unter Deck in zwei, jeweils fünfzehn Personen fassende, fensterlosen Räumen, sogenannten Wohndecks, irgendwo in der Mitte des Schiffes. Das war nicht gerade komfortabel. Thomas war es ja von den Schnellbooten her gewohnt, äußerst spartanisch untergebracht zu sein, aber hier waren es einfach zu viele Personen auf engem Raum. In diesen Decks gab es fünf Dreier-Kojen übereinander, mit Gängen von etwa achtzig Zentimetern dazwischen. Das war nicht eben breit, wenn man bedachte, dass sich die Leute dort auch umziehen mussten. Es waren reine Schlafsäle, wobei Saal vielleicht aufgrund der dort herrschenden Enge nicht so der passende Ausdruck war. Zu jeder Koje gehörte ein Spind, der nicht größer war als die in öffentlichen Badeanstalten. Die Räume waren nicht zum Aufenthalt gedacht, dafür gab es ja die Unteroffiziersmesse. Dennoch hielten sich ihre Bewohner dort nicht ungern auf. Dadurch, dass ein Drittel von ihnen immer gerade auf Wache war und andere irgendwo sonst auf dem Schiff oder in der Messe, gab es stets eine kleine Anzahl seiner Bewohner, die auf ihren Kojen liegend oder hockend sich hier zusammenfanden, sich unterhielten, Briefe schrieben oder in einem Buch lasen.

Thomas „wohnte" in einer der mittleren dieser dreistöckigen Kojen. Links von ihm war einer dieser schmalen Gänge und an seine rechte Seite grenzte unmittelbar die Nachbarkoje. Es hatte etwas von einem Ehebett. Direkt neben ihm schlief ein Sanitätsmaat, der ihm zwar im Lauf der Reise oft sehr gute gesundheitliche Ratschläge gab, den er aber irgendwie nicht besonders mochte, zumindest was körperliche Nähe betraf.

Nachdem Thomas einige Zeit an Bord war und die Leute kannte, mit denen er hier im selben Deck schlief, gab ihm ein Unteroffizier der Seemannschaft einen guten Tipp: zwischen den beiden Kojen ein großes Stück von dem schweren Segeltuch zu spannen, das sie im Lager hatten. Und nicht allein das, der freundliche Seemann besorgte ihm sogar ein solches, gerade so groß, wie eine Koje lang und hoch war. Dies befestigte Thomas nun dazwischen und damit wurde es für ihn wenigstens halbwegs erträglich, in dieser Enge zu wohnen.

Thomas war in diesem Deck der Einzige der Fachrichtung Radar. Neben ihm gab es Maschinisten, Artilleristen, Nautiker und eben diesen einen Sanitäter, seinen „Bettgenossen".

Es dauerte nicht lange, dass Thomas sich mit einem der Unteroffiziere aus der Maschine angefreundet hatte, und diese Freundschaft bestand das ganze Jahr über, das er auf diesem Schiff zubrachte.

Ansonsten war es hier in Kiel nicht anders als in Flensburg, des Abends, wenn sie nicht auf See waren und frei hatten, besuchten sie zusammen diese typischen Marinelokale, wo die Mädchen hingingen, die für die Leute der Marine schwärmten, und das waren nicht wenige. In Kiel gab es zu jener Zeit recht viele dieser Lokale, deutlich mehr als in Bremerhaven oder gar Flensburg. Sein Freund, er hieß Johannes, war im Gegensatz zu ihm bereits Obermaat, das bedeutete aber nicht, dass Thomas ihn deshalb nun jedes Mal grüßen musste, wie es die Offiziersanwärter ihnen gegenüber immer taten. Er verdiente lediglich ein wenig mehr als Thomas und er besaß einen Borgward. Ein Borgward war neben einem Mercedes so ziemlich das Nobelste, was man in jenen Tagen als fahrbaren Untersatz haben konnte.

Mit diesem Borgward fuhr Johannes dann so manches Mal spätabends mit einem Mädchen, das er in einem der besagten Marinelokale kennengelernt hatte, auf einen der Waldwege rund um die Stadt Kiel, die bei der Marine für diesen Zweck als Geheimtipp gehandelt wurden.

Thomas tat es ihm natürlich nicht nach. Sein kleiner Fiat mit seinem rosafarbenen Interieur hätte etwas in dieser Art ja ohnehin nicht hergegeben und außerdem war er schließlich, wenn auch gerade getrennt, immerhin verlobt. Seinen treuen kleinen Fiat, den er wegen der vielen aufregenden und romantischen Stunden, die er zusammen mit Monika darin zugebracht hatte, so sehr geliebt hatte, gab es im Übrigen auch gar nicht mehr. Er hatte irgendwann einfach nicht mehr wollen und eine Reparatur wäre zu teuer und aufgrund seines Alters auch nicht mehr empfehlenswert gewesen. Vielleicht war es sogar Thomas' Trennung von Monika, dass er nicht mehr wollte. Hatten Autos eine Seele?

So saß Thomas in den Lokalen also nur zusammen mit seinem neuen Freund zwischen all den Mädchen am Tisch, fühlte sich einsam und verzehrte sich vor Sehnsucht nach seiner Monika.

Es hielt ihn allerdings nicht davon ab, hier und da doch einmal mit einem der Mädels zu tanzen, und es blieb leider nicht aus, er musste es sich reumütig eingestehen, dass es im Verlauf der Zeit immer dasselbe Mädchen war. Sie hieß Ute und sie gefiel ihm. Und am Ende geschah es, dass sie, wie einst im „Goldenen Anker" in Flensburg, miteinander zu schmusen begannen und sich küssten. Zu mehr kam es nicht. Thomas fühlte sich nicht gut dabei, aber er hatte der Verführung einfach nicht widerstehen können. Es tröstete ihn für ein paar Stunden über seinen Kummer hinweg, seine Monika so fern von sich zu wissen. Und natürlich empfand er es auch dem Mädchen gegenüber gemein, das sich ja vielleicht eine feste Beziehung mit ihm erhoffte. Schließlich beendete er die Sache, indem er nicht mehr in diesem Lokal einkehrte. An Bord konnte er seine Freizeit schon allein wegen der Enge in den Schlafdecks nicht verbringen und so gewöhnte Thomas es sich an, wieder wie vor Jahren schon in Flensburg ziellos durch die Straßen von Kiel zu laufen, mal ein Café zu besuchen oder ins Kino zu gehen. Sein Freund Johannes lachte ihn aus, aber das war ihm egal. Irgendwie war er immer froh, wenn sie wieder mal auf einer ihrer Ausbildungsfahrten in der Ostsee unterwegs waren. Es traf ihn daher völlig überraschend, als es eines Tages hieß: Das Schulschiff „Donau" geht für über einen Monat in die Werft.

Den Grund hierfür erfuhren sie nicht, schließlich musste jedes Schiff ja mal in die Werft, aber so lange? Doch so nach und nach sickerte etwas durch: Es ging das Gerücht herum, dass ihnen allen eine lange Reise bevorstand, eine sehr lange Reise, viel länger als alles, was sie bisher erlebt hatten. Es war von einem Auslandsbesuch in Übersee die Rede.

Für Thomas, und nicht allein nur für ihn, bedeutete das, dass er nun Gelegenheit hatte, etwa eine Woche oder auch etwas länger Urlaub zu bekommen. Und da ihm nichts

Besseres einfiel, fuhr er nach langer Zeit wieder einmal, dieses Mal aber mit dem Zug, nach Hamburg. Er war nicht mehr in seiner Bude gewesen, seit er sie zusammen mit Monika verlassen hatte. Es würde ein trauriges Wiedersehen werden, das wusste er jetzt schon, aber wo sollte er sonst hin.

Sein Bruder, Joachim, freute sich über sein Kommen, aber Thomas hatte das Gefühl, als hätten die Düsternis und die Trostlosigkeit seiner Kindheit wieder von seinem Elternhaus Besitz ergriffen. Am Abend, als er im Bett lag und das Licht ausmachte, war es ihm, als wäre Monika wieder bei ihm. Das gab ihm ein bisschen Trost in seiner Einsamkeit. Unter sich fühlte er, stärker als je zuvor, sein ehemaliges Kinderzimmer, in dem es ja noch immer so aussah wie an dem Tag, als er es vor langer Zeit verlassen hatte.

,Ich muss hier weg‘, dachte er, ,ich werde sonst noch wahnsinnig.‘

Nach einem einsamen Frühstück verließ er das Haus, schlug den Weg zur Bushaltestelle ein. Die Sonne schien und es war warm. Er hatte sich erinnert, wie er als Kind manchmal mit der Hochbahn bis zur Hudtwalkerstraße gefahren war, um dort auf den Alsterdampfer zu steigen und über die Alster bis zum Jungfernstieg zu fahren.

,Warum eigentlich nicht?‘, hatte er gedacht.

Aber es kam dann doch anders. Auf der Straße traf er auf Manfred, seinen jüngeren Stiefbruder.

„Wo ist denn dein Auto?", fragte dieser, weil der kleine Fiat nicht wie sonst am Straßenrand stand.

„Der war leider nicht mehr zu retten", klärte ihn Thomas auf.

„Ach, das ist ja schade", meinte Manfred, „was machst du denn jetzt? Du brauchst doch sicher wieder ein Auto?"

Thomas zeigte ihm seine zwei leeren Handflächen.

„Kein Geld."

Manfred blickte ihn eine Weile an. Thomas sah, wie es in ihm arbeitete. Manfred war ihm schon immer ein wenig wegen seiner Geschäftstüchtigkeit bekannt. Und dann kam es auch schon:

„Du, sag mal, willst du nicht ein Motorrad kaufen? Eckstein hat `ne Triumph, die er verkaufen möchte."

Eckstein, er hieß eigentlich Ekhard und war ein alter Freund aus Thomas' Schülerzeit. Er wohnte nur zwei Häuser weiter und war in der Straße inzwischen als Motorradbastler bekannt.

„Hmm", meinte Thomas etwas unentschlossen, „kann ich mir ja mal ansehen."

Doch plötzlich schoss ihm ein Gedanke durch den Kopf: ‚Göteborg!'

Göteborg, das bedeutete für ihn Monika.

„Ich schaue gleich mal hinüber", beschied er Manfred, wandte sich um und ging zwei Häuser weiter, wo er an der Tür klingelte. Eckstein war wider Erwarten zu Hause und das Motorrad stellte sich als eine 250er

Triumph heraus, keine englische, sondern eine deutsche.

„Ich dachte immer, Triumph wäre eine Nähmaschinenfabrik", sagte Thomas.

„Ist auch `ne Art von Nähmaschine", grinste Eckstein, „sollst mal sehen, wie die losrattert."

Er lachte.

„Wie alt ist die denn?", fragte Thomas, denn das Gefährt kam ihm schon recht antiquiert vor. Es hatte noch Schwingsättel.

„Baujahr 1949."

„Oh!", staunte Thomas „Ein stattliches Alter." Er schaute etwas zweifelnd auf die Maschine herunter.

„Wirf mal an!", forderte er sodann seinen Freund auf.

Das Anwerfen stellte sich dann auch nicht gar so einfach heraus, etwa so, wie Thomas das von seinem alten ehemaligen Motorroller her kannte. Zum Beispiel gab es hier einige kleine Hebelchen am Lenker.

„Hier", klärte ihn Ekhard auf, „das ist die Dekompression, den musst du ziehen, und hier auf der anderen Seite ist der Choke."

Eckstein zog beide Hebel und trat einmal kräftig auf den Kickstarter. Dann drehte er den Zündschlüssel und jetzt trat er noch einmal ebenso kräftig.

Mit einem infernalischen Kreischen, das in etwa dem Geräusch einer Kreissäge entsprach, sprang der Motor an. Eckstein stellte die Kompression wieder auf Voll, gab zwei-, dreimal Gas und stellte langsam den Choke zurück.

Und da stand nun das Prachtstück und ratterte vor sich hin.

„Okay!", rief Thomas. „Was soll sie kosten?"

„Achtzig Mark!"

Thomas kramte sein Portemonnaie hervor, zählte das Geld ab und reichte es ihm.

„Top!", sagte Thomas, bockte die Maschine ab, schwang sich auf den Sattel und brauste laut knatternd zwei Häuser weiter und auf seinen Hof. Statt auf der Alster fuhr er nun stattdessen zum Amt, um sein neues Gefährt umzumelden.

Gleich am Tag darauf, er hatte doch tatsächlich in seinem Schrank noch die Motorradkleidung und den Sturzhelm aus alten Zeiten gefunden, schnallte er seine Reisetasche auf den Gepäckträger und düste los, eine blaue Rauchfahne hinter sich herziehend. Sein Ziel hieß Göteborg.

Auf seinem neuen, nicht übermäßig bequemen Fortbewegungsmittel „ritt" er, ohne einen Zwischenhalt einzulegen, von Hamburg bis nach Puttgarden. Nach einer Fahrt von etwa drei Stunden kam er dort an und fühlte sich schon jetzt wie gerädert. Aber die Stunde, die die Überfahrt mit der Fähre nach Dänemark dauerte, schien ihm Pause genug und gestärkt von einigen köstlichen dänischen „Smörrebröd" begab er sich auf die zweite Etappe seiner Reise. Sie führte ihn über die dänischen Inseln Lolland, Falster und Seeland bis nach Kopenhagen. Als er daran vorbeifuhr und er die Stadt rechts von ihm vorüberziehen sah, kamen die Erinnerungen an seinen ersten Flottenbesuch hoch.

‚Eine schöne und liebenswerte Stadt', dachte er, jedoch: Er hatte anderes vor.

Von hier war es nun nicht mehr weit bis Helsingör und dort wollte er direkt auf Fähre, die ihn nach Helsingborg in Schweden hinüberbringen sollte.

Sein Motorrad lief, wenn auch recht laut und lärmend, aber tatsächlich präzise wie eine Nähmaschine.

Als Thomas endlich auf der Fähre von seinem Gefährt abstieg, fühlte er sich ziemlich fertig. Bis hier war es schon ein geradezu teuflischer Ritt gewesen und bis nach Göteborg würde war es noch einmal genauso weit sein.

Auf was hatte er sich da nur eingelassen? Was trieb ihn dazu, sich so ganz plötzlich und völlig ungeplant auf eine solch geradezu selbstmörderische Reise zu begeben?

Es war eine spontane und in ihrer ganzen Wucht nie gekannte Sehnsucht, die ihn zu diesem Höllenritt geführt hatte.

War das die Liebe? Ja, natürlich, das war Liebe. Er glaubte ganz fest daran.

Als die Fähre sanft am Anleger anstieß, gab er sich einen Ruck. War er nicht noch vor zwei Jahren auf diesen endlosen Fahrten mit den Schnellbooten sechsunddreißig Stunden lang ohne Pause und ohne Schlaf entlang der gesamten Küste Ostdeutschlands, Polens und des Baltikums unterwegs gewesen? Und sollte er da hier schlapp machen? Er hatte noch fast die Hälfte seiner etwa 650 Kilometer langen Reise vor sich. Thomas seufzte und blickte zurück über den Öresund. Über der Meerenge grüßte ihn das Hamlet-Schloss.

Er musste unwillkürlich an die Zeit zurückdenken, als er genau hier auf seinem Schnellboot durch diese Meerenge gefahren war. Da waren Monika und er schon ein Liebespaar gewesen.

Entschlossen stülpte er sich seinen Motorradhelm über den Kopf, trat den Kickstarter und verließ, eine blaue Fahne hinter sich zurücklassend, die Fähre.

Er hatte nicht daran gedacht, aber als er jetzt mit neuer Hoffnung und neuem Enthusiasmus die Schnellstraße Richtung Göteborg entlangfuhr, brauchte er eine ganze Weile und einige hupende entgegenkommende Autos, um zu bemerken, dass er auf der falschen Straßenseite fuhr.

In Schweden herrschte Linksverkehr, er hatte es einmal irgendwo gelesen, aber nicht mehr daran gedacht.

Nachdem er aber mehrmals darauf hingewiesen worden war, bereitete ihm das irgendwann keine Schwierigkeiten mehr. Aber das stundenlange reglose Hocken auf dem Motorrad, der stete Druck des Fahrtwindes auf seiner Brust, es war eine unglaublich lange Strecke, die er sich da vorgenommen hatte. Er war am Morgen einfach so losgefahren, als wäre es nur ein Ausflug an die Ostsee und ohne auch nur andeutungsweise daran zu denken, wie weit es von Hamburg nach Göteborg war. Stunde um Stunde kämpfte er gegen den Fahrtwind an. Alle seine Körperteile wurden taub. Vor allem anderen aber konnte er nicht mehr sitzen. Voller Pein und mit höllisch schmerzendem Hinterteil rutschte er krampfhaft auf seinem Schwingsattel hin und her.

Es begann nun auch langsam dunkel zu werden, obwohl ja noch Sommer war. Er hatte nicht einmal geprüft, ob das Licht an seinem Gefährt ging. Sein Blick fiel auf einen dicken schwarzen Schalter oben am Scheinwerfer. Probehalber schaltete er daran herum, erst nach links – nichts! – dann nach rechts – oh, es wurde hell! Zu prüfen, ob auch das Rücklicht leuchtete, nahm er sich nicht die Zeit. Er ließ es darauf ankommen. Bei seinem letzten Tankstopp hatte sich Thomas einen Stadtplan von Göteborg gekauft und sich den Weg zu Monika eingeprägt. Er wusste, wenn er jetzt anhielt, käme er nicht wieder in Gang, er fühlte sich wie das bronzene Reiterstandbild von Gustav Wasa auf seinem Sockel.

Endlich, nach einer Ewigkeit stoppte Thomas sein Motorrad exakt vor dem Haus, in dem Monika in Anstellung war. Seine Ohren waren taub und sein Kopf dröhnte von dem Wind und dem Lärm der Maschine, und als er absteigen wollte, bekam er seine Hände nicht mehr vom Lenkrad los. Sie ließen sich einfach nicht mehr öffnen. Es blieb ihm nichts anderes übrig, als erst die rechte Hand und dann die linke seitlich über den Lenker nach außen zu schieben. Nun begann er, mit der linken langsam die Finger seiner rechten Hand nach oben zu biegen, und als das geschafft war, verfuhr er mit der anderen ebenso. Vorsichtig streckte er die Finger der einen mit der anderen Hand hin und her, so lange, bis er sie von selbst bewegen konnte.

Oh, das tat weh, als das Blut jetzt langsam wieder zu zirkulieren begann. Als das geschafft war, quälte er sich mühsam aus dem Sattel und es gelang ihm gerade noch, seine Maschine aufzubocken. Steifbeinig wankte er sodann auf die Haustür zu. Einige Male hatte er das

Gefühl, vornüber zu kippen und geriet ins Torkeln. Er war eine so unendlich lange Zeit dem Druck des Fahrtwindes ausgesetzt gewesen und nun war da plötzlich vor ihm ein scheinbar luftleerer Raum, in den er hineintaumelte.

Er Streckte den Arm aus, die Klingel oben, neben der Türkonnte er gerade noch betätigen. Nach einer Weile hörte er sich nähernde Schritte und dann ging die Tür auf und wie ein vom Himmel herabgeflogener Engel stand Monika vor ihm. Es war just wegen dieses einen Momentes, den zu erleben, dass Thomas die Torturen dieser langen Reise auf dem Motorrad auf sich genommen hatte.

Monika indes blickte ihn mit großen ungläubigen Augen und wie es ihm schien minutenlang an und staunte nicht wenig über diese Gestalt, die da so plötzlich und unverhofft vor ihr stand.

Aber dann glitt, ganz so, als wolle jetzt am Abend die Sonne wieder aufgehen, ein Schein über ihr Gesicht. Sie quietschte vor Freude, stürzte die paar Stufen zu ihm hinunter und in seine Arme.

Oh, welch unsagbare Wonne, all die Strapazen der Reise waren schlagartig vergessen.

Sie führte ihn hinein und stellte Thomas ihrer Arbeitgeberin vor, die hinter Monika erschienen war und die ihn mit säuerlicher Miene und ein wenig unterkühlt begrüßte. Sie schien Männerbesuch bei ihren Angestellten nicht zu schätzen und unangekündigten schon gar nicht. Zügig zog sie sich also zunächst wieder zurück. Monika führte Thomas in ihr Zimmer und half ihm beim Ausziehen der Motorradsachen, was gar nicht so einfach war. Er war nach wie vor steif wie eine Figur aus dem Wachsfiguren-Kabinett von „Madame Tussauds".

Gleich darauf verließ sie ihn und Thomas hörte sie durch die Tür mit der Frau reden. Schließlich kam sie zurück.

Sie schlang sogleich beide Arme um ihn und hielt ihn lange und fest an sich gedrückt, um ihn zu wärmen und aus ihm wieder einen halbwegs brauchbaren, „lebendigen" Menschen zu machen.

Als es ihr schließlich gelungen war, ihn aufzutauen, verschwand sie für kurze Zeit und brachte ihm etwas zu essen und heißen Tee. Während Thomas sich heißhungrig darüber hermachte, berichtete sie ihm, dass die Hausherrin es eigentlich nicht duldete, dass sie beide hier unter ihrem Dach zusammen im selben Zimmer schliefen. Unter besonderer Berücksichtigung seiner langen Reise und seines derzeitigen Zustandes würde sie für heute Nacht allerdings eine Ausnahme machen.

Oh, wie herrlich war es, wieder in Monikas warmen Armen zu liegen. Thomas wünschte sich nichts anderes mehr für den Rest seines Lebens und zu mehr war er gerade auch gar nicht in der Lage.

Am nächsten Morgen jedoch fühlte er sich bereits wieder putzmunter. Er war ja jung und gestählt durch sein Leben in der Auseinandersetzung mit den Natur-gewalten des Meeres. Monika kramte ein paar Sachen zusammen, schwang sich hinter ihm auf den Sozius und gemeinsam düsten sie in die Innenstadt. Es war ein tolles Gefühl und Thomas wurde es ganz warm dabei, zu spüren, wie sich Monika beim Fahren so inniglich an ihn klammerte. Er hätte bis ans Ende der Welt so mit ihr fahren können. Sie suchten sich ein preiswertes Zimmer in Bahnhofsnähe. Es war ein kleines Hotel mit nur zwei Stockwerken und sie hatten ein Zimmer im Erdgeschoss bekommen, dessen Fenster zu einer schmalen, kaum befahrenen Straße hinausging, die just an dieser Stelle eine sanfte Kurve beschrieb. Eine dieser typisch schwedischen Nebenstraßen, gepflastert mit Steinen aus rotem Granit.

Thomas und Monika waren durch die lange Zeit ihrer Trennung und das spontane Wiedersehen so sehr miteinander und sich selbst beschäftigt, dass sie den ganzen Tag nichts anderes taten, als nebeneinander im Bett zu liegen und zwischendurch nur zweimal kurz ihr Hotelzimmer verließen, um essen zu gehen. Wenn man jetzt allerdings denken mochte, dass sie sich nun unheimlich viel zu erzählen hatten, läge man wohl falsch. In Monika war wieder, ganz so, als hätte man einen Schalter umgelegt, ihr altes unbekümmertes Wesen erwacht. Sie alberten herum, liebten sich und balgten sich, indem sie sich mit Kissen bewarfen. Es war, als hätte es niemals dazwischen eine Zeit der Verzweiflung und des Kummers gegeben. Aber etwas war doch anders als in den allerersten Tagen ihres Beisammenseins, sie waren ja nun verlobt und sie fühlten das auch.

Am zweiten Tag ihres Kurzurlaubes schlenderten sie Hand in Hand durch die Stadt und den Hafen. Monika war begierig, ihm alles genau zu zeigen, um später, wenn er wieder fortmusste, eine Erinnerung an ihn zu haben und an die Tage, die sie zusammen hatten. Es waren wenig genug. Monika sagte, dass Göteborg ein großes und berühmtes Schifffahrtsmuseum habe, und fragte ihn, ob er nicht Lust hätte, mit ihr hineinzugehen. Ja, das hatte er und nun konnte er ihr all die ihm so vertrauten Dinge rund ums Schiff und die Seefahrt zeigen und erklären.

„Schließlich bist du ja mit einem Seemann verlobt", scherzte er.

So um fünf Uhr herum waren sie wieder zurück in ihrem Zimmer. Es war ein billiges Hotel und es war karg eingerichtet und eigentlich recht ungemütlich, aber sie hatten ja sich selber und alles andere zählte nicht. Sie wollten nur an heute denken. Zum Abend gingen sie die paar Straßenecken weiter zum Bahnhof essen, denn sie hatten nicht genug Geld, um in einem richtigen Restaurant einzukehren.

„Und morgen", eröffnete Monika ihm, als sie wieder vereint in ihrem zerwühlten Bett lagen, „morgen zeige ich dir meinen Lieblingsort, wo ich fast jeden Tag hingehe, wenn ich mal frei habe."

Thomas fragte nicht weiter nach, er wollte sich lieber überraschen lassen. Aber er freute sich darauf. Ihr Lieblingsort war auch sein Lieblingsort.

Gleich nach dem Frühstück machten sie sich auf den Weg. Monika führte ihn zum Stadtpark von Göteborg.

Man muss sich diese Parks damals an der Westküste Schwedens allerdings etwas anders vorstellen als die Parkanlagen deutscher Städte. Göteborg war, wie alle die kleinen und größeren Städtchen der Grafschaft

Bohuslän, auf einer Unmenge unterschiedlich großer Buckel von rotem Granit erbaut. Und so sah es dann auch im Stadtpark aus: Buckel aus rotem Granit wuchsen, den Rücken von riesigen Walfischen gleich, aus dem Boden hervor und in den Senken dieser wild durcheinander- gewürfelten Gesteinsformationen ragten dicke, hellbraunrötliche Stämme großer Föhren in den Himmel. Nur hier und da gab es dazwischen kleine Rasenflächen.

Hier befand sich auch ein Wildgehege. Dies war nun also der Ort, wohin Monika am liebsten ging, um Elche zu füttern. Und genauso taten sie es jetzt. Thomas hatte noch nie in seinem Leben einen Elch gesehen. Er war erstaunt über ihre gewaltige Größe, aber sie schienen ihm trotz ihrer ehrfurchtgebietenden Gestalt als so ausgesprochen milde und zutrauliche Tiere, dass er sich sofort in sie verliebte. Neben ihnen gab es zudem ein Rentier-Gehege und auch diese etwas kleineren Tiere, mit ihren gewaltigen Geweihen, strahlten eine seltsam sanfte Wesensart aus.

Was mochte das für ein Land sein, wo die Tiere von einer so auffallenden Wesensart waren, sinnierte Thomas und er dachte an seine Schwester Annegret, die es immer wieder hierher in dieses Land zog.

Den Rest des Tages verbrachten Monika und Thomas, wie die Tage zuvor, im Bett. Das war so schön kuschelig und immer auch aufregend. Sie zogen sich dann gewöhnlich bis auf die Unterwäsche aus und die Bettdecke über sich. Monika fielen stets neue Spielereien ein. Heute hatte sie ihr gemeinsamer Besuch bei den Elchen inspiriert.

Sobald Thomas sich halb ausgezogen und als Erster auf dem Bett ausstreckte, kniete sie sich, die Arme ausgebreitet über ihn.

„Ich bin die Elchkuh", raunte sie mit ganz tiefer Stimme, „und ich mag dich ja soooo gern."

Dabei beugte sie sich über ihn, senkte ihren Kopf, so wie sie glaubte, dass es ein Elch tat, und begann Thomas das Gesicht abzulecken. Es kitzelte und er versuchte sie halbherzig abzuwehren, aber sie ließ nicht ab. Dabei machte sie Geräusche, von denen sie annahm, dass Elchkühe es so machten.

„Hilfe!", rief er. „Eine Elchkuh belästigt mich."

Und er schlang seine Arme um sie und zog sie fest zu sich heran. Ach, was hatte sie nur immer so hübsche und lustige Einfälle. Das war sie wieder, seine unbekümmerte, fröhliche Monika. Er konnte es kaum glauben, dass er sie in der Vergangenheit so oft auch schon ganz anders erlebt hatte. Sie hatten sich so oft gestritten und manchmal überlegte er, dass es immer schlimmer geworden war. Hatten seine Eltern und Geschwister nicht doch vielleicht recht gehabt, als sie ihm rieten, sich für eine Weile zu trennen?

Die Zeit verging rasend schnell – er hatte nun nur noch einen Tag mit Monika – und sie war wie in einem Rausch verflogen.

Ein letztes Mal gingen sie zu den Elchen, aber sie waren beide traurig. Der Abschied am nächsten Morgen warf seine Schatten voraus.

‚Ach, warum kann das Leben nicht immer so sein', dachte Thomas „Wie ist das eigentlich wirklich mit dem Leben? Ist Glück wirklich immer nur so flüchtig?'

Am Ende lief es doch immer wieder auf dasselbe hinaus. Er erinnerte sich an seine trostlose Kindheit und an seine Eltern. Aber er wollte es doch alles so viel besser machen als diese! Jahrelang hatte allein dieser Wunsch, dieser Wille, ihn getröstet.

Monika verabschiedete sich unter Tränen von ihm. Sie drückte ihn in seiner schweren Motorradkleidung so fest an sich, als wolle sie ihn nie wieder gehen lassen.
Seltsamerweise erinnerte Thomas sich später nicht mehr an seine Fahrt zurück nach Hause.
Wie war er wieder nach Hamburg gekommen? Seine Heimfahrt musste ja wohl kaum weniger anstrengend gewesen als die Hinreise. Von dem Augenblick an, als er auf sein Motorrad gestiegen und davongebraust war, hatte etwas in seinem Kopf ausgesetzt.
‚Gibt es das, dass einem ein Stück seines Lebens plötzlich fehlt? Aber wohin ist es verschwunden?‘
War es ein gnädiger Gott gewesen, der ihn sicher zurückgeführt hatte, in die ihm vertraute Welt, auf sein Schiff? Ganz so, als wäre er gar nicht fortgewesen?

Und hier endet die Geschichte von Thomas und Monika und wird zu der Geschichte von Thomas, dem Weltumsegler.
Nur ein einziges Mal noch sollten sie sich wiedersehen.

Zweiter Teil

Eine Reise um die Welt

„Abschied"   Foto © Dierk Breimeier

Hinaus in die Welt

Das Gerücht betreffs einer bevorstehenden Reise verfestigte sich: Der relativ lange Aufenthalt der „Donau" in der Werft habe einen ganz besonderen Grund. Sie solle tatsächlich fit gemacht werden für eine Auslands-Ausbildungs-Reise und die sollte ganze sechs Monate dauern.

Ein halbes Jahr! Thomas konnte es nicht fassen. Wo konnte man in einem halben Jahr überall hinfahren? Auf jeden Fall aber nach Übersee. Vermutlich Amerika und vielleicht noch weiter. Er erinnerte sich an seine Rückreise von Edinburgh, als er plötzlich innegehalten und zum weiten Horizont auf seiner Backbordseite geschaut hatte. Er hatte plötzlich so ein unbändiges Sehnen in sich verspürt – wie mochte wohl die Welt aussehen, die da hinter dieser Linie lag.

Thomas dachte an Bremerhaven und seine Besuche an der Columbuskaje. Manches Auswandererschiff hatte er hier ablegen sehen, und immer hatte er sich gewünscht, auch irgendwann einmal so in die weite Welt hinauszuziehen. Nun gut, ein derart großes Schiff war die „Donau" nicht, aber in einem halben Jahr könnte auch sie wohl um die ganze Welt fahren. Eine so lange Reise hatte es zuvor bei der Bundesmarine noch nie gegeben.

Ihr Schiff, das hier im Augenblick noch unbeweglich und wie tot am Kai in der Werft lag – es brummte und summte an Bord, Gerüchte machten weiter die Runde. Und als es dann endlich offiziell verkündet wurde, übertraf es alle seine Erwartungen noch um ein Vielfaches. Es war der absolute Hammer!

Die „Donau" sollte tatsächlich nichts Geringeres unternehmen, als einmal rund um den gesamten Globus zu fahren, fast ebenso, wie es James Francis Cook auf seinen Schiffen an die zweihundert Jahre zuvor getan hatte. Nur dass es zu Cooks Zeiten weder den Suez- noch den Panama-Kanal gegeben hatte.

Keiner konnte es so richtig glauben, es war wie der Hauptgewinn in der Lotterie. Einmal rings um die ganze Welt! Die drei großen Kanäle, na ja, den Nord-Ostsee-kanal konnte man vielleicht vernachlässigen, aber dann: Suez-Kanal, Panama-Kanal, Indischer Ozean, Pazifik, Atlantik!

Thomas war sich fast sicher, er würde am nächsten Morgen aufwachen und alles wäre nur ein Traum gewesen.

Aber am folgenden Tag war es immer noch wahr, sie bekamen dann sogar die exakte Route mit den Häfen ausgehändigt, die sie anlaufen würden. Und in allen diesen Häfen würden sie für fünf Tage festmachen.

‚Ist das jetzt die Erfüllung all meiner, dieser Träume?‘, dachte er.

Aber dann kam ihm plötzlich ein ganz anderer Traum in den Sinn – ein Traum, den er früher einmal gehabt hatte: die geliebte Frau zu heiraten, Kinder zu bekommen und ein glückliches Leben zu Hause in seiner eigenen kleinen Welt zu führen. Und dieser Traum hieß Monika! Nein, das musste warten. Er hatte es ja auch gar nicht in der Hand, eine Entscheidung zu treffen: entweder oder. Diese halbwegs „erzwungene" Trennung, auf die sie beide sich eingelassen hatten, würde, wenn man diese

Reise hinzurechnete, nun statt ein halbes, fast ein ganzes Jahr gehen.

War ihre Liebe stark genug, diese lange Zeit zu überdauern? Noch dazu eine Zeit, in der er von ihnen beiden der absolute Gewinner war. Und Monika? Sie würde, noch während er den Pazifik kreuzte, zurück nach Deutschland kommen, zurück zu ihren Großeltern in Holnis.

Hätte er nicht die Stärke haben müssen, sich gegen seine Familie durchzusetzen und sie, wenn sie die Hochzeit schon verschieben sollten, als seine Verlobte wenigstens bei sich in seinem Zimmer in Hamburg wohnen zu lassen?

Er fühlte sich nicht wohl bei diesem Gedanken. Nun war auf seine Vorfreude über diese Weltreise doch ein Wermutstropfen gefallen.

So setzte er sich hin, schrieb ihr von dieser Reise und hoffte dabei, dass sie sich trotzdem für ihn freuen würde. Das tat sie denn auch halbwegs, aber zwischen ihren Zeilen las Thomas eine andere Geschichte und die war voller Enttäuschung und großer Traurigkeit. Er dachte an seinen Besuch bei ihr in Göteborg und wie schön es doch gewesen war, so schön wie damals ganz zu Beginn ihrer Freundschaft, als sie noch zusammen in seinem kleine Fiat gesessen hatten und so gar nicht mehr voneinander lassen konnten.

Aber diese einzigartige bevorstehende Umschiffung der Welt schien das alles jetzt zu überstrahlen.

‚Wer‘, fragte er sich, ‚bekommt schon eine Reise um die ganze Welt geschenkt?‘

Das Fieber hatte ihn ergriffen wie alle anderen, er blickte jetzt nur noch nach vorn. Und tatsächlich sollten auch noch einige Wochen vergehen, bis es endlich so weit war. Nach dem Werftaufenthalt absolvierte die „Donau" noch einige Probefahrten in der Ostsee, die jeweils mehrere Tage dauerten, aber schließlich war es dann so weit: Das Schiff machte am Ausrüstungskai fest, wo sie für die lange Reise beladen wurde.

Am Tag der Abfahrt, als die Gangway eingeholt und die Leinen losgeworfen wurden, war die Pier voller Angehöriger, die sich zum Abschied von ihren Söhnen, Ehemännern und/oder Brüdern versammelt hatten. Für Thomas stand niemand da. Er wünschte sich nichts sehnlicher, als dass seine Monika ebenfalls dort unten auf der Pier gestanden hätte.

‚Nein', wurde ihm jetzt bewusst, ‚irgendetwas ist mit uns beiden in der Vergangenheit gründlich schief-gelaufen.'

Als der Streifen Wasser zwischen Schiff und Pier etwa drei Meter breit war, ließ es sein Horn ertönen. Thomas sah viele der Zurückbleibenden an Land weinen. Sie winkten und schwenkten Tücher. Wieder wurde ihm ganz weh ums Herz. Vergeblich schaute er, ob er nicht vielleicht doch noch zwischen all den weinenden Mädchen auf der entschwindenden Pier Monikas ver-traute Gestalt zu entdecken vermochte.

Weit fuhr die „Donau" zunächst nicht, denn statt ihren Steven seewärts zu richten, drehte sie ab und steuerte auf die Einfahrt des Nord-Ostsee-Kanals zu. Und jetzt gab es noch einmal eine so sehr zu Herzen gehende

Abschiedsszene, dass es Thomas einen Schauer über den Rücken jagte. Die große hohe Brücke, die sich an dieser Stelle über den Kanal spannte, stand voller winkender Menschen, die dem Schiff von oben ein letztes Adieu herunterriefen, als es unter ihnen hindurchfuhr.

Einige Stunden später, als die „Donau" den Kanal passiert hatte und in die Nordsee einfuhr, hatte die Besatzung bereits wieder die Seeroutine eingeholt.
Thomas wurde zunehmend von einem Gefühl erfasst, das mit jeder vergehenden Stunde stärker wurde, es verhieß Leichtigkeit, ja: Freiheit. Mit jeder Seemeile, die sie zurücklegten, ging es südwärts. Da war es zurück, diese unbestimmte Stimmung, die er auf seiner Fahrt von Edinburgh zurück in den Heimathafen wahrgenommen hatte, als er voller Sehnsucht auf den Horizont Richtung Süden schaute. Aus diesem unbestimmten Empfinden einer Sehnsucht nach, ja, nach was eigentlich, nach Freiheit, nach Abenteuer, war nun Wirklichkeit geworden.
Auf nach Süden!
Alles in ihm jubilierte: nach Süden! Dort hinter dem Horizont wartete nichts weniger als die weite Welt auf ihn.

Ihr Weg führte sie weiter durch den Ärmelkanal, Land's End tauchte steuerbord querab auf, und als die „Donau" schließlich ihren Steven in die Biskaya steckte, begann manch einer zu merken, was für ein kleines Schiff sie doch im Grunde war. Sie hatte schon jetzt einiges zu tun um die von Steuerbord voraus anrollenden Wellen abzureiten. Wie mochte das erst später im Pazifik werden, wo sie weniger als ein Stecknadelkopf in einer grenzenlosen Wüste aus Wasser sein würden?

Ein halber Tag und eine ganze Nacht waren vergangen, als Kap Finnisterre an Backbord auftauchte, und einen weiteren halben Tag später drehte die „Donau" ihre Nase nach Ost-Süd-Ost und lief an Gibraltar vorbei ins Mittelmeer.

Es war jetzt täglich wärmer geworden und das Mittelmeer begrüßte die Seefahrer genau so, wie es immer in den Reiseführern beschrieben wurde: als eine endlos tiefblau leuchtende Wasserfläche.

Ihr Kurs führte sie nach Port Said, der Einfahrt zum Suez-Kanal. Spätestens jetzt hatte jeder Einzelne der Besatzung das Gefühl, unendlich weit von zu Hause fort zu sein.

Der Suez-Kanal

Kaum dass die „Donau" an der Festmachertonne angelegt hatte, sah Thomas zahlreiche „Bumboote" auf sein Schiff zusteuern. Das waren fliegende Händler oder besser gesagt schwimmende Händler, die sogleich das Schiff umringten. Sie waren voll beladen mit Souvenirs, Kamelsätteln, Sitzhockern und all diese Dingen, von denen die einheimischen Händler glaubten, dass die Menschen aus dem Norden sie vielleicht gerne als Andenken für sich oder die Daheimgebliebenen kaufen würden. Und natürlich lockte das die Mitglieder der Besatzung magisch an.

So dauerte es nicht lange, dass ein emsiges Feilschen von unten nach oben und umgekehrt eingesetzt hatte. Auf einem Kriegsschiff waren ja ungleich mehr Menschen als auf einem Handelsschiff, auch wenn Letzteres viel größer war. Das schien sich wohl offensichtlich auch für die Händler zu lohnen. Dazu kam, dass die Matrosen und Offiziersanwärter, was die Kenntnis des Orients und des Handels betraf, die reinsten Greenhorns und daher leicht übers Ohr zu hauen waren.

Auch Thomas zog dieses Handeln und Feilschen in seinen Bann. Er hatte dergleichen noch nie erlebt. So, wie er da an der Reling stand und hinunterschaute, bot sich ihm dort unten ein ungemein buntes und lebhaftes Bild.

Zwischen den Händlerbooten paddelten kleine Jungen im Wasser umher, die um Münzen bettelten. Wenn nun jemand eine ins Wasser warf, tauchten sie blitzschnell hinterher und nach ihrem Auftauchen zeigten sie sie stolz in der ausgestreckten Hand. Diese schwarzhaarigen, dunkelbraun gebrannten Kinder stellten sich dabei so außerordentlich geschickt an, dass sie tatsächlich jede zu ihnen hinuntergeworfene Münze mit absoluter Präzision erwischten. Sie vermochten erstaunlich lange unter Wasser zu bleiben.

Zu Thomas drang von den vielen Booten unter ihm ein unbeschreiblicher Lärm herauf.

Die Verkäufer hielten abwechselnd ihre Waren hoch oder deuteten wild gestikulieren auf Weiteres, das sich in ihren Booten befand.

„Ey Effendi, looky, looky!“, riefen sie, oder: „Nice price, only for you!“

Der Kommandant und die erfahreneren Offiziere hatten die Mannschaft vorher informiert und gemahnt, nicht gleich den ersten Preis zu bezahlen. Thomas betrachtete fasziniert das quirlige bunte Bild dieses schwimmenden orientalischen Marktes. Genauso hatte er sich das vorgestellt und ebenso wie seine Freunde begann er nach einer Weile ebenfalls lautstark zu handeln.

‚Die Kamelsattel-Hocker sehen hübsch aus‘, dachte er, ‚und ebenso diese würfelförmigen Sitzkissen aus wer weiß was für einem Leder.‘

Er deutete auf einen der Kamelhocker mit einem knallroten Lederkissen, der ihm besonders gefiel.

„How much?“, brüllte er nach unten. Der Händler hielt vier Finger in die Höhe und rief irgendetwas zu ihm hinauf.

„Oh no!“, rief Thomas zurück. „Too much!“

Und so ging es weiter. Am Ende warf ihm der Mann, der wegen der brennenden Sonne ein weißes Tuch um den Kopf geschlungen hatte, ein Seil hoch, das Thomas erst beim dritten Mal erwischte. An dessen Ende war ein kleines Körbchen befestigt, das er nun zu sich hochzog, das abgezählte Geld hineinlegte und wieder hinunterließ.

So ähnlich mussten wohl auch schon die Menschen ausgesehen haben, die die Pyramiden gebaut hatten, schoss es ihm durch den Kopf. Hießen sie nicht Fellachen?

Dieser „Fellache" indes band den Kamelhocker an das Seil und Thomas zog jenen zu sich hoch. Er war nun in seinem Besitz. Darüber, was er damit anfangen sollte, machte er sich keine Gedanken. Er nahm an, dass sich dieses orientalische Souvenir in seinem Zimmer sicher gut machen würde. Und dann fiel ihm ein, dass er ja Wand an Wand mit seinem Bruder wohnte, und so kaufte er für diesen eines der orientalischen Sitzkissen.

Als Thomas später in sein Wohndeck kam, sah er, dass seine Kameraden nicht weniger zimperlich bei ihrem Einkauf gewesen waren. Bei der Enge hier unten wurde das Verstauen all dieser Mitbringsel schon ein wenig problematisch und dabei waren sie ja gerade erst in ihrem ersten Hafen.

Der Besatzung war gesagt worden, dass ihr Schiff hier so lange an der Festmachertonne warten musste, bis sich genügend Schiffe gesammelt hatten, um einen Konvoi bilden zu können. Der Suez-Kanal war bedingt durch seine geringe Breite nur jeweils in eine Richtung befahrbar und für heute waren noch nicht genügend Schiffe beisammen. Und so kam es, dass, obwohl Port Said für sie kein offizieller Hafen ihrer Reise war, die Besatzung am Abend Landgangerlaubnis bekam.

Die Barkasse wurde ausgesetzt und alle, die nicht gerade Wache hatten und Lust, an Land zu gehen, wurden von dieser an den Anleger gebracht und später auch wieder abgeholt.

Es war bereits dunkel, als Thomas in Begleitung seines Freundes Johannes durch die engen Gassen des Basar-Viertels schlenderte. Es hatte sich ihnen noch ein weiterer Freund von Johannes, Jürgen, angeschlossen, ebenfalls aus der Maschine, der im selben Deck wohnte, aber einer anderen Wache angehörte.

,Seltsam', dachte Thomas – genau wie in seiner Zeit bei den Schnellbooten waren sie wieder einmal als

Kleeblatt unterwegs. Und so sollte es dann auch die ganze lange Reise über beibehalten werden.
Hier im Hafenviertel herrschten reges Leben und Treiben. Laden grenzte an Laden und alle waren zur Gasse hin komplett offen, es gab weder Fenster noch Türen. All die Gerüche des Orients wehten durch die Gassen und um die Nasen der drei Seeleute. Aus den dampfenden Garküchen strömten verführerische Düfte orientalischen Essens und von überallher schallte diese seltsam fremd in ihren Ohren klingende, dudelnde Musik. Es war eine für sie noch unbekannte, faszinierende Welt, durch die sie hier schlenderten, nein, besser muss man wohl sagen: durch die sie sich drängelten. Irgendwie hatte das für Thomas so etwas wie von „Tausendundeine Nacht". Ausland war ja für ihn bisher immer nur Dänemark, Norwegen oder Schottland gewesen. Und noch etwas bemerkenswertes
gab es: Sie hatten zum ersten Mal, seit sie bei der Marine waren, ihre weißen Tropenuniformen an.
Schmuck sahen sie aus.
Zu vorgerückter Stunde besuchten die drei noch eine dieser Bars, von denen es hier im Hafenviertel wimmelte und aus denen diese Musik drang, die irgendwie allgegenwärtig war. Schon beim Eintreten bemerkte Thomas einige Frauen, die an der Theke saßen. Er fand daran nichts besonders Ungewöhnliches. Er setzte sich ohne zu zögern mit seinen beiden Freunden zu ihnen, bestellte sich einen Drink und ließ seine Blicke durch den halbdunklen Raum schweifen. Nachdem sich seine Augen an das schummerige Licht gewöhnt hatten, wurde sein Blick allerdings auf eine geradezu magische Weise von der auffallend schönen jungen Frau angezogen, die in einiger Entfernung rechts von ihm im Gespräch mit zwei weiteren Frauen war. Sie war einfach umwerfend, eine wahrhaft exotische Schönheit, und wie ihn dünkte, hätte sie ohne Weiteres

die Königin von Saba in Person sein können! Gekleidet in ein hellgrünes, mit Goldfäden durchzogenes, enganliegendes Kleid, das ihre Schultern freiließ, schimmerte ihre sehr dunkle braune Haut wie Samt und eine pechschwarze, fast bläulich glänzende Mähne von glattem Haar fiel ihr bis über die Hüften. Ihre Ohren schmückten zwei riesige goldene Ringe. Meine Güte! So eine Frau hatte er noch nie gesehen. Vielleicht hatte er sich früher, als er noch weit jünger gewesen war, genau so die Zigeunermädchen vorgestellt.

Die Schöne bemerkte jetzt seinen durchaus etwas sehr direkten, starrenden Blick, schien aber weit davon entfernt, aus diesem Grunde ungehalten zu werden. Sie lächelte Thomas flüchtig an und dann, er hielt unwillkürlich den Atem an, erhob sie sich und kam in einem aufreizend hüftenschwenkenden Gang auf ihn zu und ließ sich lasziv auf den Barhocker neben ihm gleiten. Thomas fühlte sich, als hätte jemand einen glühenden Ofen neben ihm aufgestellt.

Ja, und dann blickte ihn dieses Wesen aus „Tausendundeine Nacht" aus tiefgründig pechschwarzen Augen an, und wenn er nicht gesessen hätte, hätte es ihm wohl glatt den Boden unter den Füßen weggezogen. Als er in diese Augen sah, meinte er, in einen endlos tiefen Brunnen zu stürzen.

Sie lächelte verlockend, beugte sich zu ihm hinüber und fragte:

„Focky-focky?"

Wie die Lava aus einem Vulkan schoss Thomas aus der Tiefe des Brunnens wieder zurück in die Gegenwart.

Natürlich waren sie hier in einem Bordell gelandet und ihr gerauntes „Focky-focky" an seinem Ohr stellte nichts anderes dar, als den Beginn eines Handels, Körper gegen Bares, der fast überall außerhalb Europas mit dieser Frage eröffnet wurde. Thomas war hochrot geworden, aber das sah man bei dem Schummerlicht zum Glück nicht.

Was war er doch naiv, schalt er sich. Natürlich war das so in allen Häfen gleich und zu Hause in Hamburg war es sicher nicht anders. Aber er war eben nicht der Mensch, der normalerweise in St. Pauli, dem Vergnügungsviertel von Hamburg, unterwegs gewesen war. Hier aber, verzaubert von diesem ganzen orientalischen Flair, von den Gerüchen, der Musik und ja, den exotischen Frauen, hatte er sich so sehr gefangen nehmen lassen, dass er gar nicht auf die Idee gekommen war, dass es in dieser Welt auch nicht anders zugehen würde als zu Hause.

Aber dennoch, so ganz konnte er sich dann dem Zauber dieser Frau nicht entziehen. Nach einigem anfänglichem Zögern fasste er sich ein Herz und fragte: „How much?"

Ihr Lächeln wurde noch verführerischer und der Preis, den sie ihm nannte, war gar nicht mal so besonders hoch. Dennoch hatten sie vom Zahlmeister für diesen einen Abend lediglich eine Art Handgeld mitbekommen, eben ausreichend, um eine Kleinigkeit kaufen und irgendwo einkehren zu können. Dazu kam, dass auch die Zeit kaum mehr reichte, um noch rechtzeitig das letzte Boot zu bekommen.

„No, it's too much for me", gab er ihr deshalb zurück, woraufhin ihr Lächeln erlosch, als hätte jemand eine Nachttischlampe abgeschaltet. Sie drehte sich um und nahm ohne Eile ihren alten Platz wieder ein. Aber natürlich wollten seine beiden Freunde jetzt von ihm wissen, wie hoch ihr Preis gewesen sei.

„Oh, wie schade, dass die Zeit nicht mehr reicht", sagte Johannes nach einem kurzen Blick auf seine Uhr, „sie ist schon verteufelt hübsch."

Thomas hatte sich hinterher gefragt, ob er wirklich mit der Frau aufs Zimmer gegangen wäre, wenn die

Umstände günstiger gewesen wären. Sicher war er sich darüber durchaus nicht und das beunruhigte ihn ein wenig. Seine Moralvorstellungen aufgrund seiner Erziehung hätten etwas in dieser Art eigentlich kategorisch ausschließen sollen. Und doch, vergessen konnte er diese Frau nie mehr so richtig, war sie doch sein allererster Eindruck von dieser fantastischen, unvergleichlichen, „anderen" Welt der Hafenstädte rund um den gesamten Globus gewesen.

Am nächsten Morgen machte sich der inzwischen komplett angesammelte Konvoi auf seinen Weg durch den Suez-Kanal. Das wirklich Schöne an Thomas' Tätigkeit als Unteroffizier hier an Bord war, dass er außer seiner regelmäßigen Seewachen im Grunde nichts weiter zu tun hatte. Für ihn und seine Kollegen war diese Reise von daher so etwas wie eine bezahlte Kreuzfahrt mit etwas Selbstbeteiligung. Und so lümmelte er jetzt zum Beispiel mit all seinen wachfreien Kollegen an Deck und schaute neugierig hinüber zum vorbeiziehenden Ufer. An der Backbordseite war stundenlang nichts anderes als Wüste und Sand, so weit das Auge reichte. Es wirkte genau so, wie er sich die Wüste Sahara immer vorgestellt hatte.
An der Steuerbordseite sah die Welt allerdings völlig anders aus. Hier wuchs noch spärliches Grün und hier und da, wie Inseln in der Wüste, waren kleine Ansammlungen von Palmen oder auch einzelne Häuser und gar kleine Siedlungen zu sehen. Überdies verlief hier parallel zum Kanal eine Bahnlinie.
Als Thomas nach einiger Zeit einen ersten Zug zu sehen bekam, wie sie hier verkehrten, staunte er nicht schlecht. Auf den Dächern der Waggons saßen oder standen Massen von Menschen oder sie balancierten teilweise sogar mit nur einem Bein auf den Trittbrettern an den Türen und klammerten sich irgendwo fest.

Nach etwa ein oder anderthalb Stunden erreichte die „Donau" die erste Ausweichstelle, wo sie an Festmachertonnen anlegten, um den Gegenkonvoi passieren zu lassen.

Es war ein seltsamer Anblick, der sich Thomas nun bot. Über die flache Wüste hinweg sah er die Schiffe des entgegenkommenden Konvois in der Ferne wie Wüstenschiffe im Sand vorüberziehen. Das hatte etwas Unwirkliches, etwas von einer Fata Morgana und der Begriff Wüstenschiff bekam für ihn plötzlich eine ganz neue Bedeutung.

Als sie schließlich weiterfuhren, gab es auf beiden Seiten des Kanals nur noch Sand und immer nur Sand zu sehen. Es war sehr heiß und der leichte Fahrtwind brachte absolut keine Kühlung. Die Sonne brannte hernieder, als wolle sie die Männer an Deck versengen. Nur gut, wer rechtzeitig an eine Sonnenschutzcreme gedacht hatte. Dennoch fiel es niemandem ein, unter Deck zu gehen.

Um zwölf begann Thomas' Wache, was für ihn aber keinen großen Unterschied bedeutete, denn nun konnte er ihre Fahrt durch den Kanal von der Brücke aus weiterverfolgen.

Nach weiteren endlos scheinenden Stunden ihrer Fahrt durch Wüste, Hitze und Sand erreichten sie schließlich den Großen Bittersee. Dieser war so groß, dass die Konvois einander passieren konnten, ohne ankern zu müssen. Man konnte jetzt nicht einmal mehr die Ufer erkennen und Thomas bezog seine Position am Radargerät. Hier auf dem Scanner mit dem kreisenden Schreibstrahl sah er nun die Schiffe des entgegenkommenden Konvois und die Uferlinie des großen Sees als orangefarbene Flecke. Um vier kam seine Wachablösung und nachdem er kurz in der Messe eine Tasse Kaffee mit einem Stück Kuchen zu sich genommen hatte, ging er wieder hoch an Deck. Er kam gerade rechtzeitig, um zu sehen, dass sich die Fahrrinne wieder zu dem schmalen Kanal verengt hatte.

Spät in der Nacht erreichte die „Donau" das Rote Meer. Thomas bekam davon allerdings nichts mit, denn er hatte sich inzwischen ein wenig aufs Ohr gelegt. Um zwölf musste er ja wieder auf Wache. Schlafen konnte er aber nicht. Das Schiff besaß zwar eine Klimaanlage, aber dennoch war es ungemein stickig und heiß unter Deck.

Das Rote Meer, durch das einst Moses mit seinem Volk trockenen Fußes hindurchgezogen war, ist das heißeste Seegebiet der Erde. So schlummerte Thomas nur halbwegs ein bisschen. Als er dann wieder in die Operationszentrale kam und einen Blick auf sein Radargerät warf, konnte er noch erkennen, wie der letzte Streifen Land hinter ihnen verschwand. Ihr nächstes Ziel war nun Colombo, Hauptstadt und größter Hafen der Insel Ceylon. Dies war ihr erster Hafen, der den Status eines offiziellen Staatsbesuches hatte. Ihr Weg dorthin führte sie einmal der Länge nach durch das Rote Meer in den Indischen Ozean und direkt hinein in die tropische Zone der Erde.

Die Tropen! Thomas verspürte allein bei dem Gedanken an sie ein aufregendes Prickeln, ja, fast war es für ihn etwas wie eine Verheißung. Er hatte viel über die Tropen gelesen und gehört, sie waren der Teil der Welt, wo es keinen Sommer und Winter gab und wo die Sonne stets zur gleichen Zeit auf- und unterging.

Es war ein langer Weg und kaum hatte die „Donau" das Rote Meer hinter sich gelassen, geriet sie in einen Sturm. Sie war ja im Grunde nicht viel größer, als einer dieser Ausflugsdampfer, auf denen Touristen von Hamburg nach Helgoland fuhren, und sie ritt buchstäblich jede einzelne Welle ab. Wenn Thomas nicht bereits durch die harte Schule der Zeit bei den

Schnellbooten gegangen wäre, wäre es ihm jetzt vielleicht ebenfalls dreckig gegangen, denn wenigstens die Hälfte der Besatzung wurde seekrank.

In jenen Tagen hatten alle Schiffe der Bundesmarine, die auf deutschen Werften gebaut worden waren, offene Brücken. Warum das so war, wusste Thomas nicht. Der Seegang war so gewaltig, dass die Gischt bei jedem Eintauchen in ein Wellental über das ganze Schiff hinwegfegte und alle, die sich dort oben auf der Brücke aufhielten, waren in kürzester Zeit bis auf die Haut durchnässt. Nun, das kannte Thomas ja bereits, sodass ihn das nicht groß erschütterte. Dass es ihm auf einem im Vergleich zu einem Schnellbot doch recht großen Schiff genauso ergehen würde, erstaunte ihn allerdings doch.

Eigentlich sollte er auch gar nicht hier oben stehen, denn sein Platz war ja in der Operationszentrale. Dieses war ein völlig abgeschlossener Raum in der Mitte des Schiffes, direkt hinter und etwas unterhalb der Brücke. Man gelangte von hier über ein paar Stufen durch eine hermetisch verschließbare Tür in den Kartenraum und von dort nach draußen. Aber im Grunde hatte er in der Operationszentrale nicht wirklich etwas zu tun und so hielt er sich gern, soweit er konnte, auf der Brücke auf. Der Wachhabende hatte nie etwas dagegen gesagt.

Das Schiff wurde vom Sturm regelrecht hin und her geworfen. Gebannt sah Thomas, wie sich der Steven an jeder neuen anrollenden Welle mühsam nach oben schraubte, um anschließend mit voller Wucht in das nächste Wellental zu krachen. Dann durchlief den ganzen Rumpf immer ein kurzes Zittern und die Gischtwolken peitschten bis über die Brücke und das halbe Schiff hinweg. Er musste sich ordentlich am Handlauf der Reling festklammern und hüpfte dennoch jedes Mal einige Zentimeter vom Boden hoch, wenn die „Donau" in ein Wellental fiel. Während Thomas sich so in der Betrachtung des Tosens der Meeresgewalten verlor, bemerkte er auf einmal, dass aus den Schaumkronen der sich überschlagenden Wogen zahlreiche runde graue Schnauzen hervorguckten. Er rätselte eine Weile darüber, sein könnte, aber dann sah er es: Es waren die Schnauzen von Delfinen, die sich einen Spaß daraus machten, in den Wellen und mit ihnen um die Wette zu reiten. Für diese liebenswerten Meeresbewohner war so ein Sturm eher etwas Unterhaltendes, etwas, das ihnen ganz großen Spaß bereitete, so wie für die Menschen vielleicht eine Fahrt in der Achterbahn. Thomas fand, dass sie ein richtiges Grinsen im Gesicht hatten, und freute sich mit ihnen.

Nach etwa drei Tagen flaute der Sturm ab.

Die „Donau" näherte sich jetzt den tiefsten Tropen. Da sie aber gerade aus dem heißesten Seegebiet der Welt gekommen waren, fiel die Temperatur sogar um wenige Grade, von etwa 36 auf nur noch 30 Grad, dafür aber wurde es deutlich schwüler.

Colombo

Es war eine aufregende und beeindruckende Zeremonie. Beim Einlaufen in den Hafen von Colombo zur Mittagszeit stand die gesamte Mannschaft des Schulschiffes „Donau", immerhin zweihundertvierzig an der Zahl, zur Einlaufparade in Reih und Glied an den Relingen der drei Decks. Es war das erste Mal, dass sie auf diese Weise in einem fremden Hafen einliefen und es war ein schönes Bild: alle in ihren weißen Tropenuniformen und mit den flatternden Mützenbändern.

Aber es gab eine Eigentümlichkeit dabei. Natürlich konnte Thomas, der ja mit in der Reihe auf dem untersten Deck stand, das nicht sehen, aber das Bild erschien am nächsten Tag in der Presse. Die Aufstellung der Mannschaft hatte in der Tat ein prächtiges Bild geboten, aber oje, ihr Schiff sah aus, als hätte es nach einem Sturm mit letzter Kraft den Hafen erreicht – es hatte nämlich Schlagseite und nicht einmal wenig. Das Gewicht der gesamten Besatzung auf der Steuerbordseite hatte ausgereicht um das Schiff in eine bedenkliche Schieflage zu bringen. Hätte es Thomas jemand einfach nur erzählt, er hätte es nicht geglaubt.

Schwülwarme Tropenluft sorgte innerhalb kürzester Zeit für Schweißausbrüche. Auf dem Kai hatten sich viele Schaulustige versammelt, dunkle, fast schwarze Männer in weißen Dhotis, was sie nur noch schwärzer erscheinen ließ, und Frauen in ihren wunderschönen bunten Saris. Etwas abgesondert wartete die würdevolle Gruppe der Honoratioren der Stadt und der ceylonesischen Marine. Sie waren bis auf die Militärs und trotz der schwülwarmen Hitze in schwarze Anzüge gekleidet. Einige trugen sogar Schärpen.

Thomas staunte, er hatte nicht gewusst, dass es außerhalb Afrikas irgendwo in der Welt ebenso schwarze Menschen gab.

Nachdem die Leinen festgemacht waren und die hohen Herren an der Gangway unter dem Trillern der Bootsmansmaaten-Pfeifen vom Kommandanten begrüßt und ins Schiff geführt worden waren, wurde das Zeichen zum Wegtreten gepfiffen und alle verkrümelten sich zurück in die Decks oder blieben neugierig an der Reling stehen. Der Kai leerte sich zusehends und da ging auch Thomas unter Deck, um seine Paradeuniform gegen die bequemere Alltagskleidung zu tauschen. Sie bestand hier in den heißen Gebieten aus einem kurzärmeligen blauen Hemd aus leichter Baumwolle und blauen Shorts.

Es war jetzt bald Zeit fürs Mittagessen und danach, hieß es, könne die Post abgeholt werden.

Thomas hatte erstmalig in Port Said einen Brief aufgegeben und war nun gespannt, ob die Zeit gereicht und Monika schon eine Rückantwort geschickt hatte. Sie hatte! Und sie berichtete, dass sie inzwischen aus Schweden zurück sei und nun wieder in Holnis lebe, wo man ihr großzügigerweise eine Fortsetzung ihrer Lehre als Zahnarzthelferin gestattet hatte. Ferner schrieb sie, dass eine ihrer Freundinnen inzwischen geheiratet habe aber die andere, Gudrun, immer noch in den „Goldenen Anker" zum Tanzen gehe. Es versetzte Thomas einen Stich, denn er war sich durchaus nicht sicher, ob diese nicht mitunter auch von Monika begleitet wurde. Überhaupt schienen ihm diese Nachrichten aus dieser, wie er fand, engen Welt der ersten Jahre ihres Kennenlernens seltsam fremd. Monikas Briefe waren ihm ja immer schon auf eine seltsame Weise inhaltslos und flach vorgekommen. Er spürte beim Lesen keine Wärme.

Sie neigte zwar einerseits zu völlig gefühlvollen Übertreibungen, aber irgendwie wirkten sie wie abgeschrieben, wie aus diesen Lore-Romanen, die es zu jener Zeit gab. Ihr Geschriebenes hatte etwas Empathieloses. Doch vielleicht konnte sie dafür ja nichts. Nun gut, schließlich hatte es auch mal eine Zeit gegeben, als er selber diese Groschenromane gelesen hatte, allerdings deren Pendants, die Billy-Jenkins-Hefte. Aber natürlich war er sich immer bewusst gewesen, dass das, was er da las, mit der Realität absolut nichts zu tun hatte.

Am nächsten Morgen machten sich die drei Freunde auf den Weg, die Stadt zu erkunden. Als sie die Gangway hinuntergingen, fiel ihnen gleich die Schlange von Menschen auf, die sich bereits eingefunden hatten, um das Schiff zu besichtigen. Treu nach britischer Tradition hatten sie sich schön in einer Reihe hintereinander parallel zum Schiff angestellt. Die Schlange war ellenlang.

„Ach ja", sagte Johannes, „heute ist ja Besichtigung."

„Aber dass bereits so früh schon und so viele gekommen sind, finde ich nun doch erstaunlich", meinte Thomas.

Es musste wohl ein großer Reiz von einem Kriegsschiff ausgehen, der es, selbst in diesem Teil der Welt, vermochte, die Menschen in so großen Scharen herbeizulocken. So ganz nachvollziehen konnte er das nicht, zumal es sich hier um eine außerordentlich bunte, exotisch anmutende Menschenmasse handelte: Frauen aller Altersklassen in ihren schönen bunten Saris, schwarzhäutige Männer, die statt Hosen weiße, um ihre Hüften geschlungene Tücher, sogenannte Dhotis, und lange weiße Hemden trugen. Ganze Familien mit einer großen Schar von Kindern waren dabei. Thomas und seine Freunde hatten Glück, dass sie keine Wache hatten.

Das enthob sie der Verpflichtung diese diese Schaulustigen durch das Schiff führen und aufpassen zu müssen, dass sie nur die erlaubten Teile betraten. Ein Vorteil war, dass die Landessprache auf Ceylon Englisch war.

Der Weg zur Stadt führte die drei an der Schlange der Menschen vorüber und sie waren sich sehr bewusst, wie sie in ihren weißen Matrosenuniformen von den dort Wartenden angestarrt wurden. Am Ende des Kais kamen sie unmittelbar in die Stadt. Der ganze Zauber Asiens schien von ihr auszugehen. In den engen Straßen herrschte ein unglaubliches Gewimmel von Menschen, Autos und sogar Tieren. Die Häuser waren überwiegend zwei-, höchstens dreistöckig und an beiden Seiten der Straßen reihte sich Laden an Laden. Alle waren diese, wie sie es schon in Port Said gesehen hatten, zur Straße hin vollständig offen, ohne Fenster und Türen. Sie waren vollgestopft mit einer schier überquellenden Menge von Waren und diese stellten durchaus keinen Plunder dar. Während bei ihnen zu Hause bereits der Siegeszug des Plastiks Einzug gehalten hatten, waren hier all die Dinge, die man für das tägliche Leben brauchte, noch in echter Handwerkskunst hergestellt und gefertigt aus den allerfeinsten, schönsten Werkstoffen, richtigem Holz und Keramik, feinstem Porzellan. Töpfe und Eimer aus verzinktem Metall, riesige Vasen und Leuchter aus schwerem, überreich verziertem, ziseliertem Messing.

Auf den nicht sehr breiten Straßen fuhren nur wenige Autos und wenn, dann schienen sie schon recht betagt zu sein. Wegen der zahlreichen einachsigen Ochsenkarren quälten sie sich fast nur im Schritttempo vorwärts und ließen unentwegt ihre Hupen erklingen. Aber es nützte nichts, es ging einfach nicht schneller. Und mitten in all diesem Gewusel und Gedränge stand dann hier und da, Thomas hatte davon bereits gehört, aber es nicht wirklich für möglich gehalten, eine Kuh. Auffallend indes waren die vielen Edelsteinläden und ihm dämmerte, noch von der Schule her, dass er einmal gelernt hatte, dass Ceylon eine Edelstein-Insel sei. Die Edelsteinläden waren dann auch die einzigen, die eine Tür besaßen und sogar ein oder zwei, allerdings recht kleine, vergitterte Schaufenster. Was es darin zu sehen gab, schien der schier überquellenden Schatzkiste des gesamten zauberhaften Fernen Orients entnommen zu sein. Es glitzerte und funkelte nur so und Thomas musste unwillkürlich an Geschichten von schwerreichen Maharadschas und deren überreich mit Gold und Edelsteinen behängte Frauen denken.

Obwohl sich keiner unserer drei Matrosen jemals groß für Schmuck interessiert hatte, verfielen sie sehr bald dem Zauber dieser schimmernden orientalischen Pracht. Die Läden waren, ganz im Gegenteil zu den pompösen Schmuckgeschäften in Deutschland, klein und hutzelig und erinnerten eher an die Schatzhöhlen berüchtigter Piraten.

Da dauerte es nun auch nicht lange, dass die drei den Verlockungen erlagen und einen dieser Läden betraten. Sie mussten sich bücken beim Eintreten durch die niedrige Tür. Thomas fiel gleich linker Hand, hinter der Auslage des Schaufensters, ein alter weißbärtiger Mann mit nacktem Oberkörper auf. Er trug einen weißen Turban auf seinem ansonsten kahlen Kopf und hockte an einer handbetriebenen Schleifmaschine. Eine Lupe ins Auge geklemmt war er damit beschäftigt, einen winzig kleinen Rubin zu schleifen. Dabei betätigte er mit seiner linken Hand eine Art Flitzebogen, mit dem die Mechanik der Schleifscheibe angetrieben wurde. Nebenan arbeitete ein nicht weniger exotisch aussehender Goldschmied mit feinen Werkzeugen und einer brennenden Lötlampe, von der permanent ein leises Rauschen ausging. Ein schmaler Tresen im hinteren Bereich des Ladens, vor mit zahlreichen kleinen Schubladen versehenen Regalen, wurde von einer tiefhängenden Lampe mit Messingschirm beleuchtet. Der Verkäufer lud sie mit ausladenden Armbewegungen ein und begrüßte sie in einem Überschwang, als wären die drei wertgeschätzte Freunde. Dann verschwand er hinter seinem Tresen und zog einige Schubladen auf.

„I show you, looky, looky", sagte er, wobei er mit seinem Finger sein unteres Augenlied hinunterzog.

Man vermag sich nicht vorzustellen, was er nun an betörend schönen Schmuckstücken vor ihnen ausbreitete: Medaillons aus fein ziseliertem Silber mit eingearbeiteten Goldfäden und blutrot leuchtenden, von kleinen glitzernden Diamanten umkränzten Rubinen. Einmal wieder wurde da den drei Maaten bewusst, dass sie in Asien waren. Was da vor ihren Augen präsentiert wurde, war an üppigster Anmutung nicht mehr zu überbieten. Langweilig schienen ihnen die Schmuckläden im fernen Europa im Vergleich. Jetzt zog der Verkäufer, Thomas stockte der Atem beim Anblick dieser Pracht, ein goldenes Diadem hervor, bestehend aus unzähligen zur Mitte hin immer größer werdenden, unergründlich tiefgrün schimmernden Smaragden.

‚Herrje, die sind gewiss wahnsinnig teuer und unerschwinglich', vermutete Thomas.

Dabei kostete das alles hier sicher nur einen Bruchteil von dem, was es bei ihnen zu Hause kosten würde, wenn es dort so etwas überhaupt gäbe.

Und dann wurde ihm auf einmal bewusst, was er hier eigentlich tat. Er hatte sich noch nie im Leben groß für Schmuck interessiert, aber war nun völlig geblendet von dieser Pracht.

‚Wenn ich nur genug Geld hätte', wünschte er sich und dachte dabei an Monika.

Er ahnte nicht, dass dies ganze Vorführen und huldvolle Präsentieren eine Verkaufsstrategie dieses Schmuckhändlers war, und dieser hatte offensichtlich Erfolg damit. Denn er begann Thomas nun deutlich bescheidenere Schmuckstücke vorzulegen. Thomas sträubte sich innerlich. Wollte er hier wirklich etwas kaufen? Aber der Händler lächelte nur stoisch weiter und pries ihm immer neue Schmuckstücke an. Am Ende legte er Thomas ein einfaches, aber immer noch sündhaft teuer aussehendes vor.

„For your girlfriend", sagte er.

Es war ein ovaler, mit glitzernden Saphiren eingefasster, weißlich grüner mit einem Stich ins Blaue schimmernder Mondstein an einem feinen Goldkettchen.

„What month was your girlfriend born?", fragte er.

„October", verriet ihm Thomas.

„Oh, very good!", der Verkäufer strahlte übers ganze Gesicht. „October is the zodiac sign Libra!" Er blickte Thomas an, als hätte dieser gerade im Lotto gewonnen. „Moonstones are very good for Libra. It will bring her good luck."

Was ihm der Mann hier in seinem ceylonesischen Englisch sagen wollte, war, dass ein Mondstein genau der richtige Edelstein für das Sternzeichen Waage sei.

Und da stand Thomas nun und schaute auf das vor ihm liegende Schmuckstück herunter.

„How much?", fragte er nach langem Zögern.

Der Preis, den ihm der Verkäufer nannte, machte ihn schwindeln. Aber dann fiel ihm ein, dass er sich ja hier in einem Teil der Welt befand, wo man nicht einfach etwas für eine genannte Summe kaufte, sondern wo man handelte. Natürlich hielt der Mann hinter dem Tresen ihn für einen im Feilschen unerfahrenen Menschen, der den Wert dieser Schmuckstücke nicht annähernd einzuschätzen vermochte. So versuchte Thomas dann, so gut er es konnte, den Preis noch ein wenig herunterzuhandeln und am Ende verließ Thomas, der eigentlich gar keinen Schmuck hatte kaufen wollen, den Laden mit dieser Kette. Er stellte sich vor, was Monika wohl für Augen machen würde.

Seine beiden Kollegen hatten gleichsam der Verführung nicht widerstehen können und ebenfalls etwas für ihre Liebste fern in der Heimat gekauft.
Sie setzten nun ihren Bummel fort und kamen nach einiger Zeit in die Randbezirke der Stadt. Hier trafen sie auf einen parallel zur Straße verlaufenden, etwa zehn bis fünfzehn Meter breiten Fluss. Seine Strömung war recht kräftig und erzeugte durch die zahlreichen großen und kleineren Steine in seinem Bett viele rauschende Stromschnellen. Am Ufer entdeckten die drei eine Wäscherei. Der Wäscher stand bis über die Knie im Wasser und schlug ein Wäschestück auf einen an seiner Oberseite abgeflachten Stein, indem er das Handgelenk hin- und herdrehte und das Textil nach jedem Schlag wieder durch das Wasser zog. Dieses vermittelte allerdings nicht unbedingt den Eindruck von Sauberkeit und Reinheit. Es war, obgleich es wie bei einem Gebirgsfluss vorbeirauschte, eher von einem trüben schmuddeligen Braun. Gleich nebenan auf einer Wiese hingen all die gerade gewaschenen Stücke in der Sonne zum Trocknen und siehe da, sie strahlten in einem sauberen, frischen Weiß.
‚Vielleicht sind wir ja zu Hause in Deutschland doch ein bisschen sehr etepetete, was die Reinheit angeht‘, dachte Thomas bei sich.
Inzwischen machte sich bei den drei Seemännern der Hunger bemerkbar und so ließen sie sich von einem Taxifahrer beraten, der sie zu einem am Rande eines Parks liegenden Restaurant brachte.

Der Gastraum war an zwei Seiten offen, aber bis oben hin verkleidet mit einem rautenförmigen Holzgitter, sodass man das Gefühl hatte, auf einer Veranda zu sitzen. Sie waren die einzigen Gäste und nahmen Platz an einem großen ovalen Tisch. Über ihnen flappte der für die Tropen typische Ventilator mit seinen langen Flügeln träge vor sich hin. Nach einem kurzen Blick in die Karte, die ihnen ein beflissener Diener gebracht hatte, bestellten sie eine ceylonesische Reistafel. Nach einer gewissen Wartezeit schleppten zwei Kellner auf großen Tabletts eine beachtliche Anzahl von Schüsseln und Schüsselchen, gefüllt mit zwölf unterschiedlichen, aber kaum zu definierenden Speisen und Reis herbei. Keiner der drei ahnte, dass die ceylonesische Küche zu den schärfsten der Welt gehörte.

Der erste Bissen schmeckte zunächst noch fantastisch, wie ein Versprechen auf weitere ungeahnte Köstlichkeiten. Die Schärfe kam mit einer kleinen Verzögerung. Thomas hatte sich irgendetwas verlockend Aussehendes aus einer der Schüsseln gefischt und spürte mit Zunge und Gaumen der Konsistenz und seinem exquisiten Wohlgeschmack nach. Aber noch bevor er verzückt die Augen verdrehen konnte, erfolgte in seiner Mundhöhle etwas, was dem Ausbruch eines Vulkans gleichkam. Er schnappte nach Luft und kam sich vor wie der feuerspeiende Drache aus den Märchen. Es schien, als schlügen ihm förmlich die Flammen aus dem Mund.

Mit einer Gabel voll Reis, die er sich hastig hinterherstopfte, konnte er das Brennen halbwegs auf einen erträglichen Level herunterfahren, bevor es dann beim nächsten Bissen zu einer erneuten heftigen Explosion kam. Er fühlte, wie ihm der Schweiß nur so herunterlief, allein das Hantieren mit Messer und Gabel in der schwül-warmen Tropenluft artete in eine geradezu schweißtreibende Arbeit aus. Jedoch nach einiger Zeit stellte er fest, dass sich seine Mundhöhle allmählich an die Schärfe gewöhnte und das Essen nun zunehmend zu einer wahren Schwelgerei wurde. Er konnte nicht annähernd erkennen, was er da alles aß, und wollte es auch lieber nicht – es schmeckte exotisch fremd, aber ganz wunderbar.

Als die Freunde schließlich, bis obenhin gefüllt mit einem Sammelsurium von Eindrücken einer ihnen so fremden, lebhaften und schillernden Welt, zu ihrem Schiff zurückkamen, bemerkte Thomas neben der Reihe wartender Taxis einen armen abgemagerten Rikscha-Fahrer, der offenbar hier auf Kundschaft wartete. Es war ein Bild des Erbarmens, wie er stoisch wartend zwischen den parkenden Autos stand. Aber Thomas hatte eine Abneigung, sich von einem Menschen ziehen zu lassen; es erschien ihm wie etwas, das eher in die Zeit der Römer passte. Außerdem wollte er ja nirgendwo mehr hin, er kam doch gerade zurück. Aber dieser Mensch dauerte ihn. Schließlich lebte er von dieser Tätigkeit, er hatte vermutlich keine andere. Er tat Thomas leid, und um diesem armen Mann dennoch zu einem kleinen Tagesverdienst zu verhelfen, kam er auf die Idee, sich in die Rikscha zu setzen, und bat Johannes, ein Foto von ihm zu machen, sich gleichsam für einen winzigen Augenblick in seinem Leben wie ein Kolonialherr zu fühlen.

Vielleicht war es auch eine blöde Idee, dachte er, aber das Trinkgeld, das er dem armen Mann dafür gab, würde ihn vielleicht von seiner Anwandlung freisprechen. Da Thomas' Freunde nun auch so ein Foto haben wollten und sich abwechselnd in die Rikscha setzten, kam am Ende eine recht ordentliche Summe für den Fahrer heraus. Dieser bedankte sich auch artig dafür, jedoch behielt seine Miene dabei unverändert ihren trostlosen, traurigen Ausdruck.

Gerade im Begriff, sich umzudrehen und sich ihrem Schiff zuzuwenden, bemerkten die drei einen unweit neben seinem parkenden Auto stehenden Mann, der sie heranwinkte. Da sie aber am Ende ihres Stadtbummels angekommen waren und eben nirgendwo mehr hin wollten, winkten sie im ab und deuteten auf ihr Schiff. Da sich der Mann aber nicht beirren ließ und ihnen nachrief, er habe ein einmaliges Angebot für den nächsten Tag für sie, wurden sie nun doch neugierig und wandten sich ihm zu.

Ihm nachgegeben zu haben, beglückwünschten sie sich noch wochenlang. Er bot ihnen nämlich an, für den kommenden Tag einen Tagesausflug nach Kandy zu machen, einer Stadt, fast genau in der Mitte des Landes im Bergland gelegen, in der am nächsten Abend ein ganz besonderes Ereignis stattfand: die *Perahera*. Diese gab es nur ein einziges Mal im Jahr und immer um die gleiche Zeit dort, also eine absolut einmalige Gelegenheit. Bei der *Perahera* handelte es sich um eine buddhistische Prozession, in der die heilige Reliquie, ein Backenzahn Buddhas, in einem feierlichen Umzug aus dem großen Tempel und durch die ganze Stadt getragen wurde.

‚Oh, das hört sich wirklich sehr interessant an‘, dachte Thomas. Aber auch: ‚Das wird vermutlich wahnsinnig teuer.‘

Sicher würde er sich das nach seinem Einkauf in dem Edelsteinladen gar nicht leisten können.

Vorsichtig fragte er nach dem Preis. Aber zu seiner allergrößten Überraschung war die Summe, die der Mann nannte, gar nicht einmal so hoch. Er drehte sich zu seinen Freunden um:

„Was meint ihr?“

„Na, klar machen wir das!“, rief Johannes und Jürgen stimmte ihm zu. Ein solches Abenteuer erleben zu können, hätten sie sich ja niemals erhofft.

Früh am nächsten Morgen verließen also Thomas und seine zwei Kumpels im Vorgefühl eines fantastischen Ausfluges ihr Schiff. Der Wagen stand bereits am Kai. Sie hatten ihn sich am vorhergehenden Tag gar nicht so recht angeschaut. Es war ein schwarzer, chromblitzender ‚De Soto‘, aus den frühen Fünfziger-Jahren, noch mit geteilter Windschutzscheibe, so, wie man diese Autos aus den amerikanischen Gangsterfilmen kannte. Der Mann, der dem Fahrzeug entstieg, war nicht etwa Al Capone, sondern ihr Chauffeur, ein Singhalese, wie er ihnen später erklärte, pechschwarz im Gesicht, aber mit eher europäisch anmutenden Gesichtszügen. Gekleidet war der Mann wie alle Männer hier: in weißem Dhoti und Hemd.

Er begrüßte sie mit dem so liebenswerten indischen Gruß, indem er seine Handflächen vor der Brust aneinandergelegt eine ganz leichte Verbeugung machte. Die drei Maate, wie am Tag zuvor in ihren weißen Ausgehuniformen, schließlich war das hier ja ein Staatsbesuch, grüßten auf die gleiche Weise zurück und ihr Fahrer öffnete ihnen höflich die Wagentüren.

Diese klappten mit dem satten Klang amerikanischer Straßenkreuzer zu und los ging die Fahrt.

Nachdem sie Colombo hinter sich gelassen hatten, ging es auf schmaler Straße über eine Ebene, die sich im Südwesten bis zur Küste erstreckte. Hier wurde Reisanbau betrieben. Die Bauern waren gerade dabei, mit ihren Wasserbüffeln die überfluteten Felder umzupflügen. Wie das mit dem Anbau von Reis vor sich ging, hatte Thomas nie so ganz verstanden, es schien ihm höchst kompliziert und er aß von diesem Tag an seinen Reis stets mit einer besonderen Andacht. Jetzt wurde das Land allmählich hügeliger und links und rechts von der Straße erstreckten sich Teeplantagen. An all diesen Orten stoppte ihr singhalesischer Freund das Auto und ließ sie aussteigen. Damit sie sich von alldem hier auch ein richtiges Bild machen konnten, erklärte er ihnen, was sie alles sahen und erlebten. Keiner der drei hätte jemals einen Teestrauch erkennen können, geschweige denn gesehen, wie der Tee geerntet wurde.

‚Ceylon Tee‘, schoss es Thomas durch den Kopf, ‚natürlich, der ist ja weltbekannt.‘

Ihre Fahrt ging weiter kontinuierlich bergauf und, erreichten nach einiger Zeit ein anderes Anbaugebiet der landwirtschaftlichen Erzeugnisse, die ebenfalls für die Insel typisch waren. Es begann allmählich richtig gebirgig zu werden und die Landschaft, durch die sie hier fuhren, war geprägt von ausgedehnten Kokosnuss-plantagen. Hier war die Heimat der „Coconut-Girls“. Links und rechts wuchsen dicht an dicht die hohen schlanken Stämme der Kokospalme empor und entlang der Straße verteilt waren mit Palmwedel gedeckte Verkaufsbuden. Vor oder daneben standen junge, bunt und exotisch wirkende Frauen in ihren schönen Saris und warben für ihre Produkte. Sie boten den Durchreisenden zur Erfrischung Kokosmilch an. Auf den Tischen ihrer Stände lagen bergeweise, noch orangefarbene Kokosfrüchte. Hier nun stoppte ihr Chauffeur erneut und unsere drei Maate bekamen Gelegenheit, sich von einem dieser reizend aussehenden Mädchen eine Erfrischung servieren zu lassen. Sie nahm jeweils eine der leuchtend orangefarbenen Früchte, hackte diese sehr geschickt mit einer etwas martialisch aussehenden Machete an der Oberseite auf, sodass eine Öffnung entstand, aus der man direkt den Saft trinken konnte. Er war leicht sämig, angenehm kühl und ausgesprochen belebend.

Nach dieser kurzen und sehr angenehmen Unterbrech-ung setzten sie ihre Reise fort. Die tropische Hitze nahm, je höher sie in die Berge kamen, langsam, aber stetig ab und es wurde immer erträglicher. Nach einer weiteren halben oder dreiviertel Stunde erreichten sie eine Brücke, die sich hinter einer flachen Kurve über eine Schlucht spannte. Unter sich sahen sie einen großen Fluss von kräftiger Strömung. Auch hier wurde Halt gemacht. Am Ufer herrschten ein reges Leben und Treiben. An den strandartigen Rändern ragten überall runde Felsblöcke aus dem Sand hervor und Frauen, die bis an die Knie im Wasser standen, wuschen dort ihre Wäsche. Dies geschah in direkter Nachbarschaft zu einem behaglich auf der Seite im Wasser liegenden Elefanten, der von einem Mann mit einem langstieligen Schrubber bearbeitet wurde.

Ihr Chauffeur erklärte Thomas und seinen Freunden, dass an diesem Fluss der Film „Die Brücke am Kwai" gedreht worden war, und wies ihnen einen schmalen Pfad am oberen Steilufer, dem sie zusammen ein Stück folgten. Bald kam das Ziel in Sicht, zu dem sie ihr Fahrer führen wollte: Eine sehr schmale und bedrohlich schwankende Fußgängerbrücke aus Bambus und Hanfseilen, die in schwindelnder Höhe den Fluss kreuzte. Er fragte sie, ob sie nicht Lust hätten, hier einmal hinüberzugehen.

Keine Frage, natürlich wollten sie das!

Es durfte immer nur eine Person hinüber und sie begriffen auch sehr schnell, warum das so war. Der Steg bestand aus lediglich zwei nebeneinanderliegenden Brettern und die Brücke wippte nicht allein heftig bei jedem Schritt rauf und runter, sondern schwankte auch sehr bedenklich hin und her. Thomas, der sich als Erster vorwagte, musste sich beim Gehen mit beiden Händen an dem Hanfseil festhalten, das als Geländer diente. Ein stabiles Geländer indes war das auch nicht, denn es gab ihm kaum ein Gefühl von Sicherheit. Zudem schwebte dieses Gespinst aus, wie es schien, hauchdünnen Stricken in einer geradezu abenteuerlichen Höhe über dem Abgrund und tief unter ihm rauschte der Fluss. Zur Mitte der Brücke hin, sie mochte an die sechzig, siebzig

Meter lang gewesen sein, wurde das Wippen auf geradezu abenteuerliche Weise heftiger, sodass Thomas dann doch recht mulmig wurde und er froh war, als er endlich das andere Ufer erreicht hatte. Aber er musste ja auch wieder zurück. Seltsamerweise ging das dann jedoch schon viel besser und jetzt hätte es ihm nicht einmal mehr etwas ausgemacht, es sogleich noch ein zweites Mal zu probieren. Aber nun war Johannes dran und ihm folgte Jürgen. Ihrem Wunsch, es ein weiteres Mal zu versuchen, gebot ihr Chauffeur jedoch Einhalt. Es lag noch ein weiter Weg vor ihnen, und wenn sie am heutigen Tage noch Kandy erreichen wollten, mussten sie wohl langsam weiterziehen.

Aber das nächste Abenteuer ließ nicht lange auf sich warten und dies erwies sich sogar als die absolute Krönung all ihrer Erlebnisse. Thomas, der vorn neben dem Fahrer saß, erblickte sie schon von Weitem: Elefanten!

Sie waren offenbar unterwegs von ihren Arbeitsplätzen in den Wäldern zu ihren Heimatställen. Zwischen Rüssel und Stoßzähnen trugen sie große Bündel von Palmblättern mit sich. Das war ihre Abendmalzeit, wie die Freunde später erfuhren. Die Tiere trugen auf diese Weise nach getaner Arbeit ihr Abendessen mit sich nach Hause. Ihr Fahrer fuhr langsam an den hintereinanderher trabenden Elefanten vorüber. Offenbar waren aber nicht alle auf diese Weise beladen. Ihr Chauffeur stoppte ein gutes Stück vor der Spitze des Elefanten-Zuges, stieg aus und Thomas sah ihn zu dem Dickhäuter an vorderster Stelle hinübergehen, hinter dessen großen Ohren der Treiber hockte, und mit dem Elefantenführer sprechen. Nach einer Weile drehte er sich zu den drei Seeleuten zurück und winkte ihnen, auszusteigen und herüberzukommen. Das ließen diese sich nicht zweimal sagen.

„Wollt ihr gern einmal auf Elefanten reiten?", lud er sie ein.

„Oh ja! Wahnsinnig gerne!", rief Johannes und: „Oh, wie toll, natürlich!", Thomas.

Voller Vorfreude sahen sie zu, wie der Elefantentreiber zwei der großen Tiere Platz machen ließ.

‚Platz machen?', Thomas war sich nicht sicher, ob diese Worte bei deren mächtiger Größe angebracht waren. Der Treiber bedeutete ihm mit einer Armbewegung, nachdem er von dem riesigen Tier hinuntergerutscht war nun seinerseits hinter den Ohren des gewaltigen Tieres aufzusitzen. Das war allerdings leichter gesagt als getan, denn selbst im Liegen war es immer noch eindrucksvoll hoch. Mit etwas Nachschieben war er aber schließlich oben und hielt sich krampfhaft an dem Strick fest, den das Tier, seiner Meinung nach, viel zu locker um den Hals trug.

„Attention, please!", rief der Treiber und da richtete sich der Elefant auch schon mit den Hinterbeinen auf, sodass Thomas beinahe über dessen mächtigen Kopf hinweg abgestürzt wäre. Gerade noch konnte er sich mit Müh und Not an dem Strick festklammern, aber schon stieg das große Tier vorne hoch, sodass er nun heftig hintenüberkippte. Vehement hielt er sich mit beiden Händen fest, aber dann war es geschafft. Noch etwas unsicher, aber voller Stolz thronte er dort oben und grinste zu seinen Kameraden hinunter. Oh, welch ein wunderbares Gefühl, majestätisch wie ein Radja hoch oben auf dem breiten Rücken des geduldigen Tieres zu sitzen und von dort herunterzublicken. Seine Freunde hatten in der Zwischenzeit zusammen ihr Tier erklommen und nun setzte sich der ganze Trupp wieder in Bewegung.

Es war einfach unbeschreiblich herrlich. Wenn so ein Elefant ging, saß man auf ihm so komfortabel wie in Abrahams Schoß. Er bewegte dabei beim Laufen kaum seinen Rücken und obgleich es aussah, als schreite das große Tier ganz gemächlich dahin, legte es zu Thomas' Verwunderung dabei ein erstaunliches Tempo vor.

‚Was für ein Bild muss das wohl für die Passanten abgeben?‘, dachte er, ‚drei Unteroffiziere der bundesdeutschen Marine in ihren weißen Paradeuniformen und mit ihren wehenden Mützenbändern hoch oben auf Elefanten!‘ Hatte man jemals zuvor so etwas im Hinterland der Insel Ceylon schon gesehen?

Vermutlich sahen all diese Leute am Wegesrand sogar zum ersten Mal in ihrem Leben einen Mann in der Uniform eines Matrosen, überlegte Thomas. Einige staunten, andere lachten und manch einer winkte ihnen fröhlich zu. Angekommen an ihren Ställen, war die Reise viel zu schnell zu Ende und die drei mussten leider viel zu früh wieder absteigen und ihren treuen Gefährten widerwillig Lebewohl sagen.

Ach, was musste es schön sein, einen ganzen Tagesausflug auf ihnen machen zu können.

Wie gerne wären sie noch geblieben. Es waren leider nur immer wieder neue, wunderschöne, aber winzig kleine Augenblicke für sie, die Reisenden um die ganze Welt. Weiter ging sie nun, ihre abenteuerliche Fahrt über Land.

Nachdem sie, etwa eine halbe Stunde später, eine Bergkuppe passiert hatten, öffnete sich für Thomas der Blick über ein weites Tal und genau in seiner Mitte lag, von ausgedehntem tropischen Grün eingerahmt, die Stadt Kandy. Es war ein nahezu paradiesischer Anblick. Ihm kam dabei die Behauptung der Einheimischen in den Sinn, dass die Insel Ceylon das Paradies aus der Bibel sei, aus dem in grauer Vorzeit Adam und Eva vertrieben worden seien. Er hatte sogar noch etwas gehört, nämlich, dass die drei kleinen Inseln zwischen dem indischen Kontinent und der Insel Ceylon „Adams

Steps“ genannt wurden, denn hierüber solle Adam mit Eva hinüber zum indischen Kontinent gelaufen sein.

‚Da müssen sie aber lange Beine gehabt haben‘, schmunzelte Thomas im Stillen.

In Kandy angekommen, hatten sie sogar noch etwas Zeit für einen kurzen Stadtbummel und natürlich hatten sie inzwischen großen Hunger und luden ihren Fahrer ein, mit ihnen zu essen. Das Restaurant lag an einem großen viereckig angelegten See mit palmenbestandenen Uferpromenaden und an der gegenüberliegenden Seite erkannte Thomas den großen Buddha-Tempel. Dort, wusste er, sollte die große Prozession am Abend starten.

Der Eingang zum Tempel befand sich an dessen rechter Seite und gegenüber, auf der anderen Seite der Straße, waren Tribünen aufgebaut. Ihr Fahrer hatte an alles gedacht und hier Plätze für sie reserviert. Als die vier Personen dort auf einer Bank, etwa in halber Höhe, Platz nahmen, war es bereits dunkel geworden. Schräg gegenüber, wieder auf der anderen Straßenseite, befand sich das riesige, reich verzierte doppelte Flügeltor des Eingangs. Noch war es geschlossen.

Es dauerte noch eine ganze Weile, bevor es endlich losging, aber schließlich hörte Thomas vom Ende der Straße her den fernen Klang von Trommeln.

Und dann kamen sie!

Thomas sah den Schein von Fackeln, der sich langsam näherte. Die Spitze des Zuges bildete eine sehr große Gruppe von Männern mit schwarz glänzendem freien Oberkörper. Auf dem Kopf trugen sie Turbane und sie hielten Fackeln sowie eine Art Fanfaren in ihren Händen. Während sie vorübergingen, lösten sich aus beiden Seiten des Zuges einzelne Männer, die in Abständen von etwa zwanzig Metern an den Seiten der Straße Aufstellung nahmen.

Es waren unendlich viele und während sie vorüberschritten und dabei unmerklich weniger wurden, schwoll der Klang der Trommeln immer mehr an.

Nachdem der Trupp der Fackelträger vorübergezogen war, sahen Thomas und seine Freunde jetzt die Gruppe der Trommler kommen.

Diese schritten nicht gleichmäßig aus, sondern näherten sich ihnen tanzend, in einer beeindruckenden Choreografie von Seitenwechseln, Drehbewegungen, umeinander und um sich selbst. Es waren die Tempeltänzer. Ihre indischen Trommeln, die durch Drücken mit dem Ellbogen einen seltsamen an- und abschwellenden Klang ergaben, schufen eine geheimnisvolle Atmosphäre. Und etwa jede halbe Minute setzten die Fanfarenspieler, die ja an den Straßenseiten Aufstellung genommen hatten, ihre Hörner an und bliesen kräftig hinein. Es klang wie das Trompeten von Elefanten und wirkte wie aus einer anderen Welt, sodass Thomas ein Schauer nach dem anderen über den Rücken jagte. Hinter den Trommlern folgte wieder eine Gruppe Fackelträger und dann kam, prächtig und überaus majestätisch, ein Dreiergespann Elefanten. Sie waren bedeckt mit goldverzierten weißen Stoffen, die bis über die Beine herunterhingen und ebenfalls Gesicht und Rüssel einschlossen. Auf ihnen hockten Reiter in prachtvoller Kleidung und mit Turbanen auf dem Kopf. Und wieder folgten Fackelträger sowie auch Trommler.

Nachdem die Gruppe der drei Elefanten den Eingang zum Tempel passiert hatten, stoppte der ganze Zug und das Trommeln brach jäh ab. Abermals erklangen die Hörner und jetzt öffnete sich langsam und feierlich das große Tor des Tempels. Licht fiel heraus, auch die Bläser verstummten nun und in dem Tor erschien ein ganz besonders riesig wirkender Elefant, über und über mit kleinen Lämpchen bestückt.

Auf seinem Rücken trug er die heilige Reliquie, die sich in einer Art Tabernakel und dieses wiederum in einem goldverzierten Behälter aus Ebenholz befand, mit Glasscheiben an jeder seiner vier Seiten. Der erhaben große Elefant reihte sich nun hinter der Dreiergruppe der anderen Rüsseltiere ein, die Trommeln setzten wieder ein und der Zug geriet erneut in Bewegung. Es folgten nun weitere neue Dreier- und Zweiergruppen von Elefanten, Trommlern und Fackelträgern.

Thomas hatte zeitweilig das Gefühl, das Geschehen nicht wirklich zu erleben, sondern wie einen Film an sich vorbeiziehen zu sehen. Als der Festzug schließlich vorüber war und man all die Lichter nur noch in der Ferne sah, wie sie langsam um den See zogen und das Trommeln nur noch von weit her erklang, war es ihm, als erwachte er aus einem tiefen Traum.

Nach Australien

Weiter zog ihr im Angesicht der Weite des Ozeans winzig wirkendes Schiff durch die Wogen des Indischen Ozeans. Ein großes Ereignis stand bevor, der Äquator sollte gekreuzt werden. Für einen Seemann war das stets eine höchst bedeutungsvolle Angelegenheit und schon seit Jahrhunderten wurde ein jeder, der auf einem Schiff den Äquator überquerte, getauft. Denn erst mit dieser Taufe war man nun in den Kreis der Weltumsegler aufgenommen. Dieser Ritus wurde von den Täuflingen jedoch eher ein wenig gefürchtet, denn die Sitten bei den Seeleuten waren immer schon rau gewesen und daher war diese Taufe ausschließlich für die Täufer ein Spaß. Die zu Taufenden selbst hatten dabei in aller Regel nichts zu lachen.

Anders als auf einem Frachtschiff konnte man auf einem Schulschiff der Bundesmarine ziemlich sicher davon ausgehen, dass die überwältigende Mehrheit der Besatzung zum ersten Mal in ihrem Leben den Äquator passierte. Und so war es dann auch. Weniger als ein Viertel war bereits getauft und dies waren vornehmlich die Älteren. Der Kommandant gehörte dazu, der Erste Offizier, der Steuermann, auch Master genannt, und eine gewisse Anzahl von Bootsleuten, Obermaaten und Maschinisten.

Die Taufe wurde auf dem Achterschiff abgehalten und die große Gruppe der Täuflinge versammelte sich auf der Back. Sie waren nun gehalten, sich einer nach dem anderen, den Seitengang des Schiffes entlang, zum Ort des „Schreckens" zu begeben. Sie trugen lediglich Badehosen.

Thomas war unter den ersten zehn. Auf halbem Wege ging es schon los. Ein als Nixe in einem Baströckchen verkleideter Bootsmann bekleisterte ihn mit einem dicken Quast von oben bis unten mit einer Mischung aus Leim und Farbe. Drei Meter weiter hatte man einen langen Schlauch aus Segeltuch ausgelegt, etwa achtzig Zentimeter im Durchmesser. Da musste Thomas nun auf allen Vieren durch und zu allem Übel spritzten zwei Männer vorn mit einem Feuerwehrschlauch hinein. Mit fest zusammengekniffenen Augen wegen des harten Wasserstrahls und der noch dazu aus salzigem Seewasser bestand, kämpfte sich Thomas mühsam voran, schluckte jede Menge dieser Plörre und von oben drosch zudem irgendjemand mit einem Tauende auf den Schlauch. Nach einer Ewigkeit wurde es schließlich heller und der Wasserstrahl traf ihn nur noch an der Brust. Er öffnete die Augen. Er war durch!

‚Das war ein harter Brocken‘, dachte er, als er sich zwischen all denen, die es bereits geschafft hatten, wiederfand.

Aber lange Zeit zum Verschnaufen blieb ihm nicht. Zwei „Nixen" im Bastrock und mit behaarten muskulösen Beinen, griffen ihn und zerrten ihn zu dem Taufbecken. An dessen Rand auf einem Podest stand „Neptun" höchstselbst, mit einer Krone auf seinem Zottelhaar und in der Hand einen Dreizack haltend. Thomas konnte in ihm unschwer den Ersten Offizier erkennen. Dieser wies ihn mit gestrenger Miene und ausgestreckter Hand an, in das Taufbecken zu klettern, in dem weitere zwei dieser Baströckchen-Nixen standen.

Sie packten ihn und Neptun sprach: „Ich taufe dich, Landratte, die du bist, zu einem die Weltmeere befahrenden Seemann."

Sodann wurde Thomas von den Nixen dreimal untergetaucht und damit war für ihn die Prozedur beendet.

‚Geschafft!‘, dachte er, wenngleich er doch recht empört über den Begriff Landratte war. Das mochte ja bei den Offiziersanwärtern gültig sein, aber er selber: nach zwei Jahren auf einem Schnellboot?

Das nächste Ziel der „Donau" war Perth in Westaustralien. Es war eine lange Reise und sie verging weitgehend ereignislos: mit Bordroutine und nicht wenigen angenehmen Stunden zusammen mit Johannes auf einer Liege an Deck. Sie hatten dieselbe Wache und ja, es hatte durchaus etwas von einer Kreuzfahrt. Bis auf die Seewachen hatte Thomas im Grunde ja nichts zu tun.

Er schrieb also einen langen Brief an Monika, in dem er ihr seine Erlebnisse auf Ceylon schilderte. Irgendwie hatte er das Gefühl, dass das bereits der schönste und abenteuerlichste Teil der Reise gewesen sei.

‚Sie wird gewiss neidisch werden in ihrem langweiligen Holnis, wenn sie das alles liest', vermutete er, und so setzte er noch hinzu, wie sehr er sie vermisse: ‚Ich wollte, du wärest hier, und wir könnten dies alles zusammen erleben.'

Von der Äquatortaufe schrieb er ihr nichts. Er war immer noch böse wegen der „Landratte".

Es würden sich wohl nur wenige hier an Bord finden lassen, die mehr Seemann waren als er selbst, dachte Thomas.

Die Stadt Perth war zwar der Ort ihres offiziellen Staatsbesuches, aber sie lag nicht am Meer. So kam es, dass sie einige Wochen später in Freemantle anlegten. Freemantle war, wenn man so wollte, der Hafen von Perth.

Dies war für Marineleute eine vergleichsweise eher trostlose Stadt. Hier war am Abend so gar nichts los, als dass es einen Matrosen hätte erfreuen können. Daher setzten sich Thomas, Johannes und Jürgen, die drei, die schon in Port Said und auf Ceylon ein untrennbares Kleeblatt gewesen waren, in die Bahn und fuhren in die nahe gelegene Stadt Perth.

Thomas hatte es nie wirklich begriffen, wie viele seiner Kollegen es immer wieder schafften, herauszubekommen, wo in fremden Städten am Abend „die Post abging".
Jedenfalls landeten sie in einem großen Beatschuppen. Da war richtig was los und sie blieben bis spät in die Nacht, weil die Mädchen wieder einmal ganz aus dem Häuschen waren wegen der schicken jungen Matrosen. Es war fast so wie damals in Oslo, dachte Thomas.

Bereits am Tag darauf, nach lediglich drei Tagen, verließ die „Donau" Freemantle wieder, jetzt mit neuer Bestimmung: Melbourne, in Ostaustralien.
Nach wenigen Stunden erreichten sie das Gebiet der Roaring Fourties, eins der stürmischsten Seegebiete der Welt, und man musste schon ganz besonderes Glück haben, dass man dieses bei halbwegs ruhigem Wetter passieren konnte.
Sie hatten aber kein Glück und Thomas, der nie seekrank gewesen war, wurde wegen des der späten Heimkehr geschuldeten Schlafmangels der vorhergegangenen Nacht zum ersten Mal in seinem Leben seekrank. Es war nicht so wirklich schlimm und bei ihm dauerte es im Gegensatz zu den meisten seiner Kollegen auch nur einen einzigen Tag.

Für Melbourne waren wieder fünf volle Tage Liegezeit angesagt. Als das Schiff mit dem für Staatsbesuche üblichen Aufstellen der gesamten Besatzung in Paradeuniform in den Hafen einlief, gab es für alle eine Überraschung: Der Kai war schwarz von Menschen, es schien, als erwarteten sie hier, so wie etwa in New York, die Ankunft eines der großen Auswandererschiffe, die „Queen Mary" oder „France".
So einen Empfang hatte an Bord niemand erwartet, nur die Blaskapelle fehlte. Es war natürlich wie immer ein

gewaltiger Anblick, zweihundertvierzig Personen, dieses Mal in Blau, an den Relings des Schiffes aufgereiht zu sehen. Sie befanden sich ja nun auf der anderen Seite der Erdhalbkugel und hier herrschte gerade Winter.

Thomas musste an die Fotos denken, die er vom Einlaufen in Colombo gesehen hatte. So spektakulär das Bild auch sein mochte, ihr Schiff war so klein, dass es durch das Gewicht der gesamten Besatzung jedes Mal in eine fast gefährliche Schräglage geriet.

Und die Australier waren so begeistert von dem Besuch aus Deutschland, dass sie sich einiges ausgedacht hatten. Für jeden Einzelnen der Besatzung hatte man Patenfamilien organisiert.

Gleich nach dem Anlegen wurden alle in diese verteilt und man nahm sich ihrer mit großer Herzlichkeit an. Die Gastfamilie von Johannes und Jürgen stammte ursprünglich aus England, Thomas indes bekam eine deutschstämmige: Vater, Mutter und eine Tochter im „richtigen" Alter. Warum das so war, wusste Thomas nicht, vermutlich Zufall. Wenn man ihn gefragt hätte, wäre er mit der englischen Familie wohl glücklicher gewesen, obwohl die deutsche Tochter hübscher als die englische war.

Thomas hatte seit frühester Kindheit ein ganz besonderes Faible für die Bewohner der Insel und er wusste auch, woran das lag. Als kleines Kind von etwa vier oder fünf Jahren hatte er einmal an der Hand seiner Mutter gestanden und den Einmarsch der britischen Armee nach dem Krieg miterlebt. Dieses Bild der vorüberziehenden Kolonne von Jeeps, Lastkraftwagen, Panzern und Panzerspäh- wagen hatte sich unauslöschlich in sein Gedächtnis eingeprägt. Er hatte damals freilich noch nicht gewusst, was es damit auf sich hatte, sondern erst viele Jahre später, als er inzwischen über die Gräueltaten seines Volkes aufgeklärt worden war. Seine Vorliebe für England, die Engländer und alles Englische aber hatte sich bei ihm seitdem festgesetzt und sein Besuch mit den Schnellbooten in Edinburgh hatte das noch einmal verstärkt.

Aber ein Tausch der Familien verbot sich natürlich und so begegnete er auch seinen Gasteltern ausgesprochen herzlich. Diese hatten sich ein mehrtägiges Programm für ihn und seine zwei Freunde ausgedacht. Doch begann das erst am Tag darauf, vermutlich weil es ein Freitag war.

So besichtigten die drei Seeleute noch ohne ihre Gastfamilien am ersten Tag ihres Landganges erst einmal allein die Stadt. Es gab da allerdings nicht viel Bemerkenswertes zu sehen, eine Großstadt wie jede andere in der westlichen Welt, nur dass es hier nicht wie meist in Europa keine Altstadt gab. Anders als in den USA hatte sich hier allerdings, den unterschiedlichen Herkunftsländern der Einwanderer zum Trotz, fast vollständig „the English way of life" durchgesetzt. Sogar die Pubs waren in ihrer Art „very British", wenn auch nicht annähernd von solch hohem Alter wie in England, wo die Pubs ja weitgehend sogar noch aus der Tudor-Epoche stammten. Ja, und das Bier war leider auch nicht annähernd so gut. Hauptsächlich trank man „Lager Beer" und das „Ale" sowie „Best Bitter" waren nur ein Abklatsch der berühmten traditionellen Biere der Insel. Aber um fünf vor elf Uhr am Abend hieß es genau wie in England: „The last order, please!"

Am Tag darauf ging es dann los mit dem Besuchsprogramm der Gasteltern. Sie alle, und das waren die Väter, teilweise auch die Mütter und die Kinder, quetschten sich zusammen mit den drei Marineleuten in zwei Autos und machten einen Ganztagesausflug zur „Great Dividing Range".

Thomas' Familie bestand heute nur aus Vater und Tochter, aber bei der von Johannes und Jürgen waren Vater, Mutter und zwei kleine Kinder von jeweils zwölf und acht Jahren dabei, dafür fehlte aber die ältere Tochter. Alle zusammen machten sie eine Wanderung durch die gebirgige Landschaft, vorbei an Seen, Wasserfällen und rauschenden Flüssen. Der deutsche Vater bezeichnete es als die australischen Alpen.
Die Seeleute mussten von ihrer Heimat erzählen, die Gasteltern, besonders die deutsche Familie, saugten ihre Schilderungen geradezu auf. Thomas war sehr erstaunt, dass diese Menschen, bereits in der dritten und vierten Generation in Australien, immer noch Heimweh nach Europa hatten. Sie fühlten sich hier wie am Ende der Welt und das waren sie ja irgendwie auch.

Von den fünf Tagen mussten sie einen abziehen, an dem sie Bordwache hatten, aber am Tag darauf gab es erneut einen Ausflug ins Grüne. Dieses Mal wurden sie zu einem australischen „Barbecue" eingeladen. Das kam den drei Gästen allerdings ziemlich amerikanisch vor. Auf der großen Wiese, auf der das „Barbecue" stattfand, konnte man sich fühlen wie auf einem Campingplatz, nur dass statt der Zelte überall Autos standen. Die Australier stellten sich ihre Grills ebenso wie die Amerikaner direkt neben ihre Wagen. Es war Juni und damit eigentlich Winter, aber kalt war es nicht. Die Temperatur war im übertragenen Sinne etwa so wie die im Winter in Messina oder Sevilla. Die Bäume waren sogar noch weitgehend belaubt, andere hatten, wie in Deutschland im Winter, ihre Blätter abgeworfen. Das lag daran, dass es sich hier zu einem sehr großen Teil um Eukalyptusbäume handelte und die warfen ihre Blätter nicht ab, wie ihnen erklärt wurde.
Nach dem „Barbecue" wurde noch ein Tierpark besucht, damit die drei Seeleute auch noch die

australische Fauna kennenlernen konnten. Das erwies sich als eine ganz ausgezeichnete Idee, denn Thomas hatte zwar in der Schule irgendwie etwas darüber gehört, dass die Tierwelt Australiens absolut einzigartig sei, aber Genaueres größtenteils schon wieder vergessen. Kängurus kannte er und Koala-Bären.

Da sich die Natur dort über Jahrtausende hinweg völlig isoliert entwickelt hatte, fanden sie hier nun eine gänzlich andere, geradezu abenteuerliche Tierwelt vor. Das Auffallendste daran war, dass es sich bei den Vierbeinern fast ausnahmslos um Beuteltiere handelte. Dabei hatte sich die Natur etwas ganz besonders Raffiniertes ausgedacht: Die Tiermütter gebaren ihre Kleinen bereits, wenn sie noch weitgehend „unfertig" waren. Das hatte den Vorteil einer leichteren Geburt und das Baby kam dann erst einmal für etwa acht Monate in den „Beutel" der Mutter.

Zu seiner größten Freude bekam Thomas von einem der Tierpfleger einen Koalabären auf den Arm gesetzt. Das war ein sehr schönes Gefühl und wie er da mit seinem possierlichen Tier stand, musste er wieder einmal an Monika denken.

‚Ach, wenn sie das doch jetzt sehen könnte‘, sinnierte er und die Erinnerung an das Tiergehege in Göteborg, das Monika so geliebt hatte, kam ihm in den Sinn.

Und dann wurde ihm auf einmal bewusst, dass er die ganze Zeit hier noch nicht wirklich an sie gedacht hatte. Wohl hatte er in Melbourne einen Brief von ihr bekommen, ihn aber ungeöffnet beiseitegelegt.

‚Es ist Zeit genug, ihn zu lesen, wenn wir wieder auf See sind‘, hatte er beschlossen.

Thomas war so sehr gerührt von dem kleinen Bären auf seinem Arm, der ja eigentlich gar kein Bär war, und er wusste nur zu gut, wie gern Monika jetzt an seiner Stelle gewesen wäre. Vorsichtig setzte er ihn wieder ab und beobachtete, wie das Tier behände den Stamm eines Eukalyptusbaumes hinaufkletterte. Gleich darauf kam Thomas noch in den Genuss, einen kleinen Wombat streicheln zu dürfen, den er ebenfalls ganz besonders süß fand.

Am Abend vor ihrer Abreise gab es für alle einen großen Abschlussball und unsere drei Seeleute durften zum Höhepunkt mit den hübschen Töchtern der Familien tanzen.

Am nächsten Morgen, als die „Donau" Melbourne verließ, erlebte die Besatzung erneut eine Abschiedszeremonie, die Thomas an die Abfahrt der großen Liner an der Columbuskaje in Bremerhaven erinnerte. Wieder war der Kai schwarz vor Menschen. Alle wollten sich von den ihnen für kurze Zeit Anvertrauten verabschieden und es herrschte eine unglaubliche Drängelei. Zu Thomas' Erstaunen wurde er Zeuge, wie nicht wenigen der Zurückbleibenden die Tränen in den Augen standen.

Er erlebte nun zum ersten Mal als Beteiligter diese unvergleichlichen und zutiefst berührenden Abschiedsszenen, wie er sie an der Columbuskaje so oft als Zaungast gesehen hatte.

Die Gasteltern hatten ihnen Luftschlangen mitgegeben, die die Seeleute nun, ein Ende in ihren Händen haltend, zu ihnen hinüberwarfen. Und jetzt war Thomas zum ersten Mal in seinem Leben einer von denen, der mit einer Luftschlange in der Hand erlebte, wie sich sein Schiff, fast wie in Zeitlupe, von der Pier löste und am anderen Ende des flatternden bunten Bandes stand dieses, ihm im Grunde wildfremde Mädchen mit dessen Vater. Das dünne Papierband straffte sich langsam und dann riss es und in den Augen der beiden sah Thomas tatsächlich ein paar Tränen glitzern. Wer es nicht selbst erlebte, würde nie nachvollziehen können, was in den

Menschen beim Ablegen eines Schiffes bei solch einer Abschiedszeremonie vorging.

Und dieses Mal gab es sogar eine Musikkapelle.

Die Party

Weiter ging die Fahrt um die Welt. Die „Donau" wandte ihren Steven jetzt unerschrocken den unendlichen Weiten des größten Ozeans der Erde, dem Pazifik, zu. Erst einmal aber ging es „nur" bis Neuseeland. Die Stadt Wellington war ihre nächste Station. Es waren nur wenige Tage bis dorthin, aber irgendjemand der Schiffsführung musste sich wohl verkalkuliert haben, sie erreichten die Insel viel zu früh. Bei Staatsbesuchen konnte man nicht einfach irgendwann kommen, denn die Offiziellen des Landes hatten ja eine umfängliche Planung bei so einem Anlass vorzunehmen. Also ging die „Donau" erst einmal in einer stillen Bucht vor Anker. Thomas fühlte sich beim Anblick der aus dem Meer ragenden Felsenküste fast wie in Norwegen.

Aber irgendwann war es dann so weit und wieder einmal lief ihr Schiff mit beängstigend wirkender Schlagseite, wegen der an den Steuerbord-Relings aufgereiht stehenden Besatzung, mit großem Tam-Tam in den Hafen von Wellington ein. Auf Thomas wirkte es wie eine bunte freundliche Stadt, die ihn sehr stark an die Bilder von Bergen in Norwegen erinnerte. Und wie in Bergen gab es auch eine „Cable Car", mit der man hoch auf den höchsten Berg fahren konnte, von wo aus man eine wundervolle Aussicht über die ganze Stadt hatte.

Am zweiten Tag nach ihrer Ankunft war das Schiff zur üblichen Besichtigung freigegeben und Thomas hatte zum ersten Mal auf dieser Reise an einem solchen Tag Wache. Er hatte bereits zwei Gruppen Schaulustige herumgeführt und der erste Ansturm war zunächst vorüber. So lümmelte er nun ganz unmilitärisch mit aufgestützten Ellbogen am oberen Ende der Gangway, als ihm eine Gruppe von vier Mädchen ins Auge fiel, die just im Begriff waren, eben jene emporzusteigen.

Er setzte sein Begrüßungslächeln auf und schaute zu ihnen hinunter.

‚Nun‘, dachte er, ‚wenn vier junge Damen sich anschicken, ein Kriegsschiff zu besichtigen, ist wohl mit einiger Sicherheit davon auszugehen, dass sie sich wohl kaum für Maschinen, Elektronik oder gar Kanonen interessieren.‘

Er war lange genug bei der Marine, um zu wissen, dass die jungen Matrosen und Unteroffiziere eines solchen eine seltsame Anziehungskraft auf die weibliche Bevölkerung der Länder ausübten.

Als die vier jungen Damen etwas unschlüssig auf dem Gang standen, erbot er sich daher nur allzu gern, ihnen das Schiff zu zeigen. Sie schienen denn auch sehr angetan von seiner Offerte und stellten sich ihm gut gelaunt als die vier „Aussies“ vor.

„Moment mal“, fragte Thomas, „bin ich hier nicht in Neuseeland?“

Er hatte nämlich inzwischen gehört, dass man die Australier inner- und außerhalb dieses Erdteils gern als „Aussies“ bezeichnete.

Die vier Mädchen wollten sich ausschütten vor Lachen.

„Wir sind Australierinnen in Neuseeland“, klärte ihn eine von ihnen auf. „Wir sind ausgezogen, die Welt kennenzulernen, aber bisher nur bis hier gekommen.“

Am liebsten würden sie nach Europa gehen, erzählten sie weiter, nach England zum Beispiel, aber Deutschland wäre sicher auch toll. Sie hatten hier in den Außenbezirken von Wellington eine „Flat“ gemietet und lebten von Gelegenheitsjobs.

„Ah, sehr interessant“, sagte Thomas, „nun, in Germany seid ihr ja jetzt im Grunde hier.“

Alle lachten, und dann ging Thomas voran, um ihnen sein Schiff zu zeigen. Schier endlos tigerten sie kreuz und quer durch die Gänge und am liebsten hätten sich die vier auch noch die Wohndecks angesehen.

„Leider ist das nicht möglich", meinte Thomas, „selbst wenn ich es wollte, ich darf es nicht."
Aber er schilderte ihnen die Enge, die dort herrschte, und die mangelnde Privatsphäre und ließ sich von den vieren darob aufrichtig bedauern.
Inzwischen waren sie nun auf der Brücke angekommen. Hier war sein Reich, er ließ sie ins Kartenhaus schauen und gestattete sogar einen kurzen Blick in die Operationszentrale, obgleich er auch das eigentlich nicht durfte.
„Operationszentrale?", fragte eine von ihnen. „Werden hier die Kranken und Verletzten operiert?"
Thomas sah ihr an, dass sie das nicht ganz ernst meinte, denn natürlich konnten sich die Mädchen denken, dass es sich hierbei eher um eine Kommandozentrale handelte. Thomas wies mit dem Finger auf all die Apparaturen, die Radargeräte, den großen „Plotting Table", die Sonargeräte und was es sonst noch so gab. Da er die Mädchen lediglich durch die geöffnete Tür schauen ließ und selber die Hand auf der Klinke hielt, kam es zu einer kleinen Drängelei mit ihnen, die ihm durchaus nicht unangenehm war.
Aber er beeilte sich dann doch, wieder zurück auf die offene Brücke zu kommen. Gerade kam ein Kollege von ihm mit einer anderen Gruppe den Niedergang dorthin hinauf.
Thomas nutzte die Gelegenheit und bat ihn, von ihm und den Mädchen ein Gruppenfoto zu machen. Einer von ihnen, die er besonders mochte, legte er seinen Arm um die Schulter. Sie hieß Maisie, wie er später erfuhr.
Die andere Gruppe verschwand dann auch zeitnah wieder. Seine Begleiterinnen machten indes keinerlei Anstalten, die Brücke so bald verlassen zu wollen.
Sie fragten ihn, wie ihm Wellington gefalle, und ob er auch schon etwas davon gesehen habe.

Ja, natürlich, er hatte mit Kollegen einen Bummel durch die Stadt gemacht und war auch bereits mit der „Cable Car" auf den Berg gefahren, von wo man einen so imposanten Panoramablick auf Wellington hatte. Und ganz unten hatten sie sogar ihr Schiff am Pier liegen sehen. Es wirkte ziemlich winzig im Vergleich zu dem großen Frachter, der genau gegenüber festgemacht hatte. Ja, und tags zuvor waren sie auf Einladung des Bürgermeisters von Masterton mit dem Bus ins Landesinnere gefahren. Thomas hatte den Eindruck gehabt, dass die Landschaft, durch die sie kamen, ein bisschen so wie in Südengland aussah. So eine sanft hügelige, ganz besonders aber der blühende Stech- ginster, so etwas hatte er schon einmal auf Bildern von Dorsetshire gesehen.

„Masterton", meinte er, „liegt in einem großen Tal und auf den grünen Wiesen ringsumher wimmelte es von Schafen. Ich glaube, hier leben die Menschen hauptsächlich von der Schafzucht."

Dann erzählte er den jungen Frauen, dass sie gestern am Abend gerne Tanzen gegangen wären, aber kein Lokal nach ihrem Geschmack gefunden hätten. Als die vier Aussies nun solches von ihm hörten, wurden sie ganz aufgeregt und fragten ihn, ob er nicht vielleicht drei Freunde mitbringen könnte, denn dann würden sie sie alle gern zu sich nach Hause einladen und eine kleine Party für sie geben.

Solches zu hören, entzückte Thomas sehr, ja, man könnte sogar sagen, dass er geradezu Feuer und Flamme war.

‚Da würden Johannes und Jürgen sich aber freuen', dachte er.

Er verschwieg den Mädchen allerdings, dass er nur zwei Freunde hatte, und einen dritten wollte er auch keinesfalls dabeihaben. Sie waren inzwischen ein so weitgehend eingespieltes Team geworden und es hatte sich im Laufe der Zeit herausgestellt, dass sie bei all ihren Unternehmungen in den wichtigsten Fragen fast immer gleicher Ansicht waren.

„Oh ja,", entgegnete er daher den Mädchen „sogar sehr gerne, das wäre fein. Eine wirklich tolle Idee, danke für die Einladung!"

Maisie fischte aus ihrem Handtäschchen ein Notizbuch, kritzelte etwas hinein und riss den Zettel heraus.

„Unsere Adresse!"

Alle freuten sich und schließlich machten sie sich auf den Weg zur Gangway.

„Bis morgen!", rief er ihnen hinterher und die vier drehten sich noch einmal um und winkten.

„Ja, bis morgen!", riefen auch sie fröhlich.

Am Abend darauf nahmen sich Thomas, Johannes und Jürgen ein Taxi und ließen sich zu der angegebenen Adresse fahren. Es war eine recht bürgerliche Wohngegend, in den Außenbezirken der Stadt, in die sie ihr Fahrer brachte, und irgendwie fühlten sie sich in ihren Marineuniformen ein wenig am falschen Ort.

Nach einem zaghaften Klingeln öffnete sich die Haustür und sie blickten in die lachenden Gesichter der vier Aussies, die sie mit großem Hallo begrüßten. Die Mädchen hatten sie schon erwartet. Sie baten ihren Besuch in die Stube und alle machten es sich auf dem Sofa und in zwei Sesseln gemütlich. Thomas hatte zusammen mit Maisie und Alice einen Platz auf der Couch ergattert und fühlte sich ein bisschen wie der Hahn im Korb. Johannes und Jürgen wurden, weil sie die Gäste waren, in die beiden Sessel komplimentiert, während die beiden anderen Mädchen mit Stühlen vorliebnahmen. Die Gastgeberinnen hatten hübsch den Tisch gedeckt, es gab Getränke und Salzgebäck zu Kerzenschein.

Sie alle, sieben fröhliche Menschen, waren gleich von Beginn an in einer recht ausgelassenen Stimmung. Dass die Männer nur zu dritt gekommen waren, wurde nicht weiter thematisiert.

Zunächst drehte sich die Unterhaltung natürlich um den Besuch der drei Seeleute in diesem Teil der Welt. Dabei gab es viel Gelächter und Gekicher, denn die Leute aus Deutschland fanden es hier am Ende der Welt, wie sie sagten, alles irgendwie komisch. Weihnachten feiere man hier in der größten Hitze, weil ja dann gerade Sommer sei, und wenn man im tiefsten Winter, etwa so Mitte Juli, in die Wärme fahren wolle, weil es ja so kalt sei, müsse man in den Norden, weil es dort noch viel wärmer sei, haha!

Die Mädchen fanden das aber alles ganz normal, schließlich seien sie ja hier geboren und aufgewachsen, und als Thomas dann auch noch sagte: „Sogar die Schwäne hier sind nicht weiß wie bei uns, sondern schwarz!", brach ein fröhliches Gelächter aus.

„Als ich klein war", gab Johannes zum Besten, „dachte ich immer, dass die Menschen hier mit dem Kopf nach unten umherlaufen."

„Da musst du aber noch ziemlich klein gewesen sein!", stellte Jürgen fest.

Und weil die vier Mädchen ja „Aussies" waren, fragten sie die drei Seeleute natürlich auch nach deren Eindrücken von Australien und wie es ihnen denn dort gefallen habe.

Über all das, was die drei nun von ihrem Aufenthalt in Perth und Melbourne zu berichten hatten, freuten sich die Australierinnen, schließlich war es ja ihre Heimat. Ganz besonders gefiel es ihnen, als Thomas von den Wombats und den Koalabären erzählte und dass er sogar einen auf dem Arm gehalten hatte.

Maisie klatschte in die Hände vor Begeisterung.

„Oh, wie süß!", rief sie.

„Ja, wirklich", pflichtete Jane bei, „die sind sooo niedlich! Ich habe noch nie einen auf dem Arm gehabt."
„Ich auch nicht", stimmte ihr Christine zu.
„So, und jetzt machen wir aber Party!", rief nun Jane und machte dem Gespräch damit ein Ende. Sie ging zum Plattenspieler hinüber und legte eine Platte auf. Christine und Alice sprangen ebenfalls auf und räumten die Stühle beiseite. Christine scheuchte die beiden Marineleute hoch und zusammen schoben sie die Sessel nach hinten. Aus dem Lautsprecher tönte „Sloop John B." und Christine fing mit Jane sogleich an zu tanzen. Sie tanzten Johannes und Jürgen an, die sich nicht lange bitten ließen und mitmachten. Thomas blieb derweil bei „seinen" zwei Mädels auf dem Sofa und sie schauten den Tanzpaaren eine Weile zu. Die Party kam jetzt so langsam in Gang. Zwischendurch musste immer wieder eine der Mädchen zum Plattenspieler huschen und eine neue auflegen.

> „In the town where I was born
> Lived a man who sailed to sea … "

Da hielt es Maisie nicht mehr auf dem Sofa.
„Oh, ‚Yellow Submarine'!", kreischte sie und zog Thomas hinter sich her auf die winzige Tanzfläche.

„We all lived in a yellow submarine", sangen nun alle völlig ausgelassen den Refrain mit.
Die Mädchen legten abwechselnd und mit großem Eifer ihre Lieblingsplatten auf und ihren offenbar beliebtesten Song von allen, „Yellow Submarine", sogar mehrmals und ganz besonders gern.
Die Stimmung wurde immer ausgelassener, und als nun Jane gar voller Übermut den australischen „National-song" „Tie me kangooroo down sport" auflegte, gerieten die Aussies völlig aus dem Häuschen.

Jane und Maisie hüpften wie die Kängurus umher und alle sieben sangen lauthals mit.

Zum Abschluss gab es noch einmal „Yellow Submarine" und dann ließen sie sich ganz außer Atem in die Sessel und auf das Sofa fallen. Jane und Christine saßen nun mit Johannes und Jürgen auf der Couch und Thomas auf einem der Sessel mit Maisie auf dem Schoß und es dauerte auch nicht sehr lange, bis auf dem Sofa und in dem besagten Sessel eine mehr oder weniger ungehemmte Knutscherei begann.

Nur eine war nicht dabei! Niemand achtete auf die arme Alice, die nun allein in ihrem Sessel hockte und den anderen zuschaute.

Jetzt wurde bei ihrem bis dahin fröhlichen Beisammensein das Problem deutlich, das aber zunächst niemand von den anderen erkannte.

Es gab ja vier Mädchen! Und spätestens hier hätten die drei Marineleute sehen müssen, dass eine von ihnen allein in ihrem Sessel hockte und beim Zuschauen, wie die anderen miteinander knutschten, immer verlassener und trauriger wurde. Zu Thomas' Schande fiel es auch ihm nicht gleich auf und als es ihm auffiel, war es zu spät.

Nun, die drei Freunde hatten es ja für richtig befunden, keinen weiteren von ihren Kollegen mitzunehmen. Sie fühlten sich inzwischen als eine verschworene Clique und es gab niemanden sonst auf dem Schiff, zu dem sie ein Verhältnis hatten, das etwas in dieser Art gestattet hätte. Natürlich hatten sie dabei nicht im Traum daran gedacht, was für Konsequenzen daraus erwachsen könnten. Das „Kind" war nun mal in den Brunnen gefallen. Es gab Eine, die nun außen vor geblieben war, aber niemand schien das groß zu stören. Im Gegenteil, es wurde sogar noch schlimmer. Es fing nun nämlich damit an, dass sich irgendwann Jane mit Johannes still und leise verdrückte. Auch das bemerkte Thomas nicht gleich, er war viel zu sehr mit seiner Maisie beschäftigt. Und dann dauerte es gar nicht lange, da verschwand das zweite Pärchen ebenfalls und Thomas fand sich plötzlich allein mit den beiden Übriggebliebenen. Das ernüchterte ihn schlagartig.

Maisie, die seine plötzliche Teilnahmslosigkeit spürte, schaute sich etwas überrascht um, erblickte nur noch Alice, wie sie da traurig in ihrem Sessel saß. Sie ließ zögernd von Thomas ab und rutschte von seinem Schoß.

Bis zu diesem Zeitpunkt hatte er die Party mit all ihrer aller ausgelassenen und fröhlichen Stimmung als wirklich schön empfunden. Damit aber war es jetzt vorbei.

Maisie ging zu Alice hinüber und setzte sich zu ihrer Freundin auf das Sofa.

Und um jetzt nicht in eine allgemeine Trübsal zu verfallen, bemühte sich Thomas nach Kräften, die beiden zu unterhalten. Dankbar sprangen sie auch sogleich darauf an und für kurze Zeit wurde es dann doch wieder ein halbwegs nettes Beisammensein bei Kerzenschein. Thomas schenkte den beiden Wein aus der geöffneten Flasche nach und sie stießen zu dritt miteinander an.

Als die zwei Pärchen nach einer gewissen Zeit nacheinander wieder eintrudelten, taten alle, als wäre nichts gewesen. Aber irgendwie war die Stimmung nun doch dahin und nachdem alle noch ein Weilchen miteinander geplaudert hatten, verabschiedeten sich die drei Marineleute so langsam. Es wurden pflichtbewusst Adressen ausgetauscht und sie versprachen sich hoch und heilig, einander zu schreiben.

Thomas plagte irgendwie ein schlechtes Gewissen. Zurück an Bord lag er in seiner Koje und ließ alles noch einmal in Gedanken Revue passieren.

Er fragte sich, was geschehen wäre, wenn die Mädchen ebenfalls zu dritt gewesen wären. Wäre er dann auch mit

Maisie aufs Zimmer gegangen? Oder wäre er mit ihr allein zurückgeblieben und hätte es bei der harmlosen Schmuserei belassen? Er war sich plötzlich gar nicht mehr so sicher.

Und was war mit Monika? War er etwa nicht verlobt? Und war das im Grunde nicht so, als wären sie schon fast verheiratet?

Thomas schaute auf seine Hand, trug er nicht ihren gemeinsamen Ring am Finger? Und er fragte sich, ob die Mädchen das denn nicht bemerkt hatten.

Ganz sicher hatten sie das! Frauen achteten auf so etwas. Den vier Aussies jedoch, so nett, wie sie gewesen sein mochten, hatte das aber offensichtlich nichts ausgemacht. Vor allen Dingen Maisie nicht.

Seine Freunde hatten ebenfalls eine feste Freundin zu Hause und Johannes machte keinen Hehl aus seiner Absicht, die seine, nachdem er nach langer Zeit zurück sein würde, heiraten zu wollen. Wie hatte er Thomas gegenüber nicht immer von ihr geschwärmt und diese ganze Schwärmerei hatte zuweilen sogar äußerst skurrile Formen angenommen: Wenn sie, wie jedes Mal, wenn ein neuer Hafen angelaufen wurde, Post aus der Heimat bekommen hatten, war stets ein Brief von seiner Liebsten dabei gewesen. Und, während Johannes diese Briefe bereits oft in Thomas Beisein las, was diesem niemals auch nur im Traum eingefallen wäre, pflegte sein Kumpel ihm sogar ganze Passagen daraus vorzulesen und alle, die sich sonst noch gerade im Deck befanden, hörten ebenfalls mit.

Das fand Thomas zunehmend befremdlich. Aber gutmütig, wie er war, schrieb er das Johannes der Liebe und Begeisterung für seine Freundin zu.

Die Zeilen dieser ihm unbekannten jungen Frau glühten geradezu vor Liebe und Sehnsucht und mit jedem Brief noch ein wenig mehr. Und das machte etwas mit Thomas. So irritierend er das alles auch fand, in seinem

Inneren vernahm er mehr und mehr ein Gefühl von Neid erwachen. Seine Briefe, die er von Monika bekam, hatten nicht einmal den Hauch einer derart inbrünstigen Liebe. Sie erschienen ihm vergleichsweise nichtssagend, emotionslos und aufgesetzt. Sie schrieb ihm zwar jedes Mal, dass sie ihn liebe, aber es wirkte auf ihn mit jedem Brief unechter und eher so wie aufgesagt. Ihre Zeilen endeten stereotyp mit:

„… deine dich liebende Monika".

Spätestens nach dem dritten Brief hatte sich bei Thomas diese Redewendung dann verschlissen.

Auf die Idee, dass dieses arme Mädchen vielleicht gar nicht in der Lage war, sich anders auszudrücken, kam er nicht, ja, vermutlich war das ihre Sprache und eine andere hatte sie nicht. Er erinnerte sich an die Zeit in Flensburg, als er noch in den „Goldenen Anker" gegangen war. Schon damals hatte er ihre Briefe ja als nicht sonderlich enthusiastisch gefunden.

Sein Problem war: Er konnte hinter dem Geschriebenen seine Monika, wie er sie kannte, nicht erkennen. Die Monika, die die Briefe schrieb, und die Monika seiner Erinnerung und die er in seinem Herzen trug, waren zwei verschiedene Personen. Er brachte sie einfach nicht zusammen.

Und nun begann es ganz leise, aber zunehmend, an ihm zu nagen.

Natürlich wehrte er sich dagegen, sobald er sich dessen bewusst wurde. Und war es nicht auch ungerecht? Er selber, ganz im Gegensatz zu ihr, in ihrem tristen und langweiligen Alltag zu Hause, lebte in einem ständigen Hochgefühl der abenteuerlichsten Erlebnisse jedweder Art.

Sie alle hier auf dem Schiff erlebten in einem Monat mehr als andere Menschen in ihrem ganzen Leben und Thomas konnte es nicht leugnen, nicht zuletzt war er auch regelmäßig irgendwelchen erotischen

Verführungen ausgesetzt, denen zu widerstehen ihm mit jedem Mal schwerer fiel.

Dennoch war ihm niemals, auch nicht im Entferntesten, der Gedanke gekommen, dass Monika in dieser langen Zeit allein zu Hause nicht ebenfalls gewissen Verführungen erliegen könnte, zum Beispiel, dass sie ihr altes Leben mit den Matrosen vom Marinestützpunkt wieder aufnehmen könnte. Vielleicht tat sie es ja sogar. Auf diese Weise kam der Teufel: Zweifel, Zwietracht, Eifersucht und Verrat und das begann langsam, aber stetig an und in ihm zu nagen und so nahm das Schicksal nach und nach und ohne, dass er sich dessen bewusst wurde, seinen Lauf.

In der Südsee

Eigentlich heißt er ja der „Stille Ozean", aber so, wie er die „Donau" auf ihrem Weg nach Hawaii begrüßte, war er leider genau das Gegenteil von still.

Das Schulschiff war just aus dem Hafen von Wellington ausgelaufen, da kam Sturm auf und er sollte ihnen auch nahezu zwei Wochen nicht mehr von der Seite weichen. Kann man sich überhaupt vorstellen, wie schwer ein ganz normales Alltagsleben abläuft, wenn der Boden unter einem permanent verrücktspielt? Unentwegt ein Hinauf und Hinunter, kippen nach rechts, kippen nach links, das Torkeln durch die Gänge und das Treppensteigen, alles geriet zu einem echten Abenteuer. Vor allen Dingen aber das Essen. Wie konnten Köche überhaupt bei diesem Durcheinander der Bewegungsabläufe ein warmes Essen zustande bringen? Da es praktisch unmöglich war, mit Messer und Gabel zu essen, gab es die ganze Zeit auch nur Zusammengekochtes und essen konnte man auch nur, wenn man den Teller in der einen Hand und den Löffel in der anderen die Waage zu halten versuchte. Für einen auf festem Boden stehenden Beobachter hätte es ausgesehen, als würde man seinen Teller beim Essen langsam, aber stetig hin und her schwenken. In Wirklichkeit aber war dieser in diesem Fall die einzige Konstante, um den das Schiff, und mit ihm alle Mitglieder der Besatzung, hin und her torkelte. Das zweite Kunststück bestand darin, bei alldem den vollen Löffel zum Mund zu führen, ohne dabei die Hälfte zu verschütten; das alles galt natürlich nur für diejenigen, die überhaupt noch Appetit hatten. Vielleicht war es die Hälfte der Besatzung, vielleicht aber auch nur ein Drittel. Thomas jedenfalls gehörte zu ihnen. Er war gegen die Seekrankheit gefeit.

Jeden Tag ging das so, eine ganze Woche lang und dann noch einmal fast eine Woche. Da ging manches

Geschirr zu Bruch oder das Essen landete auch einmal komplett auf dem Boden; ganz zu schweigen von den blauen Flecken, die man sich holte, weil man überall und ständig gegen irgendeinen harten Gegenstand rumste.

Ebenso geriet das Schlafen zu einem schwierigen Unterfangen. Wie sollte man bei diesem ständigen Hin und Her und Rauf und Runter schlafen können? Aber mit der Zeit gewöhnte man sich an alles.

Die Enge auf dem Schiff war in diesem Fall sogar von Vorteil. Die Kojen waren ja gerade mal knapp achtzig Zentimeter breit und zur Ausstiegsseite gab es ein niedriges herunterklappbares Geländer. Thomas hatte es schnell herausgefunden: Wenn er den Rücken krumm machte und die Knie anzog, gelang es ihm, seinen Körper in diesem schwankenden Lager regelrecht festzuklemmen, was ihm zu einem zumindest halbwegs guten Schlaf verhalf.

Sein Weg vom Schlafdeck zur Unteroffiziersmesse oder zur Brücke wurde allerdings jedes Mal zu einem echten Abenteuer, bei dem er sich ständig einige blaue Flecke holte. Dabei konnte er noch froh sein, dass er sich nicht sämtliche Knochen brach. Wenn er sich auf den Weg durch die zum Glück engen Gänge des Schiffes machte, knallte er dabei unentwegt links und rechts gegen die Wand. Wenn sich gar zwei Personen dort begegneten, geriet der Versuch, aneinander vorbeizukommen, zu einer Art Veitstanz. Schlimm wurde es, einen der Niedergänge nach oben oder hinunter zu bezwingen. Wenn sich der Bug des Schiffes gerade hob, um mit seinem Steven eine der riesenhaften Wellen zu überwinden, wurde das Erklimmen nur einer einzigen Treppenstufe zu einer Herausforderung. Die Beine wurden einem schwer wie Blei, ja, man musste sich förmlich mit aller Kraft am Handlauf nach oben ziehen.

Aber wenn man schließlich auf diese Weise einen Teil der Stufen wie ein Kletterer in der Eiger Nordwand geschafft hatte, fiel das Schiff urplötzlich mit seinem Vorderteil in ein tiefes Wellental und schlagartig, leicht wie eine Feder, schoss man wie eine Rakete nach oben aus der Luke und in den darüberliegenden Gang hinaus. Man hielt es fast nicht für möglich, aber man gewöhnte sich auch an diese Art des täglichen Lebens.

Als schon alle zu glauben begannen, dieser Sturm würde niemals mehr enden, flaute er schließlich nach zwei Wochen langsam ab und alle atmeten erleichtert auf.

Auch an die Enge auf diesem kleinen, mit Menschen vollgestopften Schiff hatte Thomas sich mit der Zeit gewöhnt. Ein Schiff von knapp hundert Metern Länge, zwölf Metern Breite und mit zweihundertvierzig Mann an Bord war schon eine rechte Herausforderung.

Thomas pflegte während seiner Wache, hin und wieder in den Kartenraum zu schauen, wo der Master mit seinem Maat ihren vierstündlich sich verändernden Standort in der Mitte dieses riesigen Ozeans bestimmte und den Kurs berechnete. Sie waren nun schon fast drei Wochen unterwegs und wenngleich Thomas auf der Seekarte erkennen konnte, dass der Pazifik voller Inselgruppen und kleiner Inseln war, sahen sie dennoch Tag für Tag bis zum Horizont nur Wasser, Wasser, Wasser. Kein fremdes Land, kein anderes Schiff, ja, es schien, als wären sie mutterseelenallein auf der Welt. Der Ozean war so riesengroß, dass Thomas eine Ahnung der Unendlichkeit bekam.

Drei Tage, nachdem der Sturm abgeflaut war, erreichten sie die Datumsgrenze. Der Master erklärte ihm, dass diese durch den einhundertachtzigsten Längengrad gebildet werde, der zusammen mit seinem Gegenüber der zusammen mit seinem Gegenüber auf der anderen Seite der Erdhalbkugel dem Nullmeridian, oder auch der Meridian von Greenwich genannt, einmal den Globus runde.

In Greenwich fängt man die Zeit an zu zählen. Wenn dort die Sonne im Zenit steht, ist es zwölf Uhr und fährt man von hier nach Osten, wird bei jedem fünfzehnten Längengrad die Uhr um eine Stunde vorgestellt. Und wenn man dann immer weiter und weiter führe und dabei jedes Mal die Uhr vorstellt und wäre am Ende wie die „Donau" einmal halb um die Erde gefahren, merkte man, dass man durch das zwölfmalige Weiterstellen der Uhr gegenüber der anderen Seite des Längengrades einen ganzen Tag zu viel hat, denn da wäre ja noch „gestern".

Sie passierten die Datumsgrenze an einem Donnerstag und da sie einen Tag „zu viel" hatten, war auch am folgenden Tag immer noch Donnerstag.

‚Na sowas?', dachte Thomas und er fragte den Master: „Sagen Sie, wenn wir jetzt nichts anderes tun würden, als die ganze Nacht immer nur hin- und herfahren, würden wir dann niemals älter werden?"

Der blickte ihn aus großen, nachsichtigen Augen an.

„Na, das wäre wohl fein, wie? Nun denken Sie doch aber mal nach, Mensch! Beim Hin- und Herfahren läuft die Zeit doch trotzdem weiter, hmm?"

Thomas brauchte eine Weile, um das zu begreifen. Außerdem fand er das ungerecht, denn der Donnerstag war ja ein Arbeitstag. Die Uhren hingegen waren immer vorgestellt worden, während sie schliefen.

Seltsam fand er auch, dass es hierfür keine Taufe gab.

‚Äquator, Polarkreis, überall wird man getauft', überlegte er, aber wer kam schon mal wirklich in die Lage, die Datumsgrenze zu passieren? Das erlebten doch im Vergleich zum Überqueren des Äquators wohl nur ganz, ganz wenige Menschen, selbst wenn sie

jahrelang zur See fuhren. Die Datumsgrenze zu passieren, war von allen diesen Grenzüberschreitungen schon etwas sehr Besonderes. Das wäre doch durchaus eine kleine Feier wert gewesen.
Er war tatsächlich etwas enttäuscht von der Schiffsführung, diesen zweiten Donnerstag, den sie da quasi „geschenkt" bekamen, nicht zu einem Feiertag zu erklären und entsprechend auch zu würdigen.

Kurz nach diesem denkwürdigen Ereignis gab es auf der „Donau" einen Maschinenschaden. Das war recht heikel, denn sie befanden sich mitten auf dem Ozean. Ihr Schiff hatte zwar im Gegensatz zu einem Frachter zwei Schrauben und hätte immerhin noch mit nur einer seine Reise fortsetzen können, aber bei einem weiteren Sturm würde das womöglich recht gefährlich werden.
Ihr nächster Zielhafen, Hawaii, war aber noch über eine Woche entfernt.
Dadurch, dass Thomas sich häufig im Kartenhaus aufhielt, neben dem sich der Funkraum befand, bekam er manches mit, wovon der Rest der Besatzung gar nichts merkte. Er fragte den Master, was sie wohl jetzt tun würden.
„Nun", meinte dieser, „ein Handelsschiff mit nur einer Schraube muss in diesem Fall den Schaden, ob die Besatzung das will oder nicht, auf See beheben. Im schlimmsten Fall muss es einen Hochseeschlepper anfordern. Bei einem Kriegsschiff sieht das schon anders aus. Es kann nicht einfach so einen fremden Hafen anlaufen." Er schaute Thomas mit einer Spur von Belustigung in seinen Augen an. „Nein, das geht nur im äußersten Notfall", fuhr er fort, „aber es setzt einen unglaublichen Aufwand an diplomatischem Austausch der infrage kommenden Länder voraus."
„Haben wir denn durch den Ausfall einer von zwei Maschinen keinen Notfall?", fragte Thomas.

Der Master wiegte bedächtig seinen Kopf: Das ist vermutlich Ansichtssache, aber die Diplomatie muss trotzdem walten."

Er beugte sich zu der großen Seekarte auf seinem Tisch herunter.

„Schauen Sie", forderte er Thomas auf, „die Inseln hier, etwa eine Tagesreise entfernt, sind die Samoa-Inseln. Samoa aber ist ein souveräner Staat. Aber hier, sehen Sie …", er zeigte mit dem Finger auf eine der kleineren Inseln, „… das ist die Insel Tutuila, die gehört zu den Vereinigten Staaten von Amerika, und die wiederum sind ebenso wie wir Mitglied der Nato."

„Und dorthin fahren wir jetzt?", wollte Thomas wissen.

„Dorthin fahren wir", bestätigte der Master.

Über Thomas' Gesicht zog sich ein Strahlen.

„Oh, wie toll!", rief er aus. „Zusätzlich zu all unseren interessanten Häfen kommt nun auch noch Samoa dazu."

„Samoa!", er ließ es förmlich auf der Zunge zergehen. Der Name allein klang schon nach Südseetraum, nach blauer Lagune, nach blumenbekränzten Mädchen und Hula-Tanz.

‚Was ist schon Hawaii?', dachte er. ‚Nur einer von vielen Staaten der ‚Vereinigten Staaten von Amerika.' Natürlich hatte er seinen Jack London gelesen und glaubte, sich schon ein wenig auszukennen.

Als Folge nach Bekanntwerden ihres Maschinenschadens war dann einiges los im Äther, Funksprüche gingen hin und her, Funksprüche zwischen der „Donau" und dem Marinekommando in Wilhelmshaven, zwischen der „Donau" und der Firma Maybach, dem Hersteller ihrer Schiffsmaschinen, ferner zwischen der Bundesregierung und den USA und daraufhin wieder zwischen der „Donau" und den USA.

Und so kam es dann am Ende dazu, dass zu all den Häfen, die sie auf ihrer Reise um die Welt anliefen, noch ein weiterer hinzukam. Er hieß Pago Pago und befand sich auf der Samoa-Insel Tutuila.

Als am Morgen des folgenden Tages „Land in Sicht" gemeldet wurde, standen nahezu alle Mitglieder der Besatzung an Deck, allerdings nicht zur Parade aufgereiht wie sonst, denn es war ja kein offizieller Besuch.

Die Insel Tutuila bestand im Grunde aus nichts anderem als aus zwei riesigen, etwa zur Hälfte von tropischem Grün überwucherten und vor langer Zeit erloschenen Vulkanen.

Als nun das Schiff in langsamer Fahrt eine markante, mit Palmen bestandene Landspitze umrundete, stellte sich der vermeintliche Hafen aber lediglich als eine etwa hundert Meter lange Holzpier heraus, gleich unterhalb der Landspitze. Auf deren Ende konnte Thomas zwischen den Palmen einige bungalowartige Gebäude mit Palmwedeln gedeckten Dächern und großen Glasterrassen davor erkennen; sozusagen ein Mix aus genuiner und moderner Architektur. Die Holzpier selbst, an der sie schließlich festmachten, wurde an ihrer Rückseite von einer ungepflasterten Straße begrenzt, die offensichtlich zu diesem Gebäudekomplex führte, der, wie Thomas später erfuhr, ein amerikanisches Hotel war. Es war das einzige auf der Insel. In der Gegenrichtung verschwand die Straße im üppigen Grün der tropischen Flora. Vermutlich führte sie ins Landesinnere, das von hier aus gesehen allerdings völlig unbewohnt wirkte.

In der Mitte der Pier stand einsam ein Jeep mit einem Anhänger, davor zwei Personen, die sie anscheinend erwarteten. Wie sich herausstellte, waren das die beiden deutschen Mechaniker, die man in der Zwischenzeit hierher ans andere Ende der Welt geflogen hatte. In dem Hänger befanden sich die benötigten Ersatzteile und vielleicht auch noch einiges spezielles Werkzeug. Schon kurze Zeit darauf machten sich die drei Unzertrennlichen, Thomas, Johannes und Jürgen, auf, diese geheimnisvolle Südseeinsel zu erkunden. Die Landzunge mit dem Hotel auf ihrer Spitze war praktisch das Ende einer großen Bucht und die Straße, die sich hinter der Pier befand, schien einmal um die gesamte Bucht herumzulaufen. Sie mochte wohl so um die acht bis zehn Kilometer lang sein, bevor sie am gegenüberliegenden Ende der Bucht nach links abknickte und hinter einer weiteren Landzunge verschwand. Die Bucht selber, mit den sie umgebenden Kratern und Bergen, hatte etwas wie die tropische Version der Bucht von Amalfi in Italien, nur dass hier die Häuser, die sich wie dort terrassenförmig emporzogen, weitgehend im tropischen Grün verschwanden.

Die Straße folgte der Uferlinie und hatte an ihrer rechten Seite, der Seeseite, einen breiten, von schwarzen Basaltbrocken und kleinen Basaltinseln unterbrochenen feinen weißen Sandstrand. Auf ihrer linken Seite stieg das, mit undurchdringlichem Grün bestandene, Gelände steil an. Die Straße machte indes gleich hinter der Pier einen großen Bogen, und als die drei um die Kurve kamen, konnten sie dann auch hier und da Fassaden und Dächer des sich am Hang hochziehenden Ortes erkennen, dessen Häuser aus dem üppigen Grün des Urwaldes hervorlugten. Die Straße entfernte sich jetzt in einem größeren Bogen vom Ufer der Bucht, stieg etwas an und wurde für etwa einen halben Kilometer zur Hauptstraße des Ortes. Zu ihrer Überraschung entdeckten die drei sogar einen richtigen Laden und ein Postamt. Etwas höher hinauf, weiter im Landinneren, ragte ein Kirchturm aus dem grünen Dschungel hervor, der an diesem Ort, fern von Europa oder Amerika, auf eine seltsame Weise deplatziert wirkte, und vor der Kirche befand sich ein relativ ebenerdiger Platz, an dessen Rand eine Schule war. Zu den in unterschiedlichen Höhen in den Urwald hineingebauten Hütten und Holzhäusern führten lediglich schmale ausgetretene Lehmpfade. Der ganze Ort bestand aus einer Anzahl von bunt angestrichenen kleinen ein- bis zweigeschossigen Häusern, und zahlreichen mit Palmwedeln gedeckten Hütten. Von den Bewohnern konnten die Seemänner lediglich einige Kinder entdecken, die die seltsamen Menschen in ihren Matrosenuniformen neugierig anstarrten. Sie wurden aber sehr bald recht zutraulich, als Johannes sie ansprach.

Der Ort war nur sehr klein und am Ende kamen sie wieder auf die Küstenstraße. Die drei waren unschlüssig; um die Bucht einmal zu umrunden und auch wieder zurückzukommen, hätten sie wohl wenigstens einen Tag gebraucht. Gerade als sie noch überlegten, ob sie vielleicht noch ein Stück weitergehen oder doch lieber umkehren sollten, stoppte vor ihnen plötzlich ein offener Jeep, der sie just gerade überholt hatte. Der Fahrer wartete, bis sie aufgeschlossen hatten und fragte sie, ob sie nicht vielleicht mit ihm fahren wollten, er habe etwas zu einem einige Kilometer entfernten Ort zu bringen und würde sie gern auch wieder zurückbringen. Um dorthin zu gelangen, musste er einmal um die gesamte Bucht herumfahren und dann noch einige Kilometer weiter der Küste folgen.

Das ließen sich die Freunde natürlich nicht zweimal sagen. Sie sprangen in den Jeep und schon ging die Fahrt los.

Auf diese Weise kamen sie jetzt doch um die ganze Bucht herum und sogar noch weiter. Im Gegenteil zu ihrer ursprünglichen Annahme gab es keinerlei Straße oder Weg ins Landesinnere, denn dafür waren die Kegel der beiden Vulkane zu steil. Der Strand zu ihrer Rechten bestand, wie überall auf der Insel, aus einem sehr feinen weißen Sand, der immer wieder von schwarzen unterschiedlich hohen, teils bizarr geformten Lavablöcken durchsetzt war. Das Meer war von einer kristallklaren lindgrünen Farbe, darin eingestreut einige schroffe und grün bewachsene Inseln, hier und da geziert von Palmen. Auf der Landseite war ihr Weg gesäumt von vereinzelt stehenden Häusern oder Hütten mit ihren landestypischen Palmwedeldächern. Mal hatten sie Wände und dann auch wieder nicht. Was es damit auf sich hatte, erfuhren die Seemänner später, als sie eine kleine Ortschaft erreichten. Hier hielt ihr Fahrer und ließ sie aussteigen. Er sagte ihnen, dass er sie in einer halben bis dreiviertel Stunde wieder abholen würde und fuhr davon.

Zwischen den Hütten liefen Frauen und Kinder umher. Die Menschen, die hier lebten, waren durchweg von brauner Hautfarbe, mal heller und dann auch wieder dunkler. Die Frauen und Mädchen hatten lange schwarze Haare, die aber nicht wie etwa bei den Malaien ganz glatt waren, sondern eher leicht gelockt. Sie trugen bunte luftige, fast bis zu den Knöcheln reichende Tücher um die Hüften geschlungen und oben herum kurze Blusen mit tiefem Ausschnitt, vorne locker mit einem Band verschnürt und mit weiten, aber kurzen Ärmeln. Zwischen Oberteil und Rock war gut zwei Hände breit nackte Haut zu sehen.

Im Grunde war es nicht viel mehr als ein etwas „größeres" und luftiges Bikini-Oberteil. Thomas erinnerte sich, dass das Wort Bikini ja ursprünglich aus dem Polynesischen stammte. Besonders schön wirkte auch, dass Frauen und Mädchen fast ausnahmslos eine leuchtend bunte, große tropische Blüte hinter einem Ohr trugen.

Das gab ihnen im Verbund mit ihrer luftig-leichten Bekleidung ein ganz besonders anmutiges Aussehen.

Die Palmenhütten, in denen sie lebten, waren ebenso gebaut wie in alter Zeit, vor Jahrhunderten, als die Inseln jungfräulich und noch nicht entdeckt worden waren. Sie waren entweder ringsherum offen oder teilweise durch heruntergelassene Bastmatten geschlossen. Ihre Bewohner lebten offenbar darin wie in der alten Zeit.

Die Hütten waren rechteckig und bestanden lediglich aus mehreren dicken, senkrechten Pfeilern, auf denen das mehrschichtige Palmblätterdach ruhte. Nach alter Tradition gab es keine festen Wände, sondern im Inneren wie auch nach außen hin aufgerollte geflochtene Matten, die als Sichtschutz dienten oder bei schlechtem Wetter heruntergelassen werden konnten. Das häusliche Leben spielte sich auf diese Weise weitgehend in aller Offenheit ab.

Die Polynesier waren sanftmütige, lebensfrohe Menschen und sehr herzlich sowie gastfreundlich gegenüber Fremden.

Auch die Männer trugen, ähnlich der Dothis auf Ceylon, bis zu den Knien reichende Tücher, die hatten aber im Gegensatz zu jenen prächtige farbenfrohe Blumenmuster. Ansonsten waren Oberkörper und Arme überwiegend nackt, dafür aber geschmückt mit den landestypischen Tattoos. Auch Tattoo war ein aus dem Polynesischen stammender Begriff, erinnerte sich Thomas. Er vermutete nach allem, was er über ihre Kultur gehört hatte, dass die Frauen in alter Zeit ebenfalls oben herum frei gewesen waren.

Ihre Kinder liefen im Übrigen bis zum schulpflichtigen Alter völlig nackt umher.

Weil die Einwohner dieses Ortes sehr offen und zugewandt waren und da alle Englisch sprachen, entspann sich bald ein Gespräch zwischen ihnen und den Seeleuten. Da ihnen Marineuniformen nicht fremd waren, denn es gab offenbar am Ende der Insel einen Stützpunkt der US Navy, waren sie nicht sonderlich erstaunt, hier auf Marineleute zu treffen. Sie hatten daher auch sofort an den Uniformen erkannt, dass Thomas und seine Freunde keine Amerikaner waren. Als sie hörten, dass die drei aus Deutschland kamen, staunten sie aber dann doch.

Deutschland? Wo lag denn das?

Erst als sie erfuhren, dass es in Europa liege, nickten die Einheimischen. Von Europa hatten sie schon gehört.

Zu einem gemeinsamen Tee oder dergleichen kam es dann aber leider nicht mehr, denn in dem Augenblick, da die Einladung ausgesprochen war, kam der Jeep angebraust, um die Matrosen wieder abzuholen. Das fand Thomas ausgesprochen schade, er hätte zu gern diese einfachen und freundlichen Menschen auf der anderen Seite der Welt und mitten im Pazifik näher kennengelernt. Er ahnte irgendwie bereits, dass er auf Hawaii wohl schwerlich noch auf „echte" Polynesier treffen würde.

Es war Jürgen, der am Tag darauf die glorreiche Idee hatte, zu versuchen, die Taucherausrüstung, die es an Bord gab, auszuleihen, um die unvergleichlich prächtige Unterwasserwelt des Pazifiks zu erkunden. Er war darauf gekommen, als sich die drei einmal über die polynesische Inselwelt unterhalten hatten, mit ihren zauberhaften Lagunen und Korallenriffs.

„Wollen wir sie uns nicht einmal anschauen?", fragte er daher.

„Wie, anschauen?", Thomas verstand nicht.

„Nun, wir haben doch zwei Taucherausrüstungen an Bord", meinte er.

„Das stimmt", warf Johannes ein, „die sind bei uns unten in der Maschine, aber bekommen wir dafür eine Genehmigung?"

„Fragen kann man ja", schlug Jürgen vor. „Wir hängen das gar nicht erst an die große Glocke, kurzer Dienstweg, you know, ich frage mal den Oberbootsmann."

Gesagt, getan, der Oberbootsmann hatte ihn lange angeschaut, bis schließlich ein Lächeln über seine Gesichtszüge glitt.

„Warum nicht", meinte er dann, „vom Liegen wird das Material nicht besser, eigentlich sind wir ja sogar gehalten, sie ab und zu auszuprobieren, ob sie auch einwandfrei funktionieren." Er wandte sich direkt an Jürgen: „Sie, Maat Kunzelmann, haben die Verantwortung, dass sie sachgemäß benutzt werden."

Thomas hatte bis dato nicht einmal gewusst, dass Jürgen eine Taucherausbildung genossen hatte.

Für dieses Abenteuer ließen die drei nun sogar das Mittagessen sausen, holten die beiden Ausrüstungen und gingen damit bepackt von Bord. Sie behielten zu diesem Zweck ihre Arbeitskleidung an, damit niemand erst auf den Gedanken kam, dass es sich bei ihrem Vorhaben um etwas anderes als eine offizielle Sache handeln könnte.

Sie mussten dafür über das Hotelgelände gehen, denn die Korallenriffs lagen auf der anderen Seite der Landzunge, zur offenen See hin.

Am Ufer angekommen legten sie die Sauerstoffflaschen ab und zogen sich ihr Arbeitszeug aus. Eine Badehose hatten sie bereits darunter.

Johannes war als Erster dran. Mit Jürgens Hilfe schnallte er sich das Gestell mit den Gasflaschen um, setzte die Taucherbrille auf und Jürgen verband den Schlauch mit den Flaschen. Sie winkten Thomas kurz zu, wateten ins Wasser, und als sie tief genug hineingegangen waren, verschwanden sie unter der Oberfläche.

Thomas setzte sich auf einen aus dem feinen Sand ragenden Grasbüschel, schaute über die leere See und den Horizont und träumte vor sich hin. Sein Blick schweifte über das türkisfarbene kristallklare Wasser der Lagune, den tiefblauen Ozean dahinter und den feinen, fast weißen Sand mit den leise sich im Wind wiegenden Wedeln der Palmen. Die Sonne brannte auf ihn nieder. Sie konnte ihm jedoch mittlerweile nichts mehr anhaben, denn durch die langen Stunden in den heißen Zonen an Deck und an Land hatte seine Haut eine derart tiefbraune Farbe angenommen wie noch nie in seinem Leben.

„Ach', dachte er, ‚man müsste hier leben und nicht nur auf eine Stippvisite vorbeischauen.'

Dennoch hielt er sich für einen Begnadeten des Schicksals. Allein das Glück zu haben, hier so unbeschwert am Strand einer Südseeinsel liegen zu können! Und sei es auch nur für kurze Zeit – Samoa! – allein der Name war die pure Verheißung. In diesem einen Wort lag der ganze Zauber der Südsee. Und der Zauber sollte schon bald noch eine Steigerung erfahren. Thomas wurde aus seinen Träumen gerissen, als er seine beiden Freunde wieder wie Poseidon dem Meer entsteigen sah. Mit den Gasflaschen auf dem Rücken, ihren Tauchermasken und den Schläuchen wirkten sie wie Wesen aus einer anderen Welt. Jetzt schob Johannes seine Maske nach oben. Er strahlte über das ganze Gesicht.

„So etwas Tolles!", rief er schon von Weitem. „Du machst dir keinen Begriff."

Jürgen hatte ebenfalls seine Maske hochgeschoben.

„Jetzt bist du dran", lud er Thomas nun ein.

Dieser ließ sich das nicht zweimal sagen. Er tauschte mit Johannes die Taucherausrüstung und schon war er startbereit. Jürgen gab ihm noch einige Instruktionen und bald darauf watete Thomas hinter ihm her, in die warmen türkisblauen Fluten.

Als das Wasser ihm bis zum Bauch ging, ließ er sich nach vorn fallen und tauchte zum Grund hinunter. Zunächst sah er nichts als Sand unter sich. Er schwamm tiefer und tiefer und dann hatte er auf einmal das Riff vor sich. Es war keine durchgehende Mauer, sondern hatte Lücken und Durchschlüpfe und Thomas tauchte ein in eine Welt von nie gesehener Schönheit, ein Märchenland!

Es war ein Labyrinth von in den üppigsten Farben leuchtenden Korallenbänken. Es waren nicht die Korallen selbst, sie waren von eher grauer oder manchmal auch schneeweißer Färbung, nein, sie waren bewachsen von sich in ihrer Pracht gegenseitig überbietenden Pflanzen in den bizarrsten Formen. Fast schwerelos glitt Thomas dahin, ein kleiner Schlag mit seinen Schwimmflossen gab ihm einen Schub vorwärts, dass er aufpassen musste, nicht zu schnell zu werden und nicht aufzulaufen auf eines dieser messerscharfen Riffs.

Begleitet wurde er von Schwärmen silbern glitzernder Fische. Anscheinend ließen sie sich gar nicht stören von dem ungewohnten Besucher in ihrer Welt. Auf dem Meeresboden entdeckte Thomas, halb in den sandigen Boden gekuschelt, Flundern. Sie waren so gut getarnt, dass er sie erst bemerkte, als sie ganz leicht ihre Seitenflossen bewegten und kleine Wölkchen wie Staub unter ihnen aufstiegen. Da sah er einen Schwarm von in allen Neonfarben leuchtenden kleinen Fischen aus einer wie eine unterseeische Burg anmutenden Korallen-formation herausschießen.

Die Welt, durch die er sich bewegte, hatte nichts mit jener zu tun, die er oberhalb der Wasserfläche kannte.

Es war eine Traumwelt, ausgedacht von einem göttlichen Künstler.

Doch dann geschah es, dass ihn das Irdische ganz plötzlich wieder einholte: Gerade im Begriff, ein majestätisch aufragendes Tor zweier mächtiger Korallengebirge zu durchschwimmen, um einzutauchen in eine geheimnisvolle, höhlenartige Gasse, da erschien urplötzlich ein großer furchteinflößend aussehender Rochen. Thomas erschrak so sehr, dass er eine unbedachte Bewegung machte und ... *rrrratsch*, da war er mit der Hüfte an ein Riff geschrammt. Die Kanten waren messerscharf und es tat höllisch weh. Der hohe Salzgehalt des Pazifiks tat sein Übriges, um den Schmerz sogar noch zu vervielfachen:

‚Salz auf meiner Wunde‘, schoss es ihm durch den Kopf. Ein Romantitel? Wie kam er da jetzt drauf? Mit ein, zwei schnellen Schlägen seiner Flossen und heftig rudernden Armbewegungen schoss er in die Höhe. Direkt neben ihm tauchte Jürgen auf, Thomas hatte gar nicht gemerkt, dass dieser ihm die ganze Zeit über gefolgt war. Der Freund schob seine Tauchermaske hoch und grinste ihn an.

„Na!“, rief er. „Hast du dich geratscht?“

Thomas schob seine Maske ebenfalls hoch.

„Tut weh, was?“

Thomas nickte nur. Jürgen deutete zum Strand.

„Unsere Zeit ist sowieso um“, meinte er und schwamm ihm voraus zum Ufer, wo Johannes sie schon erwartete.

Tagelang hatte Thomas mit seiner Wunde noch zu tun. Sie wollte und wollte nicht heilen, aber was hatte er dafür im Tausch bekommen! Wahrer Reichtum war nicht das, was man besaß, nein, Reichtum war das, was man sah und erlebte. Da lachte man doch über so eine Lappalie.

Am dritten Tag ihres Aufenthaltes im Paradies verließen sie Pago Pago und eine Woche später, wieder einmal hatte ihr Schiff den Äquator gekreuzt, erreichten sie Hawaii.

Hawaii

In Pearl Harbour auf der Hawaii-Insel Oahu, nicht weit von Honululu, der Hauptstadt, befand sich eine der größten amerikanischen Marinebasen. Es war eine große Sache für die Besatzung eines deutschen Kriegsschiffes, diesem geschichtsträchtigen Ort einen offiziellen Freundschaftsbesuch abzustatten und es war das erste Mal überhaupt. Ihr Besuch dort war *das Ereignis* schlechthin. Es gab niemanden an Bord, dem nicht bewusst war, dass hier während des Zweiten Weltkrieges bei einem Überfall japanischer Bomber-Formationen ein großer Teil der amerikanischen Flotte versenkt worden war und die USA damit in den Krieg hineingezogen wurden.

Entsprechend verlief dann auch das Begrüßungszeremoniell. Man hätte meinen können, der deutsche Bundespräsident wäre mit an Bord.

Es ging damit los, dass als die „Donau" den Waipi'O Point passierte, die Spitze der Landzunge Oahus, ein Salut geschossen wurde und es war das erste Mal, dass Thomas miterlebte, wie ihre eigene Kanone auf dem Vordeck in Aktion war: Ein Salut musste schließlich beantwortet werden.

Auf dem Kai erwartete sie ein Riesenaufgebot an militärischen Ehrenformationen. Eine Kompanie der Marines in ihren blau-weiß-roten Uniformen hatte sich aufgebaut und natürlich war da auch eine richtige amerikanische Blaskapelle, mit ihrem typischen Sousaphone. Und genau dort, wo sie dann die Leinen festmachten, erwartete sie eine gemischte Gruppe aus hochwichtigen Personen in Uniform und in Zivil: der Hafenadmiral, der Gouverneur und der Bürgermeister von Honolulu und last but not least, sie waren ja schließlich auf Hawaii, eine polynesische Hula-Tanzgruppe einschließlich ihrer musikalischen Begleitung.

Als die Gangway ausgebracht war und der Kommandant samt seinem Ersten Offizier den ersten Schritt an Land getan hatte und sie dort in Positur verharrten, ertönte ein Signalhorn und alles, was eine Uniform trug, legte zum Gruß die Hand an die Mütze. Die Militärkapelle spielte die Nationalhymnen beider Länder und direkt im Anschluss stimmten die polynesischen Musiker an und der Tanz der Hula-Mädchen begann.

Der Kommandant der „Donau" samt seinen höheren Offizieren lauschte andächtig den Südseeklängen und als der Tanz geendet hatte, lösten sich drei der Südseeschönheiten aus der Schar. Sie trugen Blumenkränze in ihren Händen, die sie in einer feierlichen Zeremonie den Offizieren um den Hals legten. Anschließend gab es einen Kuss auf jede Wange und erst nun kam es zur Begrüßung durch die Abordnungen der hohen Herren.

Natürlich war die gesamte Mannschaft wie immer an den drei Relings der unterschiedlichen Decks angetreten in ihren weißen Paradeuniformen. Sie wurden nun Zeuge, wie eine weitere Gruppe der Tänzerinnen, vollgepackt mit Blumenkränzen, sich anschickte, das Schiff zu betreten. Die relativ dicht an der Reling aufgereihte Besatzung musste nun drei Schritte zurücktreten und sie bekamen jeder einen Blumenkranz umgelegt. Und natürlich bekam auch jeder einen Kuss und wurde von den Südseeschönheiten mit einem auf unnachahmliche Weise gehauchten „Aloha" begrüßt.

Auch Thomas war irgendwann an der Reihe: Eine der Schönen legte ihm einen Blumenkranz um den Hals. Sie beugte sich dicht zu ihm hin und er spürte einen wie hingehauchten Kuss auf seiner Wange. Es folgte ein ebenso gehauchtes „Aloha" dicht an seinem Ohr und tatsächlich wurde ihm ein wenig heiß bei dieser

Begrüßung. In diesem einen Wort „Aloha" lag eine ganze Melodie. Und in dieser kurzen Berührung, der Wärme und dem Duft des Mädchens lag der gesamte Zauber eines polynesischen Südseetraumes.

Es war im Grunde unbeschreiblich. Manch einer von Thomas' Kollegen wurde rot, ein anderer grinste verlegen, aber jeder Einzelne von der Besatzung hatte das Gefühl, ein König zu sein. Eine solche Begrüßung hatten sie noch nie erlebt und würden sie mit ziemlicher Sicherheit auch nie wieder erleben.

Fünf Tage lagen nun vor ihnen, Zeit genug, um Honolulu und sogar die ganze Insel Hawaii zu erkunden. Die Stadtverwaltung hatte für sie Busfahrten organisiert und sie bekamen Vulkane zu sehen, unberührte weiße Strände und sogar Strände aus schwarzem Sand. Hier hatte die ewig währende Brandung die schwarze Lava zu feinem Sand zermahlen.

Aber am liebsten machte sich Thomas mit seinen zwei Freunden, die ebenso dachten wie er, alleine auf den Weg. Auch sie konnten sich dem allgegenwärtigen Südseezauber nicht entziehen. Sehr bald wurde ihnen allerdings bewusst, dass sie sich hier ja in den Vereinigten Staaten befanden und alles, was irgendwie nach Tradition und alter Kultur aussah, war im Grunde nur ein Geschäft.

Aber einmal in seinem Leben auf dem weißen Sand von Waikiki Beach zu liegen!

Wer hätte nicht davon geträumt?

Zunächst einmal gingen sie jedoch einkaufen, eine original Hawaii-Badehose musste es schon sein, dazu ein Hawaii-Hemd und ein großes Hawaii-Badetuch.

Auf diese Weise ausstaffiert begaben sie sich zum Strand.

Die Brandung des Pazifiks war hier so gewaltig und so hoch, dass es äußerst schwierig war, überhaupt ins

Wasser zu kommen. Zweimal wurde Thomas äußerst unsanft zurück an den Strand geworfen. Schließlich aber wagte er, durch die turmhoch über ihm aufragende und sich dabei mit einer gewaltigen Schaumkrone überschlagende Brandungswelle kurzentschlossen hindurchzutauchen. Verschätzte er sich aber im Augenblick des Hineinhechtens zum richtigen Zeitpunkt, wurde er gnadenlos auf den Strand zurückgespült. Es war ein Gefühl, als würde man mit grobkörnigem Schmirgelpapier bearbeitet werden. Aber war man erst einmal draußen, war es unsagbar herrlich, hinauszuschwimmen, um dann, sich in den Wellen des Pazifiks wiegend, zurück auf den palmengesäumten Strand und die Stadt zu schauen. Das Wasser war achtundzwanzig Grad warm und deutlich salziger als das anderer Küsten, die Thomas kannte. Neben den vielen Schwimmern waren auch zahlreiche Surfer unterwegs. Waikiki war mit seinen riesigen Wellenbergen geradezu ein Eldorado für diese Wellenreiter. Thomas bekam es unsanft zu spüren. Eben im Begriff, zurück an Land zu schwimmen, was nicht so ganz einfach war, sauste von hinten kommend einer genau über ihn hinweg und drückte ihn mit seinem Brett unter Wasser. Thomas kam nicht dazu, ihm mit der Faust zu drohen, denn im selben Augenblick wurde er auch schon von der nachfolgenden Riesenwoge unsanft auf den Strand geworfen.

So, wie sie aus dem Wasser kamen, ließen sich die drei auf ihren Badetüchern nieder und in der Sonne braten. Abtrocknen brauchten sie sich nicht. Bei der hohen Wassertemperatur und um die zweiunddreißig Grad draußen, war an ein Frösteln nicht zu denken. Mit Sonnencreme einreiben brauchten sie sich nicht mehr, denn nach den vielen Wochen, die sie unter südlicher Sonne zugebracht hatten, konnte diese ihnen ja nichts mehr anhaben. Sie waren fast ebenso braungebrannt wie die Einheimischen. Es war ihnen allerdings aufgefallen, dass am hinteren Ende des Strandes Duschen installiert waren. Der Zweck wurde ihnen klar, als Thomas probeweise einmal über seinen Arm leckte. Der Salzgehalt des Ozeans war derartig hoch, dass es, um sich nicht wie ein Salzhering zu fühlen, ratsam war, sich nach jedem Bad mit Süßwasser abzuduschen.

Langsam machte sich bei den dreien Hunger bemerkbar. Sollten sie an einer der Buden am Strand einen Snack im Stehen einnehmen oder richtig essen gehen? Nach kurzer Beratung entschlossen sie sich zu Letzterem. Also begaben sie sich zu den Umkleidekabinen, um sich wieder in ihre weiße Ausgehuniform zu werfen.

Auf der gegenüberliegenden Seite des den Strand entlangführenden Boulevards befand sich eine große Anlage, eine Art von Freilichtmuseum und Freizeitpark. Dort fanden sie bald ein Lokal, das ihnen zusagte.

Sie hatten unweit von ihnen einen „Ice Parlour" entdeckt, in dem sie danach noch einkehrten.

Eine wahrhaft entzückende Eisverkäuferin bediente sie dort. Sie trug ein kurzes luftiges, im Hawaii-Stil mit Blumen bedrucktes Kleid und in ihrem pechschwarzen Haar steckte eine große gelbe Blüte direkt über ihrem linken Ohr.

Die drei bestellten ihre Eisbecher und als seine Freunde sich bereits umgewandt hatten, um sich einen Platz zu suchen, plauderte Thomas noch ein Weilchen mit dem Mädchen.

Als er sich schließlich mit seinem Eisbecher in der Hand den anderen zuwandte, war es ihm gelungen, sich mit der Südseeschönheit für den nächsten Tag zu verabreden.

Das aber behielt er schön für sich.

Nachdem die Freunde ihr Eis gelöffelt hatten, beschlossen sie, noch einmal zum Strand zu gehen.

Es war einfach zu schön, sich genüsslich dem Faulenzen hinzugeben und dem Treiben am Strand und den Surfern zuzusehen.

Sie blieben bis zum Abend. Um fast genau achtzehn Uhr schickte sich die Sonne an, mit ihrer hier in den Tropen verblüffenden Schnelligkeit unterzugehen. Sie versank als ein großer blutroter Ball im Ozean und kurz darauf färbte sich der gesamte Himmel in ein ebenso leuchtendes Blutrot.

Vom Boulevard wehten leise die Klänge einer Hawaii-Gitarre zu ihnen hinüber und Thomas beschloss, noch einmal ins Wasser zu gehen. Er kam gut durch die anrollenden Brecher und ließ von Weitem das Bild der Stadt mit ihrem beleuchteten Boulevard und den vielen Läden auf sich wirken. Vom Schwimmen zurück an den Strand war es immer noch so warm, dass er sich nicht einmal abtrocknen musste. Behaglich streckte er sich neben Johannes auf seinem Badetuch aus.

Am nächsten Morgen ging Thomas allein von Bord. Da sie immer alles zu dritt machten, musste er seinen Freunden jetzt wohl oder übel erzählen, was der Grund hierfür sei. Sie lachten zwar gutmütig, aber Thomas merkte, dass sie sich insgeheim doch ein wenig ärgerten. Er aber konnte sich eines flüchtigen Gefühls der Schadenfreude nicht erwehren. Er sah es als seine Retourkutsche an für die Sache mit den vier Aussies in Wellington, als die zwei Burschen sich mit ihren Begleiterinnen auf deren Zimmer verzogen und ihn mit den zwei übrig gebliebenen Mädchen „sitzen gelassen" hatten.

Angekommen am „Ice Parlour", musste er noch ein wenig warten, bis seine Rendezvous-Partnerin abgelöst wurde, und kurz darauf schlenderten sie zusammen durch das benachbarte Freilichtmuseum.

Selbstverständlich hielt Thomas seine Begleiterin für eine waschechte Polynesierin, aber sie entpuppte sich dann für ihn, ganz unromantisch, als eine chinesische Studentin, die sich hier neben ihrem Studium ein wenig Geld dazu verdiente. Sie hieß Leslie Ho und von ihr lernte er dann auch, wie Polynesierinnen in Wirklichkeit aussahen: Außer der Schwärze ihrer Haare gebe es im Grunde gar keine Ähnlichkeit. Er fühlte sich ein wenig beschämt, war er doch gerade auf Samoa gewesen und hatte dort „echte" Polynesierinnen gesehen. Weiterhin klärte Leslie ihn auf, warum es auf Hawaii so vergleichsweise viele Chinesen gab, was ihm bisher gar nicht aufgefallen war. Die Amerikaner hätten für die schwere Arbeit auf den Ananas-Plantagen über die Jahrhunderte hinweg und in großen Mengen Chinesen nach Hawaii geholt, weil die Ureinwohner für diese Arbeit irgendwie nicht zu gebrauchen seien. Warum das so war, konnte er nur raten. Stellten sie sich zu ungeschickt an? Waren sie zu faul? Aber auch hierzu hatte seine Begleiterin eine Erklärung: Sie seien einfach zu stolz gewesen, als „Untertanen" der weißen Eroberer auch noch für sie zu arbeiten. Lieber starben sie.

Bei ihrem Spaziergang durch das parkähnliche Freilichtmuseum führte Leslie ihn schließlich an einen Platz, wo zu gewissen Zeiten traditionelle Hula-Tänze aufgeführt wurden. Und gerade jetzt begannen die Tänzerinnen und ihre Musiker mit ihrer Aufführung. Thomas war begeistert. Das war wirklich eine ganz tolle Idee von Leslie gewesen, denn nun kam er am Ende doch noch dazu, Zeuge der alten Traditionen dieses Volkes zu werden.

Nun, eine Kostprobe davon hatte er ja bereits auf dem Kai bei ihrer Ankunft genossen, aber hier erlebte er jetzt in einer etwas intimeren Atmosphäre eine ganze Show.

Die Mädchen führten all die unterschiedlichen Tänze der zahlreichen Inselgruppen im riesigen Pazifik auf, die man zu Polynesien zählte. Nach jeder Darbietung von etwa vier bis fünf Tänzen kleideten sie sich sogar um in die jeweilige Landestracht. Diese Show war die absolute Haupt-Attraktion dieses Parks. Leslie erzählte ihm, dass die Tänze der Polynesierinnen ursprünglich Verführungstänze gewesen seien. Die jungen Frauen suchten sich die Männer ihrer Wahl aus, indem sie sie auf diese Weise antanzten.

„Eine frühe und offenbar natürliche Art von Emanzipation", meinte Thomas und beide lachten.

„Ja, durchaus", sagte Leslie, „die Polynesier waren große Krieger und Seefahrer, aber die Frauen suchten sich ihre Männer selber aus." Thomas konnte sich das gut vorstellen. Begleitet von einer großen Trommel und einer Ukulele bewegten die jungen Frauen ihre Hüften, ähnlich der Bewegungen, die man beim Hula-Hoop machte, nur sehr viel schneller, sodass die Luft nur so knisterte vor Erotik. Und es waren ausgesprochen schöne Tänzerinnen, in ihren Baströcken und den Blumenkränzen im Haar, fand Thomas.

Am Abend lud er seine Begleiterin zum Essen ein und anschließend setzten sie sich noch auf eine Bank am Waikiki-Beach und schauten über den nachtdunklen Ozean mit seiner selbst im Dunklen weiß leuchtenden Brandung.

Vorsichtig legte Thomas seinen Arm um Leslie. Sie ließ es geschehen, lehnte ihren Kopf sanft an seine Schulter und zusammen träumten sie einen viel zu kurzen, aber wunderschönen Traum; den Traum einer einzigen, sinnbetörenden Tropennacht zu zweit. Schweigend und ohne sich zu rühren, saßen sie dicht aneinandergeschmiegt auf der Bank. Thomas spürte keinerlei Verlangen, das fremde Mädchen zu küssen.

Beide wussten, dass sie nur diesen einzigen Abend hatten, der junge Mann aus dem kalten Nordeuropa und die junge Frau aus den traumhaft schönen Gefilden der Südsee. Sie würden diesen einen Abend ihr Leben lang nicht vergessen.

Unendlicher Pazifik

Es hieß, wenn man beim Auslaufen „Diamond Head" passiere und man an dieser Stelle seinen Blumenkranz über Bord warf und er an Land gespült wurde, komme man irgendwann einmal wieder nach Hawaii zurück.
Das taten dann natürlich so gut wie alle, wer wollte nicht gern an diesen Ort zurückkehren? Unter denen, die nun an der Reling standen, um ihre inzwischen welk gewordenen Blumenkränze dem Meer zu übergeben, befand sich auch Thomas und er warf seinen Kranz mit solch einem Schwung, dass seine Mütze gleich hinterherflog. Alle meinten, das sei ein gutes Zeichen. Aber später fragte er sich: Wollte er denn wirklich so gern wieder nach Hawaii? War er nicht einfach „nur" dem Zauber der Südsee und einer hübschen Eisverkäuferin erlegen? Im Grunde war Hawaii ein Bundesstaat der USA, nicht mehr, und der ganze Rummel um den Zauber der Südsee nichts anderes als eine Erfindung für Touristen. Ganz zweifellos hatten ihn andere tropische Gebiete der Welt mehr beeindruckt – gleichsam andersartige, exotische, mit dem Reiz und dem Abenteuer fremder, uralter Kulturen.
Ceylon zum Beispiel.

Jetzt sollte es nach Port of Spain auf der Insel Trinidad gehen. Drei Wochen hatten sie allein von Neuseeland nach Hawaii gebraucht, nun lagen weitere drei Wochen vor ihnen, in denen sie nichts als den endlosen Horizont und Wasser sehen würden.

Wie in jedem Hafen, hatten auch in Honolulu viele auf den Postsack gewartet. Und natürlich war auch für Thomas wieder etwas dabeigewesen: von Monika. Er hatte das Kuvert zunächst wie immer beiseitegelegt. Hatte er sie inzwischen nicht schon fast vergessen?

Ihre Briefe aus der Heimat wirkten auf ihn inzwischen mehr als eine Mahnung: *Ich bin auch noch da!* Sie erinnerten ihn an einen Alltag, der nur zu bald auch für ihn wieder Realität werden würde. Es fühlte sich nicht gut an. Wollte er wirklich dahin zurück? Schon seit einiger Zeit hatte er ihre Briefe mit zunehmend gemischten Gefühlen gelesen. Er wusste eigentlich gar nicht, was er darin erwartete. All die vielen Wochen und Monate, seit sie in Kiel zu ihrer Reise um die Welt gestartet waren, hatte er sich so wundervoll frei und ungebunden gefühlt wie nie zuvor in seinem Leben. Sein Hunger war geweckt, die Welt war ein großes berauschendes Abenteuer. Es gab nur die Gegenwart, er kannte kein Früher und wollte auch nicht an später denken. Und Monikas Briefe bewirkten nun genau das Gegenteil von dem, was sie sich davon erhoffte, sie rissen Thomas jedes Mal aus diesem schönen Gefühl von Schwerelosigkeit heraus. Er verstand es selber nicht. Sie erzeugten in ihm eine Art von einem dumpfen, etwas wie an eine unbestimmte Angst erinnernden Gefühls. So wie er es aus früher Kindheit kannte, ein Gefühl der Enge und Beklemmung. Etwas, dem er vor Jahren entflohen war, als er sein Zuhause verließ.

Und nebenbei quälten Thomas Zweifel, ob Monika ihn wirklich liebte, ja, ob sie ihn jemals geliebt hatte. Natürlich, eine Antwort würde er darauf niemals bekommen.

Im Grunde ist es etwas wie der Glaube an Gott, wir werden es nie sicher erfahren, ob es ihn wirklich gibt. Vielleicht erfahren wir es erst nach unserem Tod.

Und genauso schien es sich wohl auch mit der Liebe zu verhalten. Warum konnte er nicht wirklich daran glauben? Aber Thomas' Gott ließ ihn mit dieser Frage allein. Was ihm fehlte, war das Vertrauen, ein festes unumstößliches Vertrauen. War es vielleicht so, dass man nur ein einziges Mal in seinem Leben wirklich und bedingungslos vertraute, so wie als kleines Kind an der Hand seiner Mutter?

Und dann tat Thomas etwas, das seinem gesamten weiteren Leben eine Richtung gab, die so gut wie unumkehrbar war: Er schrieb Monika einen Brief, in dem er ihr ihre Verlobung aufkündigte, und damit nahm das Schicksal seinen Lauf.

Viele Monate später konnte er nicht einmal mehr sagen, warum er das getan hatte.

Vielleicht sind wir ja alle nur Getriebene. Wir sind zwar verantwortlich für unser Tun, aber wissen dennoch nur selten, warum wir bestimmte Dinge so tun, wie wir sie getan haben und nicht anders.

Wenn Monika ihn wirklich liebte, und er glaubte das ebensogut wie sein Gegenteil, dann war das, was er da getan hatte, für ihr beider Leben, aber ganz besonders für das ihre, eine wirkliche Tragödie.

In diesem Fall hätte er große Schuld auf sich geladen, die ihn vermutlich sein Leben lang nie wieder verlassen würde; und warum hatte es gerade jetzt sein müssen …

Hätte er damit nicht warten können, bis sein Schiff wieder zurück in Kiel gewesen wäre?

Aber eine vermutliche Erklärung gab es doch für seine Entscheidung: Thomas hatte aufgrund seiner trost- und lieblosen Kindheit eine permanente, unterschwellig vorhandene, aber wahnsinnige Angst davor, in einem bürgerlichen Alltagsleben zu enden, das von Streit, von gegenseitigen Verletzungen und von Spießigkeit geprägt war. Ein Leben, das bei dem Unvermögen mit ihren frühkindlichen Traumata umzugehen – denn Monika selber war es ja noch weit schlimmer ergangen, als ihm – zu einem grauen, dumpfen und lieblosen Dasein werden würde, das am Ende gar ein Zerbrechen der Familie mit den daraus resultierenden Folgen für die Kinder haben würde. Genauso wie es ihren Eltern gegangen war.

Das Trauma der Eltern wird weitergegeben an ihre Kinder und mit jedem Mal wird es dabei schlimmer.

Andererseits wünschte Thomas sich nichts sehnlicher, seit er seinem Zuhause entflohen war, als eine liebende Frau und liebevoll und behütet aufwachsende Kinder.

Doch nichts im Leben ist ein Zufall. Hatte ihm das Schicksal nicht gerade diese Frau zugeführt? War sie nicht ebenso eine Suchende wie er selbst, voller Hoffnung auf Geborgenheit, Trost und Liebe? Und war es nicht so, dass in dem Augenblick, da er sich mit ihr vereint hatte, er nicht auch Verantwortung für sie übernommen hatte?

Thomas kam mit seiner Grübelei zu keinem Ende. Vielleicht waren es auch nur diese vielen eintönigen Wochen auf See, die ihn überhaupt in diese Grübelei geführt hatten. War es am Ende gar der endlose Pazifik, der ihn in diese Düsternis der Gedanken trieb? Man nannte ihn den Stillen Ozean. So war es vielleicht schon vor ihm vielen Seefahrern gegangen. Was, wenn sie nur noch allein auf der Welt wären und nirgendwo mehr ankommen würden?

Alle die Bewohner auf den Hunderten von kleinen und großen Inseln, in diesem schier unendlichen Ozean, hatten sich irgendwann einfach in ihre Auslegerkanus gesetzt und waren losgefahren, hinein in diese scheinbar endlose Wasserwüste und sie waren immer noch da.

Sie hatten irgendwo ihr Glück gefunden, vielleicht sogar für eine sehr, sehr lange Zeit, um dann eines Tages doch noch eingeholt zu werden, von der erbarmungslosen Welt da draußen, jenseits der Wassermassen.

Thomas faltete seinen Brief, steckte ihn in den Umschlag und adressierte ihn. Ach, hätte er doch wenigstens bis Panama City damit gewartet, ihn abzugeben.

Aber er brachte sein Kuvert unverzüglich zur Poststelle. Nun würde er zusammen mit den Briefen all der anderen Menschen auf ihrem Schiff in Panama City auf die Reise gehen, um irgendwann vom Postboten im Ostseebad Holnis in einen Briefkasten gesteckt zu werden.

Thomas fühlte sich danach auf seltsame Weise befreit, doch er war wieder einmal davongelaufen. Wie oft würde er noch davonlaufen in seinem Leben? Darüber machte er sich jedoch keine Gedanken, er war sich dessen nicht einmal bewusst.

Als die „Donau" schließlich Panama City erreichte, atmeten alle auf. Die Schiffsführung hatte durchaus versucht, mit Deckspielen in Form von Wettbewerben und mit der Abhaltung einer sogenannten Bergfeier die

Mannschaft bei Laune zu halten, was ihr auch halbwegs gelungen war. Es war durchaus nicht Thomas allein gewesen, der angesichts der Enge in den Decks, dem Fehlen jeder Rückzugsmöglichkeit und dem ewigen Anblick der leeren Wasserfläche in eine Depression abzugleiten drohte.

Seinen Brief hatte er völlig vergessen, denn nun fuhren sie ein in den zweiten der großen Kanäle der Welt, der hier an der schmalsten Stelle Mittel- und Südamerika voneinander trennte und die beiden Ozeane miteinander verband. Es gab wieder neue Abenteuer zu erleben.

Als die „Donau" den Kanal nach einer Durchquerung von etwas weniger als einem Tag wieder verließ, spürte Thomas sofort die andere Luft, die hier herrschte. Ihre Fahrt hatte sie zunächst durch steile Felsenabhänge und Gebirge auf beiden Seiten geführt und etwa ab der Hälfte über einen großen See gesäumt von undurchdringlichem tropischem Urwald. Graue Wolken hingen tief am Himmel und es regnete.

‚Fast wie zu Hause', dachte er, wenn es bei alldem nicht immer noch drückend warm gewesen wäre.

Sie befanden sich ja nach wie vor in den Tropen.

Zwei Tage später lief die „Donau" mit ihrer üblichen „Schlagseite" in die Bucht von Port of Spain ein, um dort an einem ellenlangen Kai festzumachen. Nur wenige Menschen standen dort, um sie zu begrüßen, vereinzelte Neugierige und die Honoratioren des Landes und der Stadt. Man sah es an den dicken, hochglänzend schwarzen Limousinen, die hinter ihnen aufgereiht parkten.

Die Carnival Queen

Es war so um Mittag, als sie in Port of Spain anlegten. Aufgrund der Zeit, die nach all den Formalitäten, die bei der Ankunft eines Kriegsschiffes in einem fremden Hafen vergangen war, reichte gerade so für Thomas und seine Freunde, um noch einen kleinen Stadtbummel zu machen. Als sie von Bord gingen, hatten sich bereits drei Verkaufsstände mit Andenken vor dem Schiff aufgebaut.

Nach Colombo war Port of Spain erst ihr zweiter Besuch in einer Hafenstadt der sogenannten Dritten Welt. Thomas schien es hier nicht annähernd so exotisch zu sein, wie er es in Colombo empfunden hatte. Hier wie dort wimmelte es von Menschen, die hier aber nicht einer gemeinsamen Kultur und Geschichte zuzuordnen waren. Es war eher ein wie zufällig zusammengeworfenes Völkergemisch, das in den Straßen unterwegs war. In der Hauptsache bestand es aus Menschen afrikanischer Herkunft und in allen Schattierungen von ganz schwarz bis hellbraun. Die zweite Bevölkerungsgruppe, die Thomas auffiel, war indischer Abstammung und als dritte einige wenige Lateinamerikaner.

Auf den Bordsteinen hockten dicke Frauen mit Kopftüchern, die grüne Bananenstauden feilboten, die sie einfach so rings um sich herum halb auf dem Bürgersteig und halb auf der Straße ausgebreitet hatten. Es gab nicht einmal Verkaufsstände.

Nach kurzer Zeit erreichten die drei einen Platz mit einem Denkmal in der Mitte, mit einer großen im anglikanischen Stil erbauten Kirche am Rande. Es war von der Anlage her ein Platz, wie er sich in dutzenden englischen Städten hätte befinden können, mit der Ausnahme allerdings, dass sein Rasen nicht so grün war und unter den ausladenden Kronen der Bäume zahlreiche Müßiggänger barfuß und mit ausgefransten Hosen der Länge nach auf dem ausgetrockneten Boden lagen.

In einer Ecke befand sich ein Kiosk, vor dem einige Klapptische und Bänke aufgebaut waren. Sie waren alle gut besetzt.

Unschlüssig, in welche Richtung sie weitergehen sollten, schauten sie sich um. Thomas warf einen Blick auf seine Uhr.

„Es wird bald dunkel", sagte er eingedenk ihrer Erfahrungen in den Tropen. „Was haltet ihr davon, wenn wir essen gehen und anschließend machen wir uns wieder auf den Heimweg."

Johannes nickte.

„Gute Idee", meinte er und dann zeigte er auf eine belebte Straße, die von der Mitte des Platzes aus schnurgerade nach Westen führte.

„Da sind viele Läden", meinte er, „da finden wir bestimmt etwas."

So querten sie die Straße, die den Platz an drei Seiten säumte, und bummelten gemächlich auf dieser entlang, der Prince Street, wie sie dem Straßenschild entnahmen. Hier reihte sich Geschäft an Geschäft und ab und zu entdeckten sie auch ein Restaurant. Aber nachdem sie die jeweilige Karte studiert hatten, sagten diese ihnen nicht besonders zu. Das ging so lange, bis sie auf ein indisches Restaurant trafen, und angesichts der vielen Inder, denen sie immer wieder begegnet waren, versprach es auch, eine original indische Küche zu führen.

Sie wurden nicht enttäuscht und noch während sie sich voller Appetit über die Speisen hermachten, bemerkten sie beim Blick durch die großen Fenster, wie es draußen dunkel wurde.

Auf dem Weg zurück zum Schiff fiel Thomas auf, dass sich das Leben und Treiben in den Straßen trotz der Dunkelheit nicht wesentlich verändert hatte.

Am kommenden Tag, es war ein Sonnabend, war Schiffsbesichtigung und Thomas traf es zum zweiten Mal auf seiner langen Reise, dass er an diesem Tag Wache hatte.

Schon ab neun Uhr sammelten sich die ersten Neugierigen auf der Pier und ab zehn wurde die Gangway freigegeben. Nachdem der erste Schub von Interessierten bereits an Bord gekommen war, stand Thomas ein wenig gelangweilt, die Arme auf die Reling gestützt an der Gangway. In der Regel wurden die Besucher gruppenweise von den Offiziersanwärtern geführt. Den Unteroffizieren indes stand es frei, durch die Gänge oder über die Decks zu schlendern und nach eigenen Ermessen Erklärungen abzugeben oder einzelne Besucher herumzuführen.

Wie Thomas nun so seine Blicke über die Gangway und den Kai gleiten ließ, fielen ihm zwei junge Frauen auf, die sich gerade anschickten, aufs Schiff emporzusteigen. Er hatte Mühe, ein Schmunzeln zu unterdrücken, denn die Szene, die sich ihm bot, war nicht frei von Komik. Ja, es hatte durchaus etwas Slapstickhaftes, denn beide trugen High Heels oder wie man damals sagte: Stöckelschuhe. Thomas schaute ihnen interessiert und leicht belustigt zu, wie sie mit diesem Schuhwerk, sich krampfhaft an den Handtauen festklammernd, die Gangway hinaufgestakst kamen. Nachdem sie diese endlich bezwungen hatten und oben angekommen waren, schauten sie sich ein wenig hilf- und ratlos um.

Die eine der beiden jungen Damen war deutlich kleiner als ihre Begleiterin und dem Aussehen nach indischer Herkunft. Die große, sie trug neben ihren sowieso schon hochhackigen Schuhen ihre schwarzen Haare nach Art der Mode, wie es auch schon vor über drei Jahren zuvor in Flensburg üblich gewesen war, hochtoupiert. Sie überragte ihre Begleiterin um gut einen Kopf und war im Gegensatz zu jener, die genauso gut in Colombo hätte zu Hause sein können, ein für die Karibischen Inseln typischer Mischling mit afrikanischen Vorfahren und einigem europäischem Einschlag. Ihre Hautfarbe war von einem hellen Milchkaffeebraun und sie trug, ganz bieder, ein schwarzweiß kariertes Kostüm. Die Frauen hielten ihre Handtäschchen mit beiden Händen artig vor dem Bauch. Es wirkte fast ein wenig rührend, wie sie da jetzt vor Thomas standen und ihn erwartungsfroh ansahen.

Er setzte sein freundlichstes Lächeln auf.

„Can I help you?"

Ja, das konnte er, wie er sehr schnell erfuhr. Da gerade keiner der Offiziersanwärter in Sicht war, bot er ihnen an, sie selber durchs Schiff zu führen. Ein Schelm, der Delikates dabei dachte. Es war eine Art von Déjà-vu von Thomas' Begegnung mit den vier Aussies in Wellington.

So machte er eine einladende Handbewegung, ihm zu folgen, übernahm die Führung und seine Begleiterinnen stakselten und stolperten tapfer hinter ihm her. Sie waren voller Eifer und ließen sich alles genau erklären. Sie vermittelten ihm tatsächlich das Gefühl, sich für all das, was er ihnen zeigte, wahnsinnig zu interessieren. Thomas war das nicht ganz unbekannt, doch nach seiner Erfahrung mit Schiffsbesichtigungen von jungen Frauen nahm er ihnen das auch nicht so ganz ab.

Seine Führungen endeten gewöhnlich auf der Brücke. Hier oben, wo er sich praktisch wie zu Hause fühlte, hatte er die beste Gelegenheit, sich noch einmal näher mit seinen Besucherinnen auszutauschen. Er erzählte ein wenig von sich selbst und im Gegenzug taten es die beiden jungen Frauen auch von sich. Thomas' größtes

Anliegen war ja stets, möglichst viel über das Leben der Menschen in den verschiedenen Ländern zu erfahren.

Sie berichteten nun, dass sie beide Angestellte in irgendeiner Agentur waren, die sich im ersten Stock über einem Laden auf einer der Hauptstraßen von Port of Spain befand. Sarah, die Größere, spielte bei allem offensichtlich die Wortführerin.

„Habt ihr schon einmal ein Kriegsschiff wie dieses besichtigt?", fragte Thomas.

Sie schüttelte den Kopf.

„Nein, noch nie", entgegnete sie. „Es kommen häufiger amerikanische Kriegsschiffe hierher in unsere Stadt, aber dieses Schiff ist das erste, das wir besichtigen."

Sie lachte. „Wir waren ja bis vor zwei Jahren selber noch Bürger des United Kingdom."

„Ja, ich habe davon gehört", sagte Thomas. „Und fühlt es sich für euch jetzt anders an?"

Die beiden schüttelten den Kopf und lachten erneut.

Bei all diesen Gesprächen über das Woher und Wohin tauten sie zusehends auf, und irgendwann begannen die zwei, Thomas vom Karneval in Trinidad zu erzählen, und das taten sie mit einer Begeisterung, als hätten sie nur darauf gewartet, dieses Thema anschneiden zu können. Nun, er hatte natürlich wie alle Europäer vom Karneval in Rio gehört und konnte ihre Begeisterung von daher durchaus nachvollziehen. Karneval schien in den lateinamerikanischen Ländern eine sehr große Rolle zu spielen, es war in jedem Jahr schlichtweg das Ereignis des Jahres.

Ja, und dann kam die Große endlich zur Sache, und erzählte Thomas, und er spürte förmlich, wie stolz sie darauf war, dass sie im letzten Jahr zur Miss Carnival gekürt worden sei. Sie war unter Hunderten, ja, vielleicht Tausenden von jungen schönen Frauen ausgewählt worden.

Dabei schaute sie ihn so erwartungsvoll an, sodass er sich eingeladen fühlte, sie etwas eingehender zu mustern.

‚Ja‘, dachte er, ‚unter ihrer etwas biederen und altbackenen Fassade verbirgt sich tatsächlich eine sehr hübsche junge Frau.‘

„Warte!“, beschied sie ihn und begann eifrig in ihrem Handtäschchen zu kramen.

Schließlich fischte sie ein Foto hervor, um es ihm mit einer fast schüchternen Gebärde zu überreichen. Thomas nahm es mit mehr oder weniger höflichem Interesse entgegen und dann verschlug es ihm fast die Sprache. Das Foto zeigte eine strahlende Schönheit, halb nackt, wie man das ja kannte von den Bildern vom Karneval, und mit einem großen leuchtend roten Federschmuck auf dem Kopf. Und auch an ihrem Po glaubte er, einen solchen zu erkennen, so etwas in der Art eines Pfauenschwanzes, oder nein, besser noch eines Paradiesvogels.

‚Das hier auf dem Bild muss jemand anderes sein‘, schoss es ihm durch den Kopf.

Er blickte von dem Foto zurück in ihr Gesicht. Sie schaute ihn etwas verlegen, aber mit einem geradezu rührenden Stolz an.

‚Aber ja‘, dachte er nun, ‚tatsächlich, das ist sie.‘

Als sie seine Verblüffung bemerkte, lächelte sie ein wenig geschmeichelt.

Weiß Gott, sie war geradezu eine richtige Schönheit! Dass er das nicht gleich erkannt hatte. Als er ihr jetzt ihr Foto zurückgab, konnte er grade noch im letzten Moment ein anerkennendes Pfeifen unterdrücken. Sie aber konnte seine Bewunderung unschwer in seinem Blick erkennen und lächelte ihn verzückt an. Thomas war sich ziemlich sicher, dass sie es gar nicht mal darauf angelegt hatte, seine Bewunderung zu erheischen, als sie ihm das Foto zeigte. Sie war vermutlich einfach nur ganz wahnsinnig stolz darauf, zur schönsten Frau des Karnevals von Port of Spain gewählt worden zu sein. Nun, das war ja auch etwas und die zwei Frauen zeigten darüber eine geradezu kindliche Freude.

So langsam begann es ihm zu dämmern, dass Sarahs, nach seinem Geschmack ja ein wenig altbackenes, Kostüm, das sie trug, und dazu die hochhackigen Schuhe so ungefähr das Beste war, was ihr Kleiderschrank hergab, und dass sich beide für ihren Besuch auf dem Schiff extra fein gemacht hatten. Thomas war einmal mehr tief gerührt bei diesem Gedanken. Wie wahnsinnig stolz diese junge Frau von Trinidad auf diese Auszeichnung war, konnte man vielleicht aus europäischer Sicht kaum begreifen. Vermutlich ging sie das ganze Jahr über brav, wie alle anderen, Tag für Tag in ihr Büro – und man durfte sich das nicht vorstellen wie ein Büro in Hamburg oder London. Sie hockte da das ganze Jahr über bei offenem Fenster in diesem kleinen dunklen Raum über dem Laden an ihrem Schreibtisch, über ihr die träge flappenden Flügel des Ventilators an der Decke und das Geklapper ihrer Schreibmaschine war bis hinunter auf die Straße zu hören.

Aber ein einziges Mal im Jahr, und vielleicht sogar in ihrem ganzen Leben, hatte sie sich unter dem Jubel einer riesigen Menschenmenge in eine wirkliche Königin, die „Carnival Queen" von Port of Spain verwandelt! Sie hatte, sich immer wieder um sich selbst drehend, an der Spitze der Musikband getanzt und die dicht gedrängt an den Straßenrändern stehende Menge hatte ihr begeistert zugejubelt. Es war vermutlich das größte Ereignis in ihrem ganzen Leben gewesen.

Aber dann dachte Thomas plötzlich an seine Monika, wie sie damals mit ihren fünf Petticoats unter ihrem Rock und der kunstvoll hochtoupierten Frisur im „Goldenen Anker" am Wochenende tanzen gegangen war. War das nicht im Grunde genau das gleiche gewesen? Einmal in ihrer kleinen Welt und für einen winzigen Augenblick die Königin zu sein? Aber es war ja gar nicht mehr seine Monika. Ihm fiel plötzlich sein Brief ein, den er ihr auf dem Pazifik geschrieben hatte. Es durchfuhr ihn auf einmal heiß. Was hatte er da bloß getan?

Die jungen Damen bemerkten seine plötzliche Betroffenheit nicht. Sie fragten ihn jetzt, wie es ihm in Port of Spain gefalle und was er schon gesehen habe. Am Ende wollten sie noch wissen, ob er nicht vielleicht Lust habe, sich von ihnen am nächsten Tag die Stadt zeigen zu lassen.

Er schaute der Milchkaffeebraunen zum ersten Male richtig in ihre sanften honiggelben Augen, mit denen sie ihn einladend anblickte, und er bemerkte, dass diese nicht einfach nur schön, sondern sogar ganz außergewöhnlich schön waren, er sah kleine helle Lichter darin tanzen. Wieder einmal hatte er das Gefühl, in diesen Augen zu versinken.

Und so stürzte er sich Hals über Kopf in ein neues Abenteuer.

Am Tag darauf, es war ein Sonntag, zog sich Thomas recht beschwingt seine weiße Ausgehuniform an und als er die Gangway hinuntertrabte, sah er Sarah bereits auf der Pier stehen und ihn erwarten. Sie war allein gekommen und dieses Mal trug sie sogar flache Schuhe. Offenbar hatte sie viel mit ihm vor.

Thomas gab ihr artig die Hand und sie lächelte ihn ein wenig schüchtern an.

„Ach so", sagte er, „ich bin Thomas." Er sprach seinen Namen englisch aus.

„Sarah", sagte sie, obwohl sie sich am Tag zuvor ja schon einmal vorgestellt hatte.

„Nun, dann wollen wir mal", meinte Thomas, tunlichst um Munterkeit bemüht, um seine Befangenheit zu überspielen.

Wenn er nun geglaubt hätte, dass sie mit ihm, so wie er mit seinen Freunden zwei Tage zuvor schnurstracks in die City, Richtung Woodford Square, laufen würde, sah er sich getäuscht. Sie hatte zu Beginn ihrer Odyssee etwas Besonderes mit ihm vor und folgte mit ihm der Kaistraße nach rechts, die nach kurzer Zeit in einen Weg überging. Nach etwa zehn Minuten endete dieser in einem urwaldähnlichen sumpfigen Gebiet, das von verschiedenen, halb zugewachsenen Wasserstraßen durchzogen wurde. Etwa so hatte sich Thomas immer die Uferbereiche des Amazonas vorgestellt.

Was er hier vor sich sah, war eine schier undurchdringliche und sumpfig-feuchte Tropenwald-Landschaft. Und an dieser Stelle befand sich ein kleiner Bootssteg, an dem verschiedene Boote träge vor sich hin dümpelten. Ein paar Männer hockten auf umgedrehten Kisten.

Als die beiden näher kamen, sprangen drei von ihnen auf und begannen wild durcheinander auf sie einzureden. Dabei deuteten sie auf ihre Boote. Sarah beendete das Durcheinander, indem sie bei dem Bootsführer einstieg, der im Preis am weitesten heruntergegangen war. Sie nahm auf der Mittelbank Platz und lud Thomas ein, sich neben sie zu setzen. Der Bootsführer schnappte sich ein langes Paddel, ähnlich denen, wie sie die Gondolieri in Venedig benutzten, stieß sich ab und paddelte die zwei in eine der Wasserstraßen hinein. Bald darauf hatte das grüne Dickicht sie verschlungen.

Es war nahezu totenstill hier drinnen, nur das leise Platschen des Paddels war zu hören und ab und zu der Schrei eines exotischen Vogels. Thomas fand es fast ein wenig unheimlich.

Wohin er auch blickte, rechts und links zweigten überall mal schmale oder auch breitere Kanäle ab. Es war der reinste Irrgarten.

‚Na, der Bootsführer wird sich schon auskennen‘, redete sich Thomas im Stillen Mut zu. Wenn es auch ein wenig bedrohlich wirkte, so war es doch gleichsam herrlich romantisch, empfand Thomas und rückte ein wenig näher an seine Begleiterin heran. Eine Bootsfahrt durch tropischen Sumpf hatte er natürlich noch nie erlebt. Etwa so mochten sich die Konquistadoren gefühlt haben, als sie auf der Suche nach El Dorado in den brasilianischen Urwald eingedrungen waren. Es war ein ganz besonderes Erlebnis. Dazu kam dieses ganz außergewöhnlich aufregende Gefühl, so dicht an der Seite dieser schönen fremden Frau zu sitzen und er spürte ein beständig leichtes Prickeln in seinem Inneren. Was mochte das wohl für eine Geschichte werden? Er genoss es geradezu, auf diese Weise so lautlos durch das stille schwarze Wasser dieses, ja, was war es eigentlich, dieses sumpfigen Urwalds zu gleiten.

„Ob es hier wohl Krokodile gibt?“, fragte er seine Begleiterin.

„Oh, ich weiß nicht“, gab diese zurück, „ich habe noch nie ein Krokodil gesehen.“ Sie wandte sich um und blickte fragend den Bootsführer an.

„Ja, es gibt Krokodile“, meinte dieser. „Manchmal liegen sie am Ufer einer der vielen Inseln oder auch im flachen Wasser. Aber man sieht dann fast gar nichts mehr von ihnen. Wenn man es nicht weiß, erkennt man sie nicht. Es sieht aus, als schwimme ein Stück Holz im Wasser.“

Thomas blickte sich um, aber wo er auch hinschaute, er sah nirgendwo ein Ufer, das tropische Grün reichte bis weit über die Wasserfläche.

Als sie beide etwa eine halbe bis dreiviertel Stunde später wieder festen Boden unter den Füßen hatten, sagte Thomas zu ihr:

„Das hast du aber fein für mich ausgesucht, Sarah!", und er freute sich zu sehen, wie sie ihn beglückt anlächelte.

Zurück wählten sie dann einen anderen Weg, Thomas hätte nicht mehr sagen können, in welcher Richtung sich der Hafen befand. Sie kamen jetzt durch ein Wohngebiet, in dem offenbar die etwas betuchteren Einwohner Port of Spains lebten. Schließlich erreichten sie einen großen Platz, der in seiner Mitte von einem einzigen Baum bestanden war, aber was für einem Baum! Seine gewaltige pilzförmige Krone hätte mühelos ein ganzes Fußballfeld abdecken können. Thomas ahnte, dass es sich hier um eine der Sehenswürdigkeiten der Stadt handeln musste. Die Menschen, die hier in seinem Schatten weilten, waren von anderem Schlage als die kreuz und quer unter den Bäumen liegenden Gestalten des vorgestrigen Abends, auf dem Platz an der Kirche, dem Woodford Square. Hier tummelten sich Familien mit kleinen Kindern, alle hübsch angezogen, und just eben kam eine ganze Gruppe von Schulmädchen in ihren Schuluniformen vorbei.

Sarah führte Thomas, sie hatte ihn unerwartet ganz zaghaft an der Hand gefasst, diagonal über den Platz und wandte sich jetzt der Innenstadt zu. Thomas bemerkte es an der dichteren Bebauung und der zunehmenden Schäbigkeit der Häuser. Und ganz plötzlich standen sie vor dem Platz, an dem er bereits mit seinen Freunden gewesen war.

„Das ist der Woodford Square", klärte ihn Sarah auf, „und das große Gebäude auf der gegenüberliegenden Seite beherbergt die Stadtverwaltung."
Die kreuz und quer auf dem braunen Rasen unter den Bäumen liegenden Männer wirkten, als hätten sie sich, seit Thomas vor zwei Tagen hier gewesen war, nicht von der Stelle gerührt.
Am Kiosk entdeckte er zwei freie Plätze an einem der Klapptische und jetzt war er es, der Sarah dorthin führte und sie aufforderte, Platz zu nehmen.
„Wie wär's mit einer Tasse Kaffee?", lud er sie ein.
„Oh! Sehr gern", meinte diese, „und vielleicht auch ein Stück Gebäck dazu?"
Sie saßen noch nicht lange, Thomas in seiner weißen Matrosenuniform wirkte wie ein Wesen vom anderen Stern inmitten dieses bunten Völkergemischs, da näherte sich ihnen ein Straßenmusikant. Er baute sich vor ihrem Tisch auf und sang ihnen einen Calypso. Leider verstand Thomas nicht genug von dem, was dieser sang, aber ein kurzer Seitenblick zu Sarah und ihr belustigtes Lächeln verriet ihm, dass es etwas war, was sie beide betraf.
Thomas gab ihm ein paar Münzen und offenbar war das mehr, als der Sänger erwartet hatte. Er grinste über sein ganzes Gesicht und trug ihnen noch ein zweites Lied vor.
Als er wieder fort war, klärte Sarah Thomas auf, was es mit diesen Musikern auf sich hatte. Trinidad war Calypsoland. Die Sänger dachten sich spontan eine Geschichte über ihre Zuhörer aus und sangen sie, indem sie sich selber auf einer Gitarre begleiteten. Aber als Thomas nachhakte, ihm zu erzählen, was er denn gesungen habe, wollte sie partout nicht mit der Sprache herausrücken.

Schließlich erhoben sie sich, um ihren Weg fortzusetzen. Sarah führte ihn nun die Prince Street hinunter, die Thomas bereits kannte. Aber natürlich waren er und seine Freunde sie nicht bis zu ihrem Ende gegangen. Dort nämlich kamen sie an eine weitere Sehenswürdigkeit Port of Spains: den trockenen Fluss. Ein Fluss, der wohl irgendwann einmal Wasser geführt hatte, aber seit vielen Jahren trockengefallen war. Sie überquerten eine Fußgängerbrücke, die schon bessere Tage gesehen hatte, mit Geländern aus rostigen Schmiedeeisen. Hier wurde es zunehmend ärmlicher und bald darauf waren sie am Rande der Slums. Die notdürftig aus Brettern und rostigem Wellblech zusammengehämmerten, windschiefen Buden zogen sich einen ganzen Hügel hinauf und oben erblickte Thomas ein paar große Öltanks.

„Sie nennen das hier den Ölberg", erklärte Sarah, „in Anspielung auf den heiligen Berg in Jerusalem, aber in Wirklichkeit ganz profan wegen der Öltanks dort oben." Nachdem sie eine Weile an den trostlosen Behausungen entlanggegangen waren, wandten sie sich über eine zweite Brücke wieder zurück und kamen nun in ein recht illustres Wohngebiet. Schmale Straßen, gesäumt von einfachen eingeschossigen Häusern, mit flachen Dächern aus meist rostigem Wellblech, viele davon mit halbhohen Mauern, hinter denen leuchtend rot und blau blühende Büsche hervorlugten, bildeten ein einfaches aber anheimelndes Wohnviertel, in dem sich Thomas recht wohl fühlte. Bürgersteige gab es nicht. Aber es fuhren hier auch so gut wie keine Autos. Auch wenn manch eines der Grundstücke vielleicht etwas ungepflegt aussah, wirkte die gesamte Atmosphäre doch ausgesprochen gemütlich.

Thomas wurde das Gefühl nicht los, es bereits irgendwoher zu kennen. Es dauerte eine ganze Weile, bis er darauf kam. Es war noch gar nicht so lange her, da hatte er ein Buch gelesen, von V.S. Naipaul. Der Titel hieß: „Blaue Karren in Calypsoland". Er hatte immer gefunden, dass das vielleicht ein etwas alberner Titel war, aber er hatte es gern gelesen und es spielte nicht allein in diesem Teil von Port of Spain, sondern er und Sarah begegneten hier nun genau dieser Art von liebenswerten Menschen aller Hautfarben, die der Autor in seinem Buch beschrieben hatte.

Vor einem der Häuser bemerkten sie jetzt eine Frau, die gerade im Begriff stand, die Wäsche abzunehmen, die zum Trocknen auf einer Leine hing. Die Frau war offensichtlich noch recht jung und man konnte in ihr unschwer die afrikanische Heimat ihrer Vorfahren erkennen. Die Kinderschar jedoch, die um sie herumtollte, wies alle denkbaren Schattierungen von hellbraun bis schwarz auf. Das Ganze wirkte so idyllisch, dass Thomas der jungen Mutter und ihren munteren Kindern zuwinkte. Sarah nun begrüßte sie wie eine alte Bekannte.

Sollte dies vielleicht das Viertel sein, in dem Sarah wohnte, mutmaßte Thomas.

Es herrschte gerade Regenzeit und Thomas und Sarah hatten den Grund, warum die Frau gerade die Wäsche abgenommen hatte, nicht gleich erkannt. Dunkle Wolken waren ganz unbemerkt aufgezogen. So traf sie der plötzlich herniedergehende Guss völlig unvorbereitet. Der Himmel öffnete ohne Vorwarnung seine Schleusen und man pflegte das wohl immer so zu sagen, ohne jedoch die wahre Bedeutung dieser Worte wirklich zu kennen: Es schüttete wie aus Eimern, von einer Sekunde auf die andere. Es fühlte sich wahrhaftig so an, als würde jemand einen Eimer Wasser über sie auskippen, nur dass der Eimer dabei nie leer wurde.

In weniger als einer Minute waren sie bis auf die Haut durchnässt. Es war ein typischer Tropenregen; Pfützen, groß wie kleine Teiche, standen urplötzlich auf der

Straße. Thomas' allergrößte Sorge dabei war sein Portemonnaie, in dem auch seine Landgangpapiere verwahrt waren. So versuchte er, mehr schlecht als recht, es mit beiden Händen vor dem Regen zu schützen. Alles andere war ihm im Grunde egal, es war ja heiß und schwül es wurde durch den Regen auch nicht kühler.

„Komm, steck es schnell in meine Tasche", forderte Sarah ihn auf und schwupps, schon hatte er es hineingetan.

‚Hoffentlich vergesse ich es nachher nicht', dachte er.

Nach ein paar Minuten hörte der Regen so plötzlich auf, wie er gekommen war, und die Sonne knallte auf sie hernieder, als hätte jemand einen Hebel umgelegt. Alles um sie herum und auch sie selbst begannen regelrecht zu dampfen und in weiteren zehn Minuten waren sie bereits so vollständig trocken, dass man hätte denken können, es hätte überhaupt niemals geregnet.

Auf ihrem weiteren Weg zogen sie es dann aber vor, den Himmel lieber sorgfältig zu beobachten, damit sie, wenn es nochmal losginge, sich rechtzeitig unterstellen konnten. Seltsamerweise regnete es dann aber den ganzen Tag nicht mehr.

Sie beide hatten jetzt eine schmale Straße erreicht, in die sie abbogen, und vor einem der Häuser blieb Sarah plötzlich stehen.

„Hier ist mein Zuhause", eröffnete sie ihm.

Es war ein flacher, in hellem Gelb gestrichener Bau, der von unten her schon etwas grün angemodert war, wie man es recht oft hier in den Tropen sah, und hier und da begann auch schon der Putz abzublättern. Das Dach bestand aus teilweise angerostetem Wellblech. Neben dem Eingang stand ein opulent blühender Busch, der mit großen, leuchtend roten Blüten geradezu übersät war.

Beide standen sie eine Weile vor der Gartenpforte und schauten auf das Haus.

„Schön hast du es hier", sagte Thomas schließlich.

„Ja, findest du?", meinte Sarah geschmeichelt und lächelte ihn an. „Ist ja nur zur Miete", fuhr sie dann fort. Sie schickte sich nun an, die Pforte zu öffnen, und während sie auf die Eingangstür zuging, fischte sie den Hausschlüssel aus ihrer Tasche.

„Ich möchte dich zum Essen einladen", sagte sie dabei und schaute ihn von der Seite an. „Wie wär's, hast du Lust dazu?"

‚Lust ist gar kein Ausdruck', dachte Thomas, ganz sicher hatte er Lust dazu.

Es war für ihn, er musste es sich eingestehen, fast so etwas wie das Gefühl, das einen wohl überkommen konnte, wenn man durch die Pforte des Paradieses trat. Einen Augenblick lang wurde es ihm, obgleich es ja ohnehin schon heiß war, noch ein wenig heißer. Als sie eintraten, hatte ihre Freundin bereits den Tisch gedeckt. Diese begrüßte ihn auf indische Art, indem sie ihre aneinandergelegten Handflächen vor die Brust hielt. Thomas wurde sofort an seinen Besuch auf der Insel Ceylon erinnert.

‚Mein Gott', dachte er, ‚ist das schon so lange her?' Es schien ihm, als wäre er schon seit Ewigkeiten so unterwegs, und im Grunde verhielt es sich ja auch so. Thomas hatte nicht geglaubt, so schnell schon wieder zu einem indischen Essen zu kommen.

Es wurde ein rundum gemütlicher Abend. Nach dem Essen saßen sie alle noch ein wenig zusammen, Sarah und er selbst nebeneinander auf dem Sofa und wie zufällig rückten sie bei ihrem Gespräch peu á peu ein kleines Stückchen näher aneinander heran. Am Ende kuschelte sich Sarah richtig an ihn. Thomas wusste gar nicht so recht, wie ihm geschah. Es war ein so wunderschönes Gefühl. Er hätte sie wohl jetzt wahnsinnig gern geküsst, aber das traute er sich nicht, zumindest nicht, solange ihre Freundin ihnen noch gegenübersaß. Aber auch so war es ein sehr schöner geselliger Abend. Sie erzählten sich, wie verschieden doch die Welten seien, in denen sie lebten, und den beiden Frauen fielen immer neue Fragen zu dem Leben ein, das Thomas bei sich zu Hause führte, und ob er denn kein Heimweh habe.

„Nein", sagte er, „überhaupt nicht. Mein Zuhause ist mein Schiff, wie sonst wohl sollte ich alle diese schönen Plätze überall in der Welt kennenlernen."

Gegen elf Uhr verabschiedete sich Sarahs Freundin für die Nacht und ließ sie beide allein zurück. Thomas war sich nun plötzlich doch unsicher geworden, ob er Sarah jetzt küssen sollte, und hoffte im Stillen, dass sie selber vielleicht irgendwann den Anfang machte. Auf keinen Fall wollte er die Situation „ausnutzen". Sein Zwiespalt wurde dadurch aufgelöst, als er irgendwann kurz auf seine Uhr schaute: Wenn er noch an Bord zurückwollte, wäre es jetzt wohl auch an der Zeit, sich ebenfalls zu verabschieden, überlegte er.

So erhob er sich also nach einer Weile und hub gerade an, zu sagen: *Ja, ich muss dann wohl jetzt auch gehen.* Aber wie er da zu Sarah hinunterschaute, blieben ihm die Worte förmlich im Hals stecken und er brachte nur noch heraus: „Ja, ich muss dann ..."

Den Kopf leicht zur Seite gedreht, blickte sie stumm vor sich auf den Boden und ihre eben noch so ausgelassene Fröhlichkeit war verschwunden.

Thomas fühlte ein zweites Mal, wie ihm heiß wurde. Dieses Mal allerdings aus Unsicherheit.

‚Sollte sie etwa ...', er brachte den Satz in Gedanken nicht zu Ende. Ein, zwei Sekunden lang rang er etwas unschlüssig seine Hände und dann setzte er sich wortlos wieder zu ihr auf das Sofa

Liebe gab es überall auf der Welt, aber die Liebe in den Tropen war etwas ganz Besonderes, etwas Einzigartiges. Vor allen Dingen lag das an dem Zauber der schwül-warmen Nächte mit ihren schweren Düften und den Rufen exotischer Nachtvögel. Emotion und Leidenschaften waren hier um ein Vielfaches ausgeprägter als anderswo. Die Bewohner der Tropen empfanden stärker, sie waren selbstloser und wenn sie etwas schenkten, schenkten sie alles, was sie hatten.

Thomas schlief kaum in dieser Nacht. Er lauschte den ungewohnten Geräuschen, die von draußen durch die offenen mit Fliegengittern versehenen Fenster hereindrangen, die Luft war gesättigt mit Rufen, Lachen und Musik und immer wieder wehte von irgendwoher leise das Lied „Guantanamera", getragen von einem lauen Wind, der die Vorhänge sanft bauschte. Dieser Song war offensichtlich im Augenblick der große Hit in ganz Lateinamerika, man hörte ihn ständig und von überallher.

Es war, trotz der geöffneten Fenster, stickig heiß und dicht bei ihm lag diese ihm gleichsam fremde wie vertraute Frau und er spürte, dass auch sie nicht schlief. Sie war so wundervoll warm und weich und sie war so über alles und auf eine bisher nie gekannte Weise liebevoll mit ihm gewesen, ach, mochte er doch niemals wieder aus diesem Traum erwachen.

Ein paarmal fühlte er, wie Sarah ihm in einer liebevollen Geste das Laken, das ihnen als Decke diente, über seine wegen der Hitze bloßgestrampelten Beine zog.

Dies alles fand doch nicht wirklich statt, oder? Als es zu dämmern begann, beobachtete er lange Zeit und fasziniert einen Gecko, der kopfüber an der Zimmerdecke spazieren ging, so als wäre es der ebene Boden.

War das nicht der Beweis, dass dies alles hier nicht wirklich geschah? Geckos spazierten doch nicht an Zimmerdecken.

Oder vielleicht doch?

Abschied

Abschiednehmen war für einen Menschen, der zur See fuhr, ein ständig wiederkehrendes Ereignis und Abschied tat jedes Mal erneut weh. Man gewöhnte sich nie daran.

Es war nun weit über drei Jahre her, dass Thomas als junger Matrose, gerade von zu Hause fortgegangen, erlebt hatte, wie an der Columbuskaje in Bremerhaven die Auswandererschiffe ablegten. Wenn damals die so gigantisch große „United States", letzte Trägerin des legendären Blauen Bandes, abgelegt hatte, gab es ja regelmäßig herzzerreißende Szenen des Abschieds. Thomas erinnerte sich daran, wie die Kapelle „Muss i denn zum Städele hinaus ..." spielte und die Menschen sich ein letztes Lebewohl zuwinkten. Das hatte ihn damals schon immer sehr berührt.

Jetzt erlebte er es, zum zweiten Mal auf ihrer Reise, selbst. Nur dieses zweite Mal war unsagbar viel schwerer für ihn, denn es war das erste Mal in seinem Leben, dass eine geliebte Person am Kai stand, um ihm zum Abschied zuzuwinken. Würde er sie jemals wiedersehen?

Er war einer von zweihundertvierzig, die an Deck standen. Sein Platz war auf dem unteren Deck, gleich dort neben der Pforte, wo normalerweise die Gangway ausgebracht wurde. Diese war bereits eingeholt. Sein Herz war schwer, was ließ er hier so unerwartet zurück? Zwei volle Tage, drei Abende und vier Nächte waren sie zusammengewesen und ihm war zumute, als ließe er einen Teil von sich selbst hier zurück.

Noch gestern hatte er einen ganzen Tag mit Sarah an der Maracas Bay verbracht und das war so gekommen:

An den Nachmittagen der vergangenen Tage, immer wenn Sarah Feierabend hatte, hatte Thomas vor dem Reisebüro, in dem sie arbeitete, und auf sie gewartet.

„Es wird sicher Getuschel geben, unter ihren Kolleginnen‘, dachte er dann, aber es war ihm egal.
Sie gingen dann zu Fuß zu ihr nach Hause, wo sie mit ihrer Freundin lebte. Und früh am Morgen musste er sich jedes Mal schweren Herzens von ihr trennen. Bei der Marine gab es Urlaub immer nur bis zum Wecken, so stand es auf der Urlaubskarte, die man bekam. Aber da Sarah sowieso arbeiten musste, fiel ihm die Trennung nicht gar so schwer, er würde sie ja am späten Nachmittag wiedersehen.
Nun war es so gewesen, dass am vorletzten Tag ihres Staatsbesuches in Port of Spain die Gastgeber für die Mannschaft noch einen Ausflug zur Maracas Bay organisiert hatten.
Die Maracas Bay war ein beliebtes Ausflugsziel der Trinidadiens, das Bade- und Strandparadies schlechthin. Es lag etwa eine Dreiviertelstunde Fahrtzeit entfernt nördlich von Port of Spain. Kolumbus sollte angeblich genau hier gelandet sein, und weil es seine dritte Reise gewesen war, hatte er der Insel den Namen Trinidad gegeben.
Thomas wäre wohl liebend gern mitgefahren, aber noch größer war seine Sehnsucht nach Sarah gewesen.
„Du kannst doch trotzdem am Abend noch zu mir kommen“, hatte sie gesagt, als er es ihr erzählte.
Thomas sah ihr in ihre honigbraunen Augen, in denen er jedes Mal aufs Neue unrettbar versank, und seufzte.
„Ach, liebe Sarah, uns bleibt so wenig Zeit zusammen, mir ist jede Stunde mit dir so kostbar“, entgegnete er schließlich.
Sarah drückte ihm gerührt einen Kuss auf die Stirn.
„Ich gebe dir meinen Hausschlüssel“, meinte sie, „wenn du möchtest, kannst du dich dann wenigstens tagsüber hier aufhalten. Ich komme nämlich über Mittag immer für eine Stunde nach Hause und dann könnten wir sogar zusammen Mittag essen.“

Thomas schlang seine Arme um sie und drückte sie an sich.

„Liebe Sarah", sagte er leise. Er fühlte sich so unsagbar glücklich.

Am Tag darauf, als sie zusammen am Mittagstisch saßen, Sarah schien sichtbar guter Laune, rückte sie mit ihrer Neuigkeit heraus: „Ich habe für morgen frei bekommen, lieber Thomas. Wie findest du das? Nun können wir doch noch zur Maracas Bay fahren, wir beide, ganz allein!"
Thomas sprang auf, umarmte sie und führte mit ihr vor lauter Freude einen Tanz auf.
Und so kam es, dass am nächsten Tag ein verliebtes Paar Hand in Hand zum Busbahnhof schlenderte.
Sie suchten sich ein abgelegenes Plätzchen in einem Palmenhain oben am Ende des Strandes und hier stellten sie ihre Taschen ab und breiteten die Badetücher aus. Den ganzen Tag saßen sie hier nun aneinandergekuschelt zusammen und schauten träumerisch über den hellen Sandstrand und die Weite des Ozeans. Ab und zu stürzten sie sich voller Lebenslust in die Fluten des Atlantiks, um aber bald darauf zurückzukehren zu ihrem Lager. Sarah stellte Thomas viele Fragen nach dem Land, aus dem er kam.
„Wie ist es dort?"
„Kalt!"
„Ja, und die Menschen? Wie sind sie da bei euch?"
„Ebenfalls kalt."
Thomas begann zu ahnen, warum sie ihn so begierig nach seiner Heimat ausfragte, und etwas zögerlich fing er an, mehr von sich zu erzählen. Dabei kam es ihm in den Sinn, wie es wohl wäre, Sarah zu sich nach Hamburg zu holen. Konnte man eine Frau, die man gerade einmal drei Tage kannte, so mir nichts, dir nichts

mit nach Deutschland nehmen? Würde ihre Verliebtheit all diese großen Herausforderungen überstehen und sich eine tiefe Liebe zwischen ihnen entwickeln können?
„Erzähl mir von dir", lud er sie daher ausweichend ein. „bist du hier in Port of Spain groß geworden? Leben deine Eltern noch?"

Gegen sechs, als die Sonne begann in ihrem Rücken hinter dem Steilufer zu verschwinden, brachen sie auf, packten ihre paar Sachen zusammen und machten sich auf den Weg zur Bushaltestelle. Nach etwa zwanzig Metern verhielt Thomas seinen Schritt, drehte sich zurück und schaute zu ihrem Platz, wo sie so lange zusammengesessen hatten. Er wurde von so großer Wehmut erfasst, dass er Mühe hatte, nicht in Tränen auszubrechen. Ein schneller Blick zur Seite sagte ihm, dass es Sarah nicht anders ging. Er drückte fest ihre Hand.
„Komm, lass uns gehen", sagte er.
Er schlief nicht gut, diese Nacht, und er spürte, dass es Sarah nicht anders ging. Einmal, er war kurz eingeschlummert, erwachte er. Er hatte das Gefühl, dass sie weinte.
„Weinst du?", fragte er leise und sofort schlang sie beide Arme um ihn.
„Geh nicht fort!", flehte sie.
„Ich muss!"
„Ja, ich weiß … Halte mich ganz fest."
Thomas drückte Sarah innig an sich. Und dann sagte er etwas, das er später immer wieder bereuen würde: „Ich hole dich zu mir nach Deutschland."

Die Bordwand des Schiffes war nicht so sehr hoch und fast hätte er Sarah die Hand geben können, die unter ihm am Kai stand, und doch waren sie so weit voneinander entfernt.

Am frühen Morgen waren sie noch zusammen von ihrer Wohnung zum Schiff gegangen. Sie hatten sich umarmt und geküsst und sie hatte sehr geweint. Er hatte ihr gezeigt, an welcher Stelle er an Deck stehen würde, wenn sie ablegten, und seitdem stand sie da unten und hatte gewartet.

Nun war es gleich so weit.

Und wie das oft so ist, wenn man von starken Gefühlen überwältigt wird, tauschte man nur noch Belanglosigkeiten aus.

„Schreib mir, wenn du wieder zu Hause bist!"
Da dröhnte auch schon das Signalhorn des Schiffes und die auf dem Kai aufmarschierte Steel-Band begann zu spielen.

„Lebe wohl, meine Liebe, lebe wohl!"
Langsam öffnete sich der Spalt zwischen Schiff und Kaimauer, wurde breit und breiter, wurde zu einem Graben, zu einem See und die Menschen auf dem Kai wurden immer kleiner. Thomas winkte wie wild. Er konnte noch sehen, wie dem armen Mädchen die Tränen über das Gesicht liefen und wie ihre Freundin, die dazugekommen war, sie tröstend in den Arm nahm. Erneut ertönte das Signalhorn.

Und Thomas schien ganz plötzlich irgendetwas ins Auge geraten zu sein und er musste sich abwenden, um zu versuchen, es herauszuwischen. Aber in Wirklichkeit war da gar nichts hineingeraten ...

„Guantanamera, guajira guantanamera ..."

Und irgendwann war der Graben, der See, wieder zu einem Ozean geworden.

Es wurde jetzt mit jedem Tag etwas kälter. Die Tropen verschwanden hinter dem Horizont und bald darauf hatte sie wieder die nüchterne Kühle Europas gepackt.

Es gab wohl kaum etwas Trostloseres, als an einem grauen und feuchten Dezembertag im Hafen von Kiel anzukommen, wenn man direkt aus den Tropen kam. Gut, es hatten etwa zwei Wochen dazwischengelegen, sodass man sich langsam wieder an das „schreckliche" Klima gewöhnen konnte, und noch dazu hatte ihnen der Atlantik nicht gerade sein freundlichstes Gesicht gezeigt.

Nach einer so langen Reise stand die Pier bei ihrer Ankunft voller Menschen, die ihnen bereits von Weitem, lange vor dem Anlegen, stürmisch zuwinkten, und kaum war die Gangway ausgebracht, gab es herzzerreißende Szenen der Begrüßung; Küsse, lachende und weinende und sich in den Armen liegende Menschen.

Für Thomas war niemand gekommen. Das hatte er ja so haben wollen. Aber trotz allem tat ihm sein Herz weh. Seit dem Tag, als die „Donau" den englischen Kanal passiert hatte, war er von einer unbestimmten Hoffnung ergriffen worden, ob nicht vielleicht doch Monika auf der Pier stehen würde. Er hatte sich gesagt, wenn sie bei seiner Ankunft dort warten würde, wäre das der Beweis, dass sie ihn wirklich und trotz allem liebte. Aber sie war nicht da. Und er würde, später und die darauffolgenden Jahre, auch nie mehr von ihr hören. Es war, als hätte es sie beide nie gegeben.

Ein kurzes Zwischenspiel nur, in einem ganzen Menschenleben.

Dazu kam, dass am nächsten Tag Heiligabend war und Thomas das Pech hatte, über die Weihnachtstage Wache zu haben. Irgendwann traf es einen ja immer einmal, dachte er, und bisher hatte er ja auch immer Glück gehabt.

Er war also nicht, wie der größte Teil der Besatzung, nach Hause gefahren. Und so stand er, am Tag des Heiligabends, zwar braun gebrannt wie nie zuvor in seinem Leben in der dicken Winteruniform oben am Ende der Gangway und schaute melancholisch zu dem Posten hinunter, der unten an der Gangway mit geschultertem Gewehr Wache stand. Der arme Kerl! Thomas konnte wenigstens auf und ab gehen oder seine Runden machen. Am liebsten wäre er zu ihm hinuntergegangen, um einen kleinen Schwatz zu halten, aber das ging natürlich nicht.

So wie die Stunde scheinbar endlos dahinschlich, gab er sich mehr und mehr seiner Melancholie hin. Er dachte an Sarah. Sie hatte ihm etwas geschenkt, von dem er glaubte, es schon vergessen zu haben, dass es so etwas gab: reine, natürliche Warmherzigkeit. Seit seinem fünften Lebensjahr hatte er sich danach gesehnt. Die Frauen der Tropen waren warmherzig, von Natur aus, es war ein Geschenk der feuchtwarmen Gebiete der Erde, wo es niemals Winter wurde und über das sie nicht weiter nachdachten.

Wenn man jung war, fragte man nicht viel nach dem Warum. Thomas hatte immer alles so hingenommen, so als würde alles im Leben ablaufen, wie es eben lief.

Man hatte wohl wenig Einfluss darauf. Er fragte nicht, warum sich damals Monika gerade ihn ausersehen hatte, und er fragte auch nicht, warum Sarah aus Trinidad ihn so reich beschenkt hatte.

Später hörte er einmal, wie sich Kollegen in der Messe über dieses Thema unterhielten. Sie sagten, dass zu jener Zeit häufig amerikanische Kriegsschiffe Port of Spain anliefen und all die jungen Frauen im heiratsfähigen Alter versuchten, einen dieser US-amerikanischen Männer zu erobern, in der Hoffnung, dass er sie heiratete und sie mit zu sich nach Hause nähme. Die Menschen hier waren überwiegend arm und für viele junge Leute, besonders aber für die Frauen, gab es wenig Hoffnung für eine gesicherte Zukunft. Die Besatzungen dieser Marineschiffe verkörperten für sie eine ganz andere Welt als die, die sie kannten, eine irgendwie bessere Welt, eine sorglosere. Diese Navy Männer übten auf ihre Weise eine gewisse Faszination auf sie aus mit diesem für sie typischen lockeren, lässigen und scheinbar unbekümmerten Auftreten. Sie brachten den Rock'n'Roll mit und sie warfen mit Dollars nur so umher. Es hieß, sie behandelten ihre Frauen gut, jedenfalls besser als die häufig zur Gewalttätigkeit neigenden, machohaften Männer ihrer eigenen Heimat.

Und die jungen Frauen Westindiens hatten im Gegenzug durchaus etwas zu zurückzugeben: ihre Warmherzigkeit, denn ebenfalls hieß es, die amerikanischen Frauen seien eher kalt und selbstsüchtig.

Thomas erinnerte sich an sein nächtliches Versprechen und fing daraufhin tatsächlich an, ernsthaft darüber nachzudenken, Sarah zu sich nach Deutschland zu holen.

Als er zwei Stunden später von der Wache abgelöst wurde, schaute er für einen Moment in der Messe vorbei, ob es vielleicht noch etwas zu Essen geben würde.

Ein kleines Häuflein trauriger Gestalten hockte hier unten bei Bier und Wein und wünschte ihm frohe Weihnachten. Ja, nicht alle waren nach Hause gefahren, obwohl sie, im Gegensatz zu ihm, gar keine Wache hatten. Es gab immer auch Menschen, junge Menschen sogar, die hatten niemanden mehr. Welch traurige Weihnachten!

Thomas aß ein wenig, trank ein Glas mit ihnen und begab sich dann in seine Koje, um bis zur nächsten Wache noch ein wenig Schlaf zu bekommen. Aus der Mannschaftsmesse hörte er grölenden Gesang. Den eines Häufleins Einsamer und die hatten mittlerweile ordentlich einen getankt.

Drei Tage später fuhr Thomas nach Hause, nach Hamburg, um von seiner Reise zu berichten, aber auch, dass er, was seine Verlobung mit Monika betraf, wieder völlig solo sei.

Er erinnere sich bald darauf schon gar nicht mehr an die Reaktionen der Einzelnen, aber hatte das Gefühl, dass alle froh darüber waren.

Thomas indes war überhaupt nicht froh. Er begann, mit seinem Entschluss zu hadern und hatte wegen seines Briefes ein durchweg schlechtes Gefühl bekommen, vermutlich auch zu Recht. Hatte das Schicksal ihn und

Monika nicht einst zusammengeführt? Und hatte er damit nicht Verantwortung übernommen?

Als er seine mitgebrachten Geschenke an alle verteilt hatte, war ihm das Kästchen mit der Halskette für Monika in die Hände gefallen. Er hatte kurz das Gefühl gehabt, in ein tiefes Loch zu fallen, aber es gelang ihm, es eben gerade noch zu überspielen.

Er war bald wieder zurück nach Kiel gefahren.

Später würde Thomas überlegen, ob ihm bereits hier schon der Gedanke gekommen war, nach Ende seiner Dienstzeit bei der Marine in knapp zwei Monaten weiter zur See zu fahren. Sein Hunger auf die Welt war ungebremst, ja, mehr noch, durch diese, seine Reise um die Welt hatte er sich sogar verdoppelt, wenn nicht sogar verdreifacht.

Es wurde also Zeit, die Zukunft zu planen. Es gab jetzt zwei Dinge für ihn zu tun: Eine Anfrage bei der Personalverwaltung der Marine und der Seefahrtsschule in Hamburg ergab, dass seine Fachausbildung bei der Marine als Hochschulreife bei der Seefahrtsschule anerkannt wurde, unter der Voraussetzung, dass er einen Matrosenbrief der Handelsmarine vorlegen konnte. Das konnte er natürlich nicht. Aber sie erkannten immerhin seine Seefahrtszeit zu fünfund-siebzig Prozentpunkten an. Er hatte also lediglich noch ein Vierteljahr als ein sogenannter Leichtmatrose zu fahren und konnte sich dann für die Matrosenprüfung anmelden. Das alles waren gute Aussichten, fand Thomas. Eine glänzende Karriere als Seemann bis hin zum Kapitän lag vor ihm.

Sein Vater indes war überhaupt nicht begeistert von seinen Plänen. Natürlich hatte er gehofft, dass sein Sohn nach Ende seiner Zeit bei der Marine nach Hause kommen und einen „anständigen" Beruf ergreifen würde.

Nach Westindien

Nichts als ein leises Rauschen der Bugwelle war von vorn zu hören. Thomas stand in der Backbord Brückennock des Frachtschiffes „Hannover" und schaute über die weite See. Vor ihm erstreckte sich der Horizont. Sie befanden sich just am Ende des englischen Kanals und waren im Begriff, in den Atlantik zu laufen. Er hatte Wache und seine neue Aufgabe war es, hier Ausschau zu halten und alles Schwimmende, was ihm von hier oben auffiel, dem Wachoffizier auf der Brücke zu melden. Es war Anfang April und gerade mal etwas mehr als drei Monate zuvor war er auf dem Schulschiff „Donau" der Bundesmarine denselben Weg in umgekehrter Richtung gefahren.

Was für ein Hoffen war es gewesen, als er gehört hatte, dass seine erste Reise erneut nach Westindien gehen würde. Aber als er dann die Postliste bekommen hatte, war es mit der Hoffnung schnell wieder vorbei gewesen: Port of Spain stand nicht auf der Liste. Oh, was wäre es doch für eine Freude gewesen, so bald schon ein Wiedersehen mit Sarah zu erleben. Er hatte sich bereits ausgemalt, was sie wohl sagen würde, ihn bereits nach so kurzer Zeit wieder in die Arme schließen zu können. Die „Hannover" war ein nagelneues Schiff, es war ihre erste Fahrt, eine Jungfernfahrt, und ebenso war es seine eigene Jungfernfahrt. Eben war er noch Unteroffizier gewesen, nun plötzlich nur noch Leichtmatrose. Was hatte er sich da nur vorgenommen? Er hatte bereits gemerkt, dass er im Grunde nicht die geringste Ahnung hatte von dem, was da auf ihn zukam. Das ging schon los, als er sich dem Ersten Offizier vorgestellt hatte.

Der Mann hatte drei goldene Streifen auf den Schulterklappen. Bei der Marine wurde ein Offizier mit drei Streifen mit „Herr Kapitän" angeredet, weil er den Dienstrang eines Kapitäns hatte, und nachdem das Vorstellungsgespräch beendet gewesen war, hatte Thomas gesagt, so wie er es gewohnt war: „Jawoll, Herr Kapitän!"

Der Erste hatte etwas säuerlich geguckt.

„Ich bin nicht der Kapitän, Herr Burmester, nennen Sie mich einfach Herr Wegner."

Wie selbstverständlich hatte Thomas auch sein Arbeitszeug von der Marine eingepackt. Was hätte er sonst mitnehmen sollen? Seine Dienstgradwinkel auf dem blauen Hemd hatte er vorher abgetrennt, aber natürlich waren sie noch sichtbar. Ebenso der schwarz-rot-goldene Streifen an der Schulter. Den hatte er drangelassen. Er hatte ja nicht geahnt, dass die Matrosen der Frachtschiffe äußerst geringschätzend gegenüber den Leuten der Marine waren. Für sie waren das keine Seeleute.

Man hatte ihm sehr schnell klargemacht, woher der Wind wehte und dass absolut niemand auf seine Unerfahrenheit in Bezug auf die Frachtschifffahrt Rücksicht nehmen würde. Der „Herr Maat" war ja jetzt Leichtmatrose, nichts anderes als ein Auszubildender im dritten Lehrjahr und da setzte man normalerweise ja schon einiges an Können und Berufserfahrung voraus. Die aber hatte er nun absolut nicht. Thomas war sich im Klaren darüber, dass es für ihn nicht einfach werden würde.

‚Nun gut', hatte er gedacht, ‚ich habe zwar keine Ahnung, aber schließlich bin ich keine fünfzehn mehr und viel erlebt habe ich auch bereits.'

Er hatte sich zudem eine Strategie ausgedacht. Er hatte bereits gehört, dass die Matrosen der Handelsschifffahrt durch die Bank ziemlich versoffen waren, und so hatte er sich gleich zu Beginn als einen absoluten Abstinenzler ausgegeben. Ihm war bewusst, dass, wenn er sich erst einmal auf die üblichen Saufereien einließ, er bereits von vornherein verloren hatte. Das hatte ihm zwar gleich zu Anfang Minuspunkte eingebracht, aber seltsamerweise schluckten die neuen Kollegen das relativ schnell. Sie zogen ihn damit auf, jedoch mehr auch nicht.

Aber natürlich versuchten sie, ihm Angst zu machen und erzählten, was unliebsamen Kollegen auf so einer Fahrt alles passieren konnte. Im Grunde drohten sie ihm ganz unverblümt damit, ihn über Bord zu werfen, wenn er nicht spurte. Er bekam eine Ahnung davon, was zum Beispiel so arme Schiffsjungen durchzumachen hatten, die in ihrer Naivität Seemann werden wollten. Nun, er war kein Schiffsjunge, der sich vor Angst in die Hose machte. Aber es war schon ein recht starker Tobak.

„Nichts ist einfacher …“, erzählte ihm einmal einer der Matrosen, mit dem er irgendeine Arbeit an Deck verrichtete, „einen Menschen über Bord zu werfen. Niemals würde je etwas davon herauskommen.“ Er sagte das nicht direkt an Thomas gerichtet, sondern eher so nebenbei. „Schau einmal …“, fuhr er fort, „erstens dauert es ’ne ganze Weile, bis der überhaupt vermisst wird, und dann, wo es keine Zeugen gibt, gibt es keine Beweise. Hat wohl nicht aufgepasst, der Kerl, und ist einfach über Bord gegangen.“

Der „Kabel-Ede“ war ein ganz besonders unangenehmer Bursche. Wenn Thomas ihm gegenüberstand, er war groß, grob und sehr kräftig, hatte er immer das Gefühl, dieser könne ihn einfach so umpusten. Er war neben dem Bootsmann sein direktester Vorgesetzter, so eine Art Vorarbeiter. Er herrschte vorn im „Kabelgatt", das war der erste Raum des Schiffes ganz vorn im Bug, noch vor dem Ankerketten-Raum. Hier lagerten alle für eine Seefahrt benötigten Materialien wie Seile, Taue, Schäkel, Bolzen sowie Farben aller Art und Pinsel. Der Bootsmann verteilte morgens um sechs die Arbeit und dann ging man nach vorn zum Kabelgatt und konnte sich dort sein Material und sein Werkzeug abholen.

Der „Herrscher" dieses Raumes war der Kabel-Ede. Hier befand sich auch seine Werkstatt, in der er für gewöhnlich Taue spleißte, Farben anrührte und was es sonst alles an Arbeiten gab. Er herrschte hier wie ein kleiner König.

Thomas' Unglück war, dass er zu allem Überfluss auch noch mit ihm in derselben Kammer hausen musste. Das war ein wenig viel auf einmal, für ihn. Zudem war dieser Mensch sehr unbeherrscht und ein Säufer, aber Letzteres waren wohl mehr oder weniger alle hier in der Mannschaftsmesse.

Beim An- und Ablegen des Schiffes hatte vorn auf der Back der Kabel-Ede das Sagen und Thomas war bei Anlegemanövern ebenfalls auf der Back eingeteilt. Als er einmal nicht schnell genug eine Festmachertrosse auf den Poller bekommen hatte, schoss der Kabel-Ede auf ihn zu, schrie ihn an und knallte ihm eine. Thomas war so perplex, dass er in einer Art Automatismus zurückgeschlagen hatte. Das mochte für diesen aber wohl nicht mehr als ein Mückenstich gewesen sein. Immerhin aber wirkte er überrascht. Das hatte er dem

Neuen wohl nicht zugetraut. Aber Thomas hatte dessen vor Wut funkelnden Blick eisern standgehalten und nach ein paar Sekunden wandte der Kabel-Ede den Blick ab.

Abends in der Kammer nahm Thomas ihn sich dann nochmal vor.

„Hör zu!", sagte er. „So geht das nicht! So etwas kommt nicht noch einmal vor! Wenn das noch einmal passiert, hat das Konsequenzen!"

Davon, was das für Konsequenzen hätten sein können, hatte Thomas allerdings nicht die geringste Ahnung. Der Kabel-Ede blickte ihn eine Weile wortlos an und dann hatte er es offenbar geschluckt. Es kam danach niemals wieder etwas in dieser Art vor.

Einmal aber geschah dann doch etwas, das Thomas fast das Leben hätte kosten können.

Ein Block des Ladebaumes hoch oben am zweiten und größten Mast des Schiffes sollte ausgewechselt werden. Beim Laden in Puerto Rico war dem Zweiten Offizier aufgefallen, dass er knackende Geräusche von sich gegeben hatte, als das dicke Stahlseil über ihn abrollte. Und natürlich hatte man Thomas für diese nicht ganz ungefährliche Arbeit oben am Mast auserkoren. Man wollte sehen, was ein ehemaliger Unteroffizier der Bundesmarine wohl so draufhatte. Zu diesem Zweck hatten die Kollegen bereits oben am Mast einen kleineren Block befestigt, an dem Thomas dann, auf einem Bootsmannstuhl sitzend, hinauf- gezogen werden sollte.

Ein Bootsmannstuhl war eine Art Sitzbrett, ähnlich einem an zwei Seilen befestigten Schaukelbrett an einer Kinderschaukel. Arbeiten, bei denen es um Personen- sicherung ging, mussten eigentlich von ausgebildeten

Matrosen ausgeführt werden. Aber darüber sahen die Kollegen wohl großzügig hinweg.

Mit einem langen Tau über der Schulter, mit dem er später sein Werkzeug hochziehen sollte, nahm Thomas auf dem Bootsmannstuhl Platz und zwei Matrosen begannen ihn, zunächst langsam, hochzuziehen. Damit er nicht ins Schaukeln geriet, hielt Thomas sich Hand über Hand an dem dicken senkrechten Ladebaumseil fest.

Die beiden Kollegen hatten aber offensichtlich beschlossen, es ihm einmal so richtig zeigen zu wollen, und zogen Thomas schnell und schneller hoch.

„Laangsam!", rief er herunter.

Es kam, wie es kommen musste: Beim schnellen Übergreifen glitt ihm sein Halteseil aus den Händen und plötzlich schwang er auf seinem Bootsmannstuhl frei über das Meer hinaus.

Natürlich wurden derartige Arbeiten am Mast immer nur bei sehr ruhiger See gemacht und ruhige See herrschte auch. Aber ein Schiff im Atlantik bewegte sich eben selbst dann, wenn scheinbar kein Seegang war. Auf einen fünfundzwanzig Meter hohen Mast übertrug sich diese Bewegung immer noch so stark, dass seine Spitze gut zwei Meter zu jeder Seite hin und her schwang. Man kann sich also unschwer vorstellen, was für einen Weg eine auf halber Höhe frei an einem Seil schwebende Person machte.

So schwang der arme Thomas jetzt wie ein Uhrpendel, von einer Seite auf die andere, und er sauste jedes Mal haarscharf am Mast vorbei. Verzweifelt versuchte er sein dickes Halteseil wieder zu greifen, aber das war so wunderbar gefettet, dass es ihm durch die Wucht des Vorbeischwingens immer wieder entglitt. Mit beiden

Händen konnte er es ja nicht greifen, denn dann hätte ihn die Wucht des Aufpralls von seinem Sitz gerissen. Also hielt er sich mit einer Hand krampfhaft an seinem Bootsmannstuhl fest. Nun streckte Thomas beide Beine aus, um sich, im Falle, dass er gegen den Mast knallen würde, mit den Füßen abzufedern. Zu seinem Entsetzen stellte er fest, dass er mit jedem Mal weiter hinaus über die See schwang und dadurch seine Pendelei immer schneller wurde.

Er musste das dicke Seil zu fassen kriegen, kostete es, was es wollte. Jetzt setzte er alles auf eine Karte. Thomas schlang seinen linken Arm um beide Seile seines Bootsmannstuhles und hielt sich an dessen rechtem Seil eisern fest. Und als er dann wieder zurückschwang, streckte er seinen rechten Arm aus.

Mit atemberaubendem Tempo sauste er nun wieder auf den Mast zu, das rettende Stahlseil dabei fest im Blick. Er würde dicht an ihm vorbeikommen und machte sich bereit in der Erwartung des fürchterlichen Rucks, der ihn von seinem Untersatz fetzen konnte, wenn er jetzt nicht eisernen Willen zeigen und gutes Gespür für die Situation haben würde.

Konnte das alles gutgehen?

Die beiden Kollegen unten hatten nun damit begonnen, ihn ganz langsam wieder hochzuziehen, um dadurch den Weg seines Herausschwingens zu verkürzen. Dann plötzlich, ein heftiger Ruck, der ihn einmal um das Seil herumwirbelte. Er hatte es fast genau mit der Armbeuge erwischt.

Geschafft! Thomas' unfreiwilliger „Flug" hatte sein Ende gefunden. Für einen kurzen Moment legte er seinen Kopf gegen das schmierige Seil und atmete tief durch.

Das hätte richtig schiefgehen können. Das Lebensgefährliche an diesem ganzen Vorgang war ihm allerdings während der Aktion gar nicht so richtig bewusst geworden. Erst jetzt, da er sich wieder fest an seinem Halteseil hielt, wurde ihm klar, wie knapp er dem Tod entronnen war. Da waren die beiden Kollegen wohl ziemlich über ihr Ziel hinausgeschossen. Hatten sie wirklich nicht erkannt, wie leichtsinnig und lebensgefährdend ihr Verhalten war? Jedenfalls sahen sie von oben recht betreten aus, und als sie Anstalten machten, Thomas sehr kleinlaut herunterzulassen, juckte es ihn, es ihnen einmal so richtig zu zeigen. Er brüllte von oben herunter, so als wäre gar nichts geschehen:

„Na, was soll das denn jetzt! Aufwärts ziehen!"

Als sie merkten, dass er seine Arbeit einfach weiter fortzusetzen gedachte, als wäre nichts gewesen, begannen sie ihn, allerdings sehr behutsam, wieder nach oben zu ziehen.

Thomas hatte gewonnen, denn von nun an hatte die gesamte Mannschaft einen gewaltigen Respekt vor ihm. Er hatte ziemlich bald, nachdem er an Bord gekommen war, wahrgenommen, dass die Kollegen offensichtlich der Meinung waren, dass er sich für etwas Besseres hielt. Aber als sie nun so nach und nach merkten, dass dies nicht der Fall war, wurde sein Verhältnis zu ihnen langsam besser.

Den Kabel-Ede hatte er bald um den Finger gewickelt. Thomas gewöhnte sich zum Beispiel an, ihn immer, wenn es möglich war, vorn im Kabelgatt aufzusuchen. Er sah ihm dann mit Interesse bei seiner Arbeit zu.

„Toll, wie du das machst", sagte er dann, oder: „Was du alles kannst!", und: „Das würde ich auch gern so gut beherrschen."

Und siehe! Der grobe Kerl grinste geschmeichelt.

„Komm, ich zeig dir, wie man es macht."

Es war im Grunde so einfach!

In der Folge lernte Thomas dann so viel von ihm, dass er ein Vierteljahr später die Matrosenprüfung bestand.

Außer Thomas gab es aber noch eine Person an Bord, die es ungleich viel schwerer hatte als er, und das war eine junge Frau. Die „Hannover" machte nämlich nicht allein nur ihre Jungfernfahrt, sondern sie war auch das erste deutsche Schiff, das eine Frau an Bord hatte. Diese fuhr als Stewardess und zu allem Überfluss war sie auch noch für die Mannschaftsmesse eingeteilt und nicht etwa bei den Offizieren, bei denen man wohl voraussetzen konnte, dass sie bessere Manieren hatten. Die Leute im Heuerbüro hatten vermutlich gedacht, dass wenn die jungen Frauen schon unbedingt zur See fahren wollten, dann auch gleich richtig.

Die Arme! Sie tat Thomas so unendlich leid. Er mochte nicht wissen, wie oft sie sich auf dieser, ihrer ersten Reise abends in ihrer Kammer in den Schlaf weinte. Das Gegröle in der Messe, die reißerischen Zoten, die Anmache, die Angeberei, das schlechte Benehmen, oh weh, da kam vieles zusammen. Oder wenn diese Wichtigtuer sich mit ihren Abenteuern brüsteten, die sie mit den Huren in den Hafenkneipen erlebten. Es konnte hier in der Mannschaftsmesse auch schon mal vorkommen, dass jemand, dem das Essen nicht schmeckte, den vollen Teller wutschnaubend gegen die Wand warf.

Thomas begriff es nie ganz, wie das arme Mädel es letztlich geschafft hatte, diese, ihre erste Reise einigermaßen heil zu überstehen. Aber sie war offenbar sehr viel zäher, als er ihr angesehen hatte.

Sie hatten es beide geschafft, nur sie hatte es ungleich viel schwerer gehabt. Nach etwa einem Monat und zwei, drei Hafenstädten, gehörte sie dazu. Sie hatte sich an die derben Späße gewöhnt und die Matrosen sich an sie. Am Ende hatte man sogar ein richtig kameradschaftliches Verhältnis zueinander gefunden, und die Jungs behandelten sie mit einigem Respekt. Und das alles schien, als hätte sie das allein aufgrund ihres Wesens, eines offensichtlich starken Charakters und durch die Art ihres Umganges mit der Mannschaft aus eigener Kraft geschafft. Thomas hatte allergrößte Hochachtung vor dieser tapferen, jungen Frau.

Als er das erste Mal Zeuge wurde, wie einer dieser Rabauken ihr höflich die Tür aufhielt, wäre ihm fast der Löffel aus der Hand gefallen.

Eine andere Sache, die nur sehr schwer auszuhalten war, war der offene Rassismus, den nahezu jeder hier gegenüber den Menschen der Dritten Welt an den Tag legte. Da war nur immer von „Kanackern" die Rede oder gar von „Kohlensäcken", wenn es sich um Menschen schwarzer Hautfarbe handelte. Dennoch sollte Thomas aber auch hier nach einiger Zeit lernen, dass diese rauen Burschen manches sagten, aber in ihrer Haltung ihnen gegenüber durchaus ambivalent waren. Ihre Sprüche und ihr Gedröhne standen sehr oft im krassen Gegensatz zu ihrem Handeln.

Ihr zweiter Hafen in Westindien war Santo Domingo. Hafen war vielleicht zu viel gesagt, es war eher nur eine Kaimauer, die direkt in die Straße überging, die an der alten Stadtmauer entlangführte. Es dauerte keine Viertelstunde, da flutete eine Schar einheimischer Schauerleute das Schiff. In kürzester Zeit wimmelte es an Bord nur so vor Menschen aller Farbschattierungen. Die Luken wurden aufgefahren, die Ladebäume in Position gebracht und dann wurde ihnen das Deck übergeben, worauf sie sich in die Ladeluken ergossen und die Controller der Ladegeschirre übernahmen. Auf den Deckshäusern, auf denen sich die Winschen des Ladegeschirrs und die dazugehörigen Controller befanden, richteten sich die „Winscher" oder „Winchmen", wie sie in aller Welt genannt wurden, geradezu häuslich ein.

Noch bevor sie zu arbeiten begannen, bauten sie sich zum Schutz gegen die sengende Sonne regelrechte Zelte aus Latten, Brettern und Planen. Die „Hannover" besaß vier Luken, jeweils zwei vorn und zwei hinten, und es wurde in allen gearbeitet. Hieve auf Hieve tauchte aus der Luke auf, um in sanftem, aber flottem Bogen über die Reling zu rauschen und dann hernieder auf dem Kai zu landen. Es war eine Freude zuzusehen, wie die Leute hier ihr Handwerk verstanden.

Beim Laden in ausländischen Häfen war es üblicherweise so, dass in den Luken jeweils ein Matrose zur Aufsicht postiert war, um Diebstahl zu vermeiden. Auf den Decks wachten die Offiziere, der Dritte vorn und achtern der Zweite.

Es herrschte allerdings eine stillschweigende Übereinkunft unter den Matrosen, so zu tun, wenn bei dem Tempo des Entladens hier und da eine Hieve zerbrach, als sähen sie nichts. Der Inhalt, der dabei zerbrochenen Kisten und Kartons verschwand stets ziemlich schnell und auf geheimnisvolle Weise.

Da gab es dann am Abend bei den Familien der Hafenarbeiter lachende Kinderaugen beim Anblick der

Dosen mit Corned Beef oder Kondensmilch. Das erstaunte Thomas. Dieses Verhalten seiner Kollegen stand in einem bemerkenswert krassen Widerspruch zu dem negativen Eindruck, den er von den Matrosen sonst hatte. Sollte es hier etwa trotz allem eine heimliche oder unbewusste Art von Solidarität unter Hafenarbeitern und Seeleuten jeglicher Couleur geben? Der Matrose, der beim Diebstahl von Lebensmitteln gezielt wegschaute, ging ja durchaus das Risiko ein, vom Decksoffizier dabei erwischt zu werden.

Aber das war noch nicht alles.

Das Stauholz, welches zum Stauen der Ladung verwendet wurde, sollte eigentlich in der Regel gesammelt und beim nächsten Laden wiederverwendet werden. Die Seeleute schienen sich aber, ganz im Gegensatz dazu, einen Spaß daraus zu machen, mit einem verstohlenen Blick zu allen Seiten Planke auf Planke dieses Stauholzes über die Reling zu schieben, um sie dann mit Schwung – *platsch*, ins Wasser fallen zu lassen.

So manch eine Hütte oder ein kleines Häuschen in den armen Stadtvierteln der Dritten Welt ist aus diesem Stauholz, diesem „Treibgut" gebaut worden … Dieser Akt einer geheimen Solidarität unter all den Menschen, die mit Seefahrt zu tun hatten, schien Thomas als ein schönes Beispiel, dass die Welt und schon gar nicht der Mensch immer nur aus Weiß oder Schwarz bestand. Es gab dazwischen wohl doch noch eine sehr, sehr große Zahl von vielen bunten Farbschattierungen.

Santo Domingo war also nun Thomas' zweiter Hafen in Westindien. Als er später an Land ging und durch die

Gassen der Randbezirke der Stadt schlenderte, wurde er schmerzhaft an Sarah erinnert. War es wirklich erst etwas mehr als drei Monate her, dass er mit ihr in Port of Spain am Strand der Maracas Bay gelegen hatte?
Für Thomas hatte sich in diesen wenigen Wochen so viel verändert, dass es ihm schien, als wäre inzwischen ein ganzes Jahr vergangen. Sie hatten inzwischen einige Briefe ausgetauscht, aber seine Hoffnung, sie wiedersehen zu können, würde sich auf dieser Reise und auch wohl später so schnell nicht erfüllen. Thomas hatte inzwischen erfahren, dass die Schiffe seiner Reederei Trinidad nicht anliefen.

Die zweite Enttäuschung, die er erleben musste, war, dass sich offenbar niemand, und ganz besonders nicht die jungen Frauen und Mädchen der Einheimischen, für die Seeleute der Handelsmarine zu interessieren schien. Vorbei war die Zeit, als er noch in Begleitung seiner Freunde in ihren Galauniformen durch die Straßen der Städte streifte und die Mädchen sich nach ihnen umschauten. Und vorbei war auch die Zeit, als die Mädchen sich am Tag der Schiffsbesichtigung an der Gangway drängelten. Für Thomas gab es fortan nur noch Hafenkneipen und die Frauen, die man hier vorfand, waren von einem anderen Schlage.
Dies alles kam ihm am Ende dann doch recht hart vor!
So schlenderte er also lieber mutterseelenallein durch die Gassen und wie immer zog es ihn dabei nie in die Citys der Städte. Nein, vielmehr liebte er es, die Stadtviertel der einfachen Menschen zu besuchen, und er kam auf seinen Streifzügen nicht selten auch in die Slums Westindiens.
Die Menschen, denen er hier begegnete, waren ausnahmslos freundlich, manch einer von ihnen sprach

ihn sogar neugierig an, um zu erfahren, wo er denn wohl herkäme.

Die Einheimischen, stellte er fest, konnten sehr wohl unterscheiden, dass er keiner dieser Touristen war, sondern einer von den Schiffen. Viele dieser Bretterbuden, in denen die Bewohner der Slums hausten, waren aus dem Stauholz der Schiffe zusammen- gezimmert, das die Matrosen stets so großzügig über Bord gehen ließen.

Die Welt, die er jetzt zu sehen bekam, war eine andere als die, die er als Marinesoldat kennengelernt hatte. Die Menschen begegneten ihm anders. Als Matrose eines Handelsschiffes wurde er von der Bevölkerung mit anderen Augen gesehen. Auf seinen Streifzügen fühlte er sich als Gleicher unter Gleichen. Und das Zweite war, die Seeleute, die Hafenarbeiter und die Huren in den Hafenlokalen schienen in allen Hafenstädten der Dritten Welt eine Art von Gemeinschaft zu sein.

Alles in allem war das ein gutes Gefühl für ihn, fand Thomas.

Ein Wiedersehen

Thomas hatte sich eine „Ente" gekauft, einen Citroën 2CV. Man saß darin wie auf Großmutters Sofa. Der gerade einmal zwölf PS starke Motor schnurrte und mit allerhöchstens achtzig Stundenkilometern schaukelte Thomas Richtung Lübeck. Er hatte es sich alles sorgfältig ausgerechnet, seine „Ente" galt als zuverlässig und was das Wichtigste war, sie war ausgesprochen preiswert im Betrieb. Außerdem brauchte er für die Strecke von Hamburg-Sasel bis Lübeck nur halb so viel Zeit, als wenn er mit der Bahn gefahren wäre.

Zwei Jahre Seefahrtszeit lagen nun hinter ihm und er hatte auf drei verschiedenen Schiffen mehr als die halbe Welt gesehen.

Jetzt besuchte er die Seefahrtsschule, um sein Steuermannpatent zu machen. Jeden Tag, außer an den Wochenenden, fuhr er nun nach Lübeck. Der graue Alltag hatte ihn wieder. Drei Monate war er nun schon dabei, drei Monate von zwölf, und es war ihm jetzt schon langweilig.

Er hätte es gar nicht einmal genau sagen können, wann er zum ersten Mal wieder an Monika gedacht hatte. War es diese ihm so vertraute Landschaft Schleswig-Holsteins, die ihn an alte Zeiten erinnerte? War es nicht doch eine so wunderschöne Zeit mit Monika gewesen? Was nur hatte ihn damals geritten, so sang- und klanglos mit ihr Schluss zu machen? Je länger er darüber nachgrübelte, desto weniger konnte er sein eigenes Tun verstehen. Berauscht von seiner Reise um die Welt hatte er gedacht, das würde immer so weitergehen.

Wie mochte es ihr wohl inzwischen gehen?, fragte er sich. Er spürte plötzlich, dass ihm der Gedanke, dass es ihr vielleicht nicht gut gehen könnte, Schmerz bereitete.

‚Ach, sie hat bestimmt bald wieder einen neuen Freund gefunden‘, tröstete er sich.

Womöglich war sie sogar verheiratet und hatte Kinder.

Aber was, wenn es alles nicht so wäre? Wie tief mochte sie verletzt gewesen sein von seinem Brief, wie oft geweint haben?

Thomas fühlte sich ziemlich scheußlich. Und da war noch etwas: Irgendwann wurde ihm bewusst, dass er sich nach ihr sehnte. Und so kam es, dass er sich an einem Sonntag in seine „Ente" setzte und Richtung Flensburg fuhr. Und je mehr er sich der Stätte seiner Vergangenheit näherte, desto aufgeregter wurde er.

Als er schließlich Flensburg erreichte, ließ er dieses links liegen und lenkte seinen Wagen direkt nach Holnis. Oh, was war das für ein Gefühl, diese alten vertrauten Wege zu fahren. Er war aufgeregt wie ein Pennäler, der zu seinem ersten Rendezvous fuhr. Aber gleichzeitig wurde er zunehmend von einer entsetzlichen Angst erfasst.

Thomas parkte seine „Ente" nicht direkt vor der Haustür ihrer Großeltern, sondern fuhr ein wenig weiter und ging zu Fuß dorthin zurück. Er fühlte sich in hohem Maße unsicher und wurde mehr und mehr von dem Gefühl einer unsagbaren Scham erfasst.

An der Haustür brauchte er mehrere Minuten, bis er sich endlich traute, auf den Klingelknopf zu drücken. Es dauerte eine ganze Weile, bis er schlurfende Schritte vernahm, und dann öffnete ausgerechnet der Großvater.

Als dieser Thomas so unverhofft da sah, blickte er ihn eine Weile sprachlos an und dann knallte er ihm ohne ein Wort die Tür vor der Nase zu.

Na ja, etwas in dieser Art hatte Thomas wohl erwartet. Trübsinnig ging er zu seinem Auto zurück. Aber er stieg nicht ein, sondern wandte sich ab und lief, so wie er es einst so oft getan hatte, die gesamte Seepromenade entlang und wieder zurück. Sein Herz wurde schwer und schwerer. Was war das nur für eine absurde Idee von ihm gewesen?

Er hatte zuvor genau an der Stelle geparkt, wo er sich vor Jahren immer mit Monika getroffen hatte, wenn sie mit dem Hündchen ausgegangen war. Ohne genau zu wissen, was er tat, schloss er schließlich sein Auto auf und setzte sich hinter das Steuer. Trübsinnig starrte er durch die Windschutzscheibe. Dann schlang er beide Arme um das Lenkrad und ließ seinen Kopf darauf sinken. So verharrte er an die zehn, fünfzehn Minuten. Schließlich seufzte er und richtete sich mühsam auf.

‚Was bist du nur für ein sentimentaler Kerl‘, schimpfte er sich selbst, ‚so eine blöde Idee aber auch, einfach so hierherzufahren.‘

Selbst wenn er Monika hier getroffen hätte, was hatte er denn wohl von ihr erwartet? Sie hatte allen Grund der Welt, zornig auf ihn, den Verräter, zu sein, der sie so schnöde im Stich gelassen hatte. Ja, vermutlich konnte er sogar von Glück sprechen, dass er sie nicht getroffen hatte.

So drehte er entschlossen den Zündschlüssel, startete den Motor, legte den ersten Gang ein und fuhr los.

Als er in den Weg abbog, der wieder zur Straße zurückführte, traf ihn fast der Schlag. Er stoppte so abrupt seinen Wagen, dass er fast mit dem Kopf gegen die Windschutzscheibe geknallt wäre. Er schaute nach unten auf seine Füße und wieder zurück nach vorn. Das Bild, das er sah, blieb unverändert:

Eine junge Frau kam ihm langsam auf der Straße entgegen. Und diese junge Frau war Monika!

Thomas' Herz wummerte wie ein Dampfhammer.

Natürlich entdeckte sie ihn nicht. Sie kannte ja sein neues Auto nicht und die Windschutzscheibe spiegelte vermutlich auch. Aber sie musste ja bemerkt haben, wie das Auto, das ihr entgegengekommen war, so schlagartig gestoppt hatte.

Thomas war eine Weile wie gelähmt. Er schaute gebannt, wie sie näherkam. Dann öffnete er seine Autotür und stieg vorsichtig aus. Er ging ihr ein paar Schritte entgegen.

Beide sahen sich lange Zeit stumm an und dann spürte er es und er sah es in ihrem Blick. Ganz langsam begann ihre alte Leidenschaft füreinander in ihnen neu zu erwachen. Aber eine seltsame Scheu hielt sie davon ab, sich gegenseitig in die Arme zu fallen. Monika lächelte ihn schüchtern an, so als würde sie jeden Moment in Tränen ausbrechen.

„Du bist da?", sagte sie.

„Ja."

„Du warst lange fort."

„Ja."

Mehr sagten sie nicht.

Schweigend gingen sie jetzt nebeneinanderher. Sie achteten nicht auf den Weg, aber irgendwann bemerkten sie, dass sie am Strand waren.

Thomas räusperte sich mehrmals, dann fragte er sie rundheraus, ob sie nicht vielleicht wieder zusammengehen sollten, und zu seiner Verblüffung stimmte sie, ohne zu überlegen, zu.

‚Sie ist also immer noch solo', dachte er.

Nachdem sie ein ganzes Stück weiter schweigend nebeneinanderher gegangen waren, verhielt sie auf einmal ihren Schritt, wandte ihm ihr Gesicht zu, ihre

Augen getrübt von einem Ausdruck von Hoffnungs-
losigkeit.

„Es ist da allerdings noch etwas", sagte sie leise. Sie
schluckte schwer und nach einer Weile fuhr sie dann
fort: „Ich habe ein Kind."

Thomas blickte sie lange an. Seine Gedanken rasten in
seinem Kopf.

Offensichtlich war sie nicht übermäßig lange ein Kind
von Traurigkeit geblieben. Was war er doch für ein
Idiot.

War sie nicht überhaupt schon immer „so Eine"
gewesen, lange bevor sie sich kennengelernt hatten?
Was wusste er denn von ihr, außer dass sie damals
Stammgast im „Goldenen Anker" gewesen war? Dort,
wo die Mädchen hingingen, um einen von der Marine
„aufzureißen", wie sie zu sagen pflegten. Er erinnerte
sich, dass sogar Mädchen ganz aus Husum gekommen
waren. Er war wohl sicher nicht ihr Erster gewesen und
wie es aussah auch nicht ihr Letzter.

Aber plötzlich wurde Thomas sich bewusst, dass das
ganz hässliche Gedanken waren, die ihm da durch den
Kopf gingen, ja, war es nicht sogar die klassische Form
der Täter-Opfer-Umkehr?

Er selber war es doch gewesen, der ihr den Laufpass
gegeben hatte, nur um, ohne ein schlechtes Gewissen
haben zu müssen, mit schönen tropischen Mädchen
herummachen zu können.

„So Eine" war sie gewiss nicht. Sie war so, wie sie eben
war, und sie war nicht besser und nicht schlechter als
andere. Und vor allen Dingen war sie auf keinen Fall
schlechter als er selbst.

‚Wer im Glashaus sitzt …‘, dachte er. Wer war er denn,
über andere zu urteilen?

Und nun stand sie da vor ihm, nach über zwei langen Jahren, und schaute ihn mit großen traurigen Augen an. Jetzt war es wieder an ihm, sich mehrmals räuspern zu müssen, bevor er Worte fand.

„Ich bin gekommen in der Hoffnung, dich hier zu finden und um zu sehen, wie es dir geht", begann er, „und …", er schluckte schwer, „ich hatte Sehnsucht nach dir."

Er blickte sie fest an und nahm ihre Hände.

„Wenn du es wirklich möchtest, gehen wir wieder zusammen. Ein Kind soll da nicht zwischen uns stehen. Wir hätten ja selber beinahe ein Kind gehabt. Das Schicksal hat anders entschieden."

Thomas sah, wie Monikas Augen verschwammen. Aber keine Träne löste sich. Ganz hinten in ihren Augen sah er einen Hoffnungsschimmer aufglimmen.

Beide setzten nun langsam ihren Weg durch den feinen Sand des Strandes fort. Er erzählte ihr, dass er zwei Jahre zur See gefahren war und nun die Seefahrtsschule in Lübeck besuchte, um sein Steuermannpatent zu machen.

„Ich muss es mit meinem Vater bereden", sagte er, „ich wohne immer noch in dem Zimmer, in ‚unserem' Zimmer, in unserem alten heruntergekommenen Haus in Sasel."

Aber er sagte ihr auch, dass er sehr wenig Geld habe, im Augenblick. Er musste von dem Übergangsgeld leben, das ihm die Marine zahlte, doch wenn er erst als Dritter fahren würde, hätte er ja ein recht gutes Gehalt.

„Aber nun muss ich erstmal wieder fort", meinte er, „es ist schon sehr spät."

Sie umarmten sich nicht und sie küssten sich auch nicht zum Abschied. Es herrschte noch immer diese gegenseitige Scheu voreinander.

„Aber möchtest du nicht wenigstens noch meinen Sohn sehen?", wagte sie schüchtern einzuwerfen.

Thomas war sich plötzlich gar nicht so sicher, ob er genau das jetzt wollte. Doch Monika sah ihn mit einem so rührenden Blick an, dass er gar nicht anders konnte, als mit halbwegs fröhlicher Miene zuzustimmen.

Daraufhin wandte sie sich ab, eilte davon und als sie wenig später zurückkehrte, schob sie eine Kinderkarre vor sich her.

Auf seinem Weg nach Hause hätte Thomas nicht einmal mehr sagen können, ob er irgendetwas wie „Och, ist der süß" oder Ähnliches gesagt hatte.

Monika und er waren zusammen zurück zu dem Parkplatz gegangen, wo er sein Auto stehen hatte.

Er wusste aber noch genau, was sie dann zu seiner „Ente" gemeint hatte. Sie hatte gelacht und gesagt:

„Oh, dieses Auto passt zu dir."

Hatten sie sich noch umarmt? Er konnte sich nicht erinnern.

„Auf Wiedersehen, meine Liebe, bis bald!", hatte er gesagt und war so, wie er gekommen war, wieder davongefahren.

Thomas fühlte sich auf seiner gesamten Rückfahrt nach Hamburg wunderbar leicht.

Am Tag darauf, als er sich am frühen Morgen auf dem Weg nach Lübeck befand, war indes von dieser Leichtigkeit des vorigen Tages nicht mehr viel zu spüren. Irgendwie hatte er das Gefühl, dass ihn die Realität wieder eingeholt hatte.

Was war das nur für eine Idee gewesen, dieser Ausflug nach Holnis? Eine unbestimmte Sehnsucht hatte ihn dorthin getrieben, aber tatsächlich hatte er nicht ernsthaft damit gerechnet, Monika wirklich zu treffen. Und dennoch: Als er dort auf sie gestoßen war, hatte sein Herz einen Sprung gemacht. Was immer auch zwischendurch geschehen war, die Erkenntnis, dass er sie immer noch liebte, hatte ihm einen Schock versetzt. Es war wie damals gewesen, als er nach Göteborg gefahren war.

Mit dieser Erkenntnis jedoch erwachte sein schlechtes Gewissen. Er hatte ihr gegenüber Schuld auf sich geladen und es war keine kleine Schuld. Schon am Abend, als er sich in sein Bett legte, jenes Bett, in dem er so beglückende Momente mit ihr erlebt hatte, aber auch das Bett, in dem sie ihre Fehlgeburt bekommen hatte.

War es wirklich eine Fehlgeburt gewesen? Thomas hatte ja insgeheim immer Zweifel daran gehegt.

‚Nein!‘, dachte er, ‚es geht nicht.‘

Er konnte nicht mit Monika in diesem Geisterhaus wohnen, während er täglich zur Seefahrtsschule nach Lübeck fuhr. Und schon gar nicht mit dem Kind. Es gab immer noch kein Badezimmer in diesem Haus und die Küche war in ihrem Zustand wie in den dreißiger Jahren.

‚Was musste sie sich unbedingt auch ein Kind andrehen lassen?‘, dachte er in einem Anflug von Groll. ‚Und dann hat der Kerl sie auch noch sitzen lassen.‘

Er begann mit seinem Schicksal zu hadern. Sollte er wirklich das Kind eines anderen als seines annehmen, wo er beinahe ein eigenes mit ihr gehabt hätte?

Das mit der vorübergehenden Trennung war doch eine Schnapsidee gewesen.

Es war ja auch nicht seine gewesen. Er hatte sich von seiner Familie überreden lassen.

‚Warum habe ich sie nicht trotz allem gleich geheiratet‘, fragte Thomas sich. ‚Das Aufgebot war doch bereits bestellt worden.‘

Aber er war nicht stark genug gewesen.

Er nahm sich vor, an einem der nächsten Abende mit seinem Vater zu reden. Ohne dessen Erlaubnis und ohne Badezimmer ging es sowieso nicht.

Zunächst aber sprach Thomas mit seinem Bruder, Joachim, der ja auch immer noch dort wohnte. Joachim erklärte ihn zwar nicht direkt für verrückt, dafür war er ein zu empathischer Mensch, aber er riet Thomas von seinem Anliegen, Monika zu sich hierher zu holen, rundweg ab. Wohl hatte er vollstes Verständnis für seinen Bruder, denn auch er hatte gerade eine gescheiterte Liebesbeziehung hinter sich, aber:

„Ohne Badezimmer geht es sowieso nicht“, gab er zu bedenken. „Und die Küche! Es steht immer noch die alte Grude aus den dreißiger Jahren darin, wenn sie auch inzwischen auf normale Kohleheizung umgebaut ist.“ Ansonsten war da nur ein elektrischer Kocher mit zwei Platten.

„Vielleicht würde Vater ja ein Badezimmer einbauen lassen“, überlegte Thomas laut.

„Vergiss es“, erwiderte ihm Joachim, „ich wollte es ja bereits selber schon in Angriff nehmen und hab Vater gefragt, ob er sich an den Kosten beteiligen würde. Er hat rundweg abgelehnt.“

Er nahm einen Schluck aus seinem Weinglas.

„Ich sage dir jetzt mal etwas, aber vermutlich bist du dir darüber sowieso im Klaren: Unser Vater hat dieses Haus immer nur für dich freigehalten. Du warst jeher sein

Lieblingssohn. Als du zur Marine gegangen bist, hat er selbstverständlich angenommen, dass du nach Ende deiner Dienstzeit wieder nach Hause kommst. Du darfst nicht vergessen, dass er im vorigen Jahrhundert geboren ist, er ist preußisch erzogen worden. Er wollte immer dich zu seinem Nachfolger haben. Dass du dann zur See gegangen bist, hat ihm bereits seinen ersten Schock versetzt. Aber auch das hat er noch toleriert.

‚Der Junge muss sich wohl erst noch die Hörner abstoßen‘, hat er gesagt, aber als du jetzt zur Seefahrtsschule gegangen bist, um irgendwann Kapitän werden zu wollen, hat er, glaube ich, geahnt, dass er dich verloren hat.“

„Aber ich könnte doch auch als Kapitän hier mit meiner Frau leben“, warf Thomas ein.

„Du kennst ihn wohl nicht gut genug“, sagte Joachim, „er war Elektroingenieur an der Technischen Hochschule, er wollte immer, dass du in seine Fußstapfen trittst. Außerdem wollte er wohl auch später noch die alte Stube für sich behalten. So richtig glücklich scheint er mit seiner Frau und seinen Stiefkindern nicht zu sein, Außerdem lebt er immer noch mit einem Bein, und das ist fast schon pathologisch, in der Vergangenheit, als unsere Familie noch existierte.“

Joachim schwieg jetzt. Beide nahmen sie einen Schluck aus ihren Gläsern und sinnierten vor sich hin.

„Ich glaube, du hast recht“, hub dann Thomas wieder an.

Das Gespräch mit seinem Bruder hatte die Erinnerung geweckt, wie sein Vater ihn damals, als er sich von seiner Frau, Thomas‘ Mutter, hatte scheiden lassen, unbedingt bei sich behalten wollte. Thomas hatte es ihm bis heute nicht verzeihen können, wie er ihn zusammen mit seiner jüngeren Schwester acht lange Jahre in diesem verwahrlosten Haus mit der Flüchtlingsfamilie aus Ostpreußen in einer lieb- und trostlosen Kindheit hatte aufwachsen lassen. War ihm nicht bewusst gewesen, dass er seine beiden Kleinen um ihre Kindheit betrog?

Und als Thomas dann mit vierzehn Jahren zu seiner Mutter gekommen war, war es zu spät gewesen. Eine verlorene Kindheit konnte man nicht nachholen.

Thomas verzichtete auf ein Gespräch mit seinem Vater. Er erwartete sich nichts mehr davon. Und wieder einmal erwachte ihn ihm ein heftiger Fluchtinstinkt.

‚Nur weg hier‘, dachte er.

Aber es ging ja nicht. Ob er wollte oder nicht, erst einmal musste er weiter die Schulbank drücken. Er musste alles darauf konzentrieren, zuerst sein Steuermannspatent zu erwerben.

Und dann tat er etwas, was er schon einmal getan hatte: Er setzte sich hin und schrieb Monika einen Brief …

Schuld und Erinnerung

Es war eine dunkle mondlose Nacht. Die MS „Hannover" pflügte durch die still daliegende Fläche des Atlantiks. Über ihr wölbte sich ein unendlich scheinender, von Myriaden bedeckter, glitzernder Himmel. Auf ihrer Brücke stand reglos, die Arme auf den umlaufenden Handlauf aufgestützt, ihr Zweiter Offizier, Thomas Burmester, und starrte über die sich vor ihm ausbreitende nachtschwarze Wasserfläche. Unweit von ihm in der Nock lümmelte der Matrose der Wache und starrte ebenso ins Dunkle. Das Steuerruder war verwaist, denn es war auf Autopilot geschaltet.

‚Selten habe ich den Atlantik so ruhig erlebt‘, dachte Thomas.

Er war in melancholischer Stimmung. Dies war seine letzte Reise. All seine Träume, einmal als Kapitän über die Meere zu fahren, hatten sich in Luft aufgelöst.

Die „Hannover" war verkauft worden. Es war bereits das zweite Mal, die „Westfalia", auf der er als Dritter gefahren war, hatte bereits vor einem Jahr dasselbe Schicksal erlitten. Im Ostasiendienst verkehrten jetzt nur noch Containerschiffe und so war er auf die letzte Stückgut-Route versetzt worden, die es noch gab: Westindien. Kurioserweise war er auf sein altes Schiff gekommen, auf dem er einst als Leichtmatrose gefahren war. Es waren noch immer einige wenige von der alten Mannschaft an Bord, die ihm damals das Leben so schwer gemacht hatten.

Nun war er plötzlich ihr Vorgesetzter. So änderten sich die Dinge manchmal, hatte er gedacht. Natürlich hatte man ihm eine Stelle auf einem Containerschiff angeboten, aber er hatte es abgelehnt.

Nun starrte er in die dunkle Nacht. In etwa einer Woche war es vorbei mit der Seefahrt.

Er wusste noch nicht, was er danach machen wollte.

‚Ach, es wird sich schon etwas finden lassen‘, war er zuversichtlich. Das alles beunruhigte ihn nicht. Er dachte an die letzten Wochen und Monate zurück und er dachte an Trinidad. Thomas war einige Male ganz in der Nähe gewesen, in Cartagena und in Curaçao, aber niemals mehr in Port of Spain.

Dort hatte alles angefangen: Sarah! Sie hatte ihm glückliche Stunden geschenkt und sich so viel von ihm erhofft. Auch sie, eine, die er im Stich gelassen hatte. Aber hierfür konnte er im Grunde ja nichts.

Die Umstände hatten es ihm nicht erlaubt, sie zu sich nach Deutschland zu holen. Traurig starrte er vor sich in die Finsternis. Eine tiefe Melancholie hatte sich seiner bemächtigt. Nur noch knapp eine Woche und er würde niemals wieder auf der Brücke eines Schiffes stehen und über das Meer schauen.

Wie hatte alles angefangen? In Gedanken war er wieder im „Goldenen Anker“ in Flensburg und drehte sich eng umschlungen mit Monika auf der halbdunklen Tanzfläche. Eine Melodie kam ihm in den Sinn:

„Geh‘n sie aus im Stadtpark die Lateeernen …“

Plötzlich, wie ein Blitz aus heiterem Himmel, schoss ihm etwas völlig anderes durch den Kopf:

Es war sein Sohn!

Thomas‘ Hände krampften sich unwillkürlich um den Handlauf unterhalb der Brückenfenster.

Das Kind, dass ihm Monika in der Kinderkarre gezeigt hatte, war sein Sohn gewesen!

„Gott im Himmel!“, stieß er aus.

„Haben Sie etwas gesehen, Stürmann?", rief sein Ausguck in der Nock durch die offenstehende Brückentür. Thomas raffte sich zusammen: „Nein, es ist nichts, ich glaubte, etwas wie ein Licht voraus gesehen zu haben."

Vorsichtshalber ging er im Dunklen ein paar Schritte zum Radargerät hinüber und warf einen Blick auf den Scanner.

„Nein, es ist nichts", sagte er ein zweites Mal.

Was war er doch für ein gottverdammter Esel gewesen! Er rechnete im Geiste nach. Ja, es kam zeitlich genau hin. Es musste bei ihrem letzten Zusammensein in dem Hotelzimmer in Göteborg passiert sein.

Es konnte gar nicht anders sein …

***

Etwa zehn Jahre sollten vergehen.

Thomas hatte gerade eine sieben Jahre währende Beziehung hinter sich. Beide hatten sich einvernehmlich getrennt, aber irgendwie riss jede Trennung Wunden, sie verheilten nur schwer und manchmal geschah es auch, dass alte Wunden wieder aufrissen.

Die Erinnerung an Monika kehrte zurück. Er konnte sie nicht vergessen: seine erste Liebe.

Niemals in seinem Leben hatte er einen Menschen so sehr enttäuscht und verletzt.

Er hatte Schuld auf sich geladen, eine Schuld, die ihm immer noch auf der Seele lastete. Monika hatte tief in seinem Inneren weiter fortgelebt. Ohne dass es ihm direkt bewusst gewesen wäre. Es ließ ihm keine Ruhe. Wie mochte es ihr wohl gehen? Er würde sich freier fühlen in der Gewissheit, dass es ihr gut ginge, und er hoffte, damit einen Teil seines Schuldgefühls loswerden zu können.

Und so reifte in ihm der Entschluss, nach so vielen Jahren wenigstens zu versuchen, herauszufinden, wie es Monika wohl jetzt gehen mochte und wie es ihr wohl ergangen war all die Zeit. Also setzte er sich hin und schrieb wieder einmal einen Brief an Monika. Er schickte ihn an die alte, ihm wohlbekannte Adresse.

Auch für ihn war viel geschehen in den letzten Jahren.

Er wohnte jetzt in einer Mansardenwohnung im Stadtteil Ottensen. Seine drei Geschwister waren inzwischen verheiratet und in alle Winde zerstreut. Kurz nach der Hochzeit seines Bruders hatte sein Vater diesen rausgeworfen und ihr altes Elternhaus an seinen Stiefsohn verkauft.

Der Brief kam nach über zwei Wochen ungeöffnet zurück und trug den Vermerk: *Unbekannt verzogen.*

Da machte sich Thomas schweren Herzens ein letztes Mal auf den Weg zurück in seine Vergangenheit. Jedoch, das Haus, in dem Monika mit ihren Großeltern gewohnt hatte, war in der Zwischenzeit in ein Feriendomizil für Touristen umgewandelt worden. Als Thomas bei den Nachbarn klingelte, erfuhr er, dass die beiden alten Leute nicht mehr lebten. Auf seine Frage nach dem Verbleib der Enkelin zuckte die Frau, die ihm die Tür geöffnet hatte, nur die Schultern, begleitet von einem Schnauben durch die Nase. Als sie Thomas nun plötzlich mit einem erwachenden Misstrauen in ihrem Blick anschaute, zog dieser es vor, sich zu bedanken und zu verschwinden.

Den ganzen Tag lief er nun in dem kleinen Ort umher, fragte hier und fragte dort, aber entweder wurde ihm gleich die Tür vor der Nase zugeschlagen oder es wurde ihm kurz und bündig beschieden, dass eine Frau dieses Namens unbekannt sei. Erst die Fischverkäuferin in der kleinen Bude mit dem Räucherfisch, die früher dem Großvater von Monika gehört hatte, gab ihm Auskunft: Sie habe gehört, dass diejenige, nach der er fragte, schon vor Jahren nach Düsseldorf gegangen sei.

Düsseldorf? Es war die Stadt, in der ihre Mutter gestorben war und in der sie ihr Stiefvater jahrelang missbraucht hatte. Sollte sie tatsächlich in die Stadt ihres Leids, ihres Grauens zurückgekehrt sein?

Schweren Herzens machte sich Thomas auf den Rückweg. In Glücksburg unterbrach er noch einmal seine Fahrt, um in der Zahnarztpraxis nachzufragen, in der Monika ihre Ausbildung gemacht hatte. Aber diese gab es nicht mehr. Ziellos lief er durch die Straßen. Nach einer Weile fiel ihm Monikas Freundin Gudrun ein, er wusste jedoch weder ihren Nachnamen noch ihren ehemaligen Wohnort. Flensburg war inzwischen auch kein Marinehafen mehr. Man hatte einen ganz neuen Stützpunkt gebaut, direkt am Meer, in der Bucht von Olpenitz.

Flensburg war zu einer Provinzstadt geworden.

Einige Wochen lang forschte Thomas in den Telefonbüchern von Düsseldorf nach Monikas Namen. Aber alles, was er tat, um sie wiederzufinden, blieb ergebnislos. Er wandte sich noch einmal Holnis zu, schrieb an die Freiwillige Feuerwehr. Er wusste, dass fast alle der Dorfbewohner hier Mitglied waren. Aber auch das blieb ergebnislos. Nicht ganz!

Einer dieser Leute riet ihm, im Fischerverein nachzufragen. Und jener Vorsitzende wusste tatsächlich etwas. Er erzählte Thomas, dass die Schwester von Monikas Großmutter in einem Altersheim in Glücksburg lebe. Das war immerhin etwas, Thomas hatte das Gefühl, dass er seinem Ziel nähergekommen war.

Herauszubekommen, in welchem Altersheim die Schwester war, war nicht sehr schwer. Die Frau aus dem dortigen Büro gab ihm zur Auskunft:

„Ja, die lebt hier, rufen Sie sie doch selber einmal an", und gab ihm eine Durchwahlnummer.

Eine Woche lang rief Thomas jeden Tag einmal diese Nummer an. Niemals nahm einer ab. Als er sich dann wieder an die Frau im Büro wandte, sagte diese, Frau Kröger sei ins Krankenhaus eingeliefert worden. Das war dann das Letzte, was er über sie hörte. Sie kehrte von dort nicht mehr in ihr Heim zurück.

Nach zwei, drei Monaten gab er auf. Er wusste, so nah wie jetzt war er auf seiner Suche noch nie dran gewesen. Einen einzigen Tag nur war er zu spät gekommen.

Es war, als hätte es Monika nie gegeben.

Das Schicksal wollte offensichtlich nicht, dass er sie wiederfand.

Was war ihm von ihr geblieben: Ein quälendes Gefühl der Schuld, ein kleines Kuscheltier, welches sie ihm einst geschenkt hatte, ein goldener Ring und eine Halskette von der Insel Ceylon.

Thomas war sich inzwischen, nach all dem, was er mit Monika erlebt hatte und was er von ihr wusste, ziemlich sicher, dass ein gemeinsames Leben mit ihr vermutlich die Hölle für sie beide geworden wäre, und auch sie hatte es gewusst. Sie hatten beide zu früh zu viel Schlimmes erlebt.

Monika noch sehr viel mehr als er selbst.

Er erinnerte sich, wie er sich viele Jahren zuvor, als er noch fast ein Kind gewesen war, geschworen hatte, es einmal besser zu machen als seine Eltern. Und er hatte es sich in seiner Naivität so einfach vorgestellt.

Aber das Leben war eben nicht so.

Auch Monika, so schien es, hatte ständig in der Ahnung gelebt, dass es mit ihnen beiden wohl keine Zukunft geben würde. Thomas erinnerte sich, dass sie ihm einmal gesagt hatte, dass, wenn sie sich einmal trennten, sie so gerne ein Kind von ihm haben würde. Das war lange vor ihrer Schwangerschaft gewesen. Er hatte es nicht verstanden, er hatte ihr nur unwillig geantwortet: „Wozu? Als Andenken?"

Das war grob und gefühllos gewesen. Aber auch er hatte ständig in der bangen Befürchtung einer Trennung von ihr gelebt.

Er erinnerte sich zudem, dass er damals schon, immer wenn er das Lied von den Rolling Stones „The last Time" hörte, stets von einer tiefen Melancholie erfasst worden war.

> „Well, this could be the last time
> This could be the last time
> Maybe the last time
> I don‘t know, oh no …"

Sie waren vielleicht zur falschen Zeit geboren worden.

Von Dierk Breimeier sind ebenfalls erschienen:

Zwei Wochen für ein ganzes Leben

Eine lange Reise, ein kühnes Unterfangen – ein Experiment fürs Leben. Welches so unerwartete Spuren hinterlässt. Raimund Petersen ist ein junger weltgewandter Mann. Jene hat er bereits als Matrose auf See bereist und sucht nun als Theaterregisseur Inspiration in der Herausforderung: ein Winter in Lappland – einsam, abgeschieden in einer Hütte auf einer kleinen Insel im Flussdelta. Ungeplant findet er Anschluss im entfernten Dorf der Samen. Und spürt schon bald diese unerklärliche Verbundenheit zu … Lilija. Zwei Leben, zwei Kulturen, zwei Welten – eine Liebe. Wird – ja, kann diese bestehen?
(Roman, 228 Seiten)

Der lange Weg

Wo ist Heimat, was bedeutet Glück? Raimund Petersen bereist als Seemann die Welt. Immerfort unterwegs, empfindet er sich wohl auch eher unbewusst stets auf der Suche nach … ja, nach was? Als leidenschaftlicher Violinist und zeitweise Theaterregisseur – hofft er, vielleicht in diesen Künsten Antworten zu finden? Allerorts begegnet er Menschen und regelmäßig auch der Liebe. Die es offenbar nicht gut mit ihm meint. Doch eine besondere, längst verflossene lässt ihn so gar nicht los. Raimund geht seinen Weg – reflektierend, hadernd, aber nie unverzagt. Und macht sich schließlich auf zu seiner letzten Reise – in seine Vergangenheit. Wohin wird sie ihn führen?
(Roman, 281 Seiten)

Der neue Roan von Dierk Breimeier:

Leb wohl meine Königin

Knapp dem Tod in den tosenden Wellen eines
Hurricanes entkommen und jäh von der Liebe in der
Heimat enttäuscht, zieht es den Seemann Stephen
Tremaine aus Cornwall wieder zurück auf See. Und im
fernen Trinidad trifft er in einem dieser schillernden
Etablissements der käuflichen Liebe auf diese Frau …
So nimmt das Schicksal denn seinen Lauf und zu spät
erkennt er, dass er einem Wunschtraum nachjagt.
Ungeplant wird er in ein völlig neues Leben geworfen,
das ihn schließlich bis in die Slums von Port of Spain
führt. Ein Buch über Illusionen, Neubeginn und die
Liebe und nicht zuletzt über das Ankommen, in welch
vielerlei Sinn auch immer.
(Roman 337 Seiten)